帕特森

Paterson

[美]威廉·卡洛斯·威廉斯 著
连晗生 译

中信出版集团|北京

雅众文化 出品

编校说明

《帕特森》作为威廉·卡洛斯·威廉斯的代表作,除了思想观念,其丰富性也体现在诗与散文的并置、诗行的错落、单词的大写、文本的图案效果、句号和破折号乃至空格的别致运用等细节处,诸多勇敢的语言实验,皆出其不意,又独具匠心,译者尽量兼顾意与形,力所能及地保留或转换,请读者自己感受。

目 录

01　**译者序**
40　**致谢**
41　**作者说明**

47　**第一卷**
　　　序言
　　　巨人们的轮廓
105　**第二卷**
　　　星期天在公园
181　**第三卷**
　　　图书馆
263　**第四卷**
　　　奔向大海
349　**第五卷**

403　**附录：第六卷**

译者序

"本地的骄傲":帕特森的瀑布、人和语言

> 我在自己的地方,在我生活的细节中生活的时间越长,我就越意识到这些孤立的观察和经验需结合在一起才能获取"深度"。
>
> ——威廉·卡洛斯·威廉斯

1946年,时值第二次世界大战结束的第二年,威廉斯《帕特森》第一卷出版,其崭新的气象让众多批评家和诗人眼前一亮,一向笔锋犀利的诗人批评家贾雷尔激动地把这一卷的出版看作美国诗歌中的"地质事件",他说:"在我看来是威廉·卡洛斯·威廉斯写过的最好的东西;我读了七八遍,最后沉浸在喜悦中。"他热情评述了这一卷,并对威廉斯计划中的其余卷抱以期待:"如果接下来的三卷和这一卷一样好,整部诗将是美国人写过的最好的长诗。"[1]前程无限的年轻诗人罗伯特·洛威尔(他在1947年获得普利策诗歌奖)跟随贾雷尔的笔调,将《帕特森》第一卷与华兹华斯的《序曲》相比,他说:"它的丰富性在同时代的诗歌中几乎首屈一指。如果第二、三、四卷都像第一卷这么优秀,《帕特森》将是自《序曲》

1　Randall Jarrell, *Poetry and the Age*, New York: Alfred A.Knopf, 1953, p.212.

以来最成功的真正意义上的长诗。"[1]

诗人们或批评家们对《帕特森》的交口相赞,以及将它与华兹华斯的《序曲》、惠特曼的《草叶集》、艾略特的《荒原》和哈特·克兰的《桥》并提,一下子提升了威廉斯一直以来平平淡淡的名声,并将他推到美国诗歌的中心位置上。其后几年,随着预定的第二、三、四卷以及新计划下的第五卷分别于1948、1949、1951、1958年出版,整部诗的全貌逐步呈现,但同时,后几卷并未如第一卷那样幸运地被一致接受。对于后几卷的成就,诗歌界意见不一:这其中,一些人继续热情赞颂,如洛威尔在评论第二卷时称《帕特森》为当今的《草叶集》,后来又在致伊丽莎白·毕晓普的私人信件中,称"一至四卷是一部杰作";而另一些人却持一种保留乃至贬低的态度,这其中尤其以贾雷尔的观点最为引人注目。

尽管有不和谐音,威廉斯从第一卷出版那年至他离世,名声一直在上升,他一共获得七次文学奖,五个荣誉头衔,此外还有许多大学邀请他演讲。[2] 而在他离世后,他的诗学、倾向和审美趣味,继续受到大批年轻诗人(包括黑山派、垮掉派、自白派和纽约派等流派)的推崇,并借由这些后来成为中坚力量的诗人所产生的代际效应,他成为20世纪后半叶美国诗歌界最具影响力的诗人。有一位批评家说,"威廉斯对后世诗人的价值怎么估计也不过分。他为开放形式铺平了道路。"诚然,威廉斯的重大贡献,在于他开启了新一代的诗风,

---

[1] 罗伯特·洛威尔著,程佳译《臭鼬的时光》,广西人民出版社,2020年,第49页。这里译文出自程佳,略有改动。
[2] 参照张子清著《二十世纪美国诗歌史》,吉林教育出版社,1995年,第158页。

让年轻诗人离开艾略特而跟随他。随着名声的提升,《帕特森》这部锐意进取的、外表显得凌乱的诗也幸运地得到更多的审视和阐释[1]:它的丰富性得到充分的挖掘,它的诗歌实验得到更多的理解,它所受的攻击(如贾雷尔所言的"内容不恰当""零乱"和"无组织")也在一些批评家(如玛格丽特·格林·劳埃德等)那里得到了辩护;与此同时,围绕着它的种种文学和文化问题,也得到进一步的讨论。

《帕特森》是一部什么样的诗?它各卷之间是何关系,各卷的品质如何?在关于这部诗的众多说法中,哪些说法更有道理?对于一个普通读者而言,解疑这些问题最直接的途径是走近它,阅读它,了解它。而对于中文读者而言,一个中译本可以是一个开始。

《帕特森》是威廉斯平生最雄心勃勃的作品。一直以来,他想写一部有分量的作品,来体现他"周遭的整个可知世界",同时对抗艾略特所代表的一切。他采取的策略是以"地方"表现"普遍"(他从哲学家杜威的名言"地方的才是普遍的"中得到理论支持),从一个熟悉的地方的人和物开始,进而包容其他——"创造一个开始,/从细节中来/并让它们普遍化,卷起/全部,用有缺陷的手段"。威廉斯在《自传》中,阐明了他选择帕特森作为长诗对象的原因:大都市纽约对他来说过于庞大,他居住的小镇卢瑟福又有点小,因而他选择了帕特森——这座他有充分人生体验的、有足够东西可写的城市("一个足够大的形象")。帕特森在卢瑟福附近,靠近

---

[1] 在20世纪后半叶,关于威廉斯的研究成为一门"显学",在评论界,甚至出现一份为研究他而办的刊物——《威廉·卡洛斯·威廉斯评论》(*William Carlos Williams Review*)。

纽约，是一个二线城市，帕塞克河流经它，并形成了可与尼加拉瓜大瀑布相媲美的瀑布。许多历史事件（如华盛顿在独立战争期间的一些事件）也发生在这里，汉密尔顿在这里看到瀑布的能源潜力，把它塑造成一个工业城市，随后纺织业和造纸业等工业在这里迅速发展，但环境遭到破坏，种种社会问题也随之产生，其严重的后果包括后来规模颇大的劳工斗争。

威廉斯把惠特曼的《草叶集》作为这部诗集的参照物，期待它像《草叶集》那样突破传统格律限制并拥有面对美国土地和人物时的开阔、丰富和粗粝的活力，但《帕特森》体现着威廉斯自己的原创性，他自己的新形式，汇聚了他种种大胆的艺术实验：他关于"一个人本身就是城市"的构想，他的结构法和编织术，诗与散文的娴熟杂糅，描述、象征和隐喻的应用，亦庄亦谐的语调，张弛有序的气度。《帕特森》既包含着威廉斯对同时代诗人的影射、戏仿、讽刺和批评，又显示出开创一种诗歌新局面的雄心，自它问世以来，对它评价不一，它"被多次描述为'个人史诗''抒情史诗''惠特曼式的自我庆典'和'浪漫主义'传统中的自传体史诗"[1]。有人把它看作"现代文学的一个重要里程碑"[2]，有人认为它是对艾略特系列现代诗的详细回应，有人认为它在结构上有一种"新的统一"[3]。

---

1 Margaret Glynne Lloyd, *A Critical Reappraisal to William Carlos Williams' Paterson*, London: Associated University Press, 1980, p.190.
2 Joel Conarroe, *William Carlos Williams' Paterson: Language and Landscape*, University of Pennsylvania Press, 1970, p.43.
3 Margaret Glynne Lloyd, *A Critical Reappraisal to William Carlos Williams' Paterson*, p.18.

帕特森：人/城市

《帕特森》最核心的构思是："一个人是一座城市"。帕特森是一个人，又是一座城市。威廉斯在《序言》中揭示帕特森的出生："然而，/ 没有回归：从混沌中卷起，/ 一个持续九个月的奇迹,这城市/这人,一种同一——不可能/别样——一种/渗透，双向的。"接着，他在第一卷把帕特森描述为类似古代神话中的一位巨人：

> 帕特森躺在帕塞克瀑布下的山谷，
> 干涸的河水形成他背部的轮廓。他
> 往右侧卧，脑袋靠近充满
> 他梦中水域的轰鸣声！永远沉睡，
> 他纷繁之梦行走于他持续隐身的
> 城市。只只蝴蝶落在他的石耳。
> 他永在不朽，不动也不醒，且很少
> 被看到，然而他呼吸，精妙谋划，
> 从倾泻的河的噪音吸取基本物质
> 启动千个机器人。

而身体靠着帕特森、在诗中与他对应的加勒山，是一位女巨人：

> 而在那里，靠着他，是一座低山。
> 这公园是她的头，被雕刻，在瀑布之上，在宁静的河的旁边；彩色的晶体蕴藏那些岩石的秘密；

农场和池塘，月桂和适量的野生仙人掌，

黄花　　。　。　面朝着他，他的

手臂支撑着她……

帕特森通过他的梦行走于城市中，城市的人群是他的思想，这种表达在第四卷中也有回响，在那里，威廉斯又一次把帕特森、人、城市和诗统一起来，把整部诗看作帕特森的梦，"在这儿／从梦中醒来，整首诗的／这个梦"。所有这些，让人想起乔伊斯的《芬尼根的守灵夜》中的HCE[1]，想起威廉斯与乔伊斯的关联（事实上，威廉斯也并不掩饰乔伊斯对他的影响，他说："可能受到了詹姆斯·乔伊斯的影响，乔伊斯把都柏林塑造成了他书中的主角。我一直在读《尤利西斯》。但我忘记了乔伊斯，爱上了我的城市。"[2]）。而另外的一些证据显示，《帕特森》又与另一些资源有关，比如冰岛神话，乔尔·科纳罗曾提醒人们关注威廉斯写过的一个句子，"在威廉斯早期的散文诗《科拉在地狱》中有这样一句话：'伊米尔的肉体创造了大地，他的思想创造了所有阴郁的云'（《科拉》，第44页）。"[3] 他说，这句话对于理解这部诗相当重要，根据威廉斯为《帕特森》写的手稿，这一行本来是要包含在第一卷第一部分之中的。伊米尔是冰岛神话的巨人，他的肉体创造了大地，依据这神话的思路，我们可以把帕特森的土地看作

---

[1] HCE是乔伊斯的《芬尼根的守灵夜》中的主人公汉弗利·钱普顿·壹耳微蚵（Humphrey Chimpden Earwicker），这部书的诸多人物是他的化身。

[2] William Carlos Williams, *I Wanted to Write a Poem: The Autobiography of the Works of a Poet.* Beacon Press, 1958, p.82.

[3] Benjamin Sankey, *A Companion to William Carlos Williams' Paterson.* University of California Press, 1971, p.98.

帕特森的肉体；而那些行动的人群，可看作他的思绪中那些"阴郁的云"：

> 帕特森先生已离开，
> 去休息和写作。在公共汽车，有人看到
> 他的思绪坐着，站着。他的
> 思绪飞落，散开——
> ……
> 他们走着，无言或被无言，
> 等式未被解出，然而
> 它的意义清晰——他们也许活着
> 他的思想被列在
> 电话簿中——

这样，在《帕特森》中，我们看到帕特森既是主体，又是客体；既是观察者，又是参与者；既是一个人，又是许许多多的人；既产生他的化身，又与他的化身产生关系：

> 他自己在其他人之中，
> ——在那里踩着同样的石头，
> 当他们攀登，他们的脚在石上打滑，
> 狗在他们前面开路！

从"Paterson"（帕特森）这个词的构成来看，帕特森既是父亲（pater），又是儿子（son），代表一种代际关系，也泛指一切人。在第一卷中，威廉斯进一步把帕特森称为"诺亚·费图特·帕特森"（Noah Faitoute Paterson），这个名字包含着种种暗示："Noah"指向《圣经》中的诺亚，以此暗示洪水过后的重新开始，在词典编纂中纳入种种移民语言和土著印第安人语言的美国词典编纂家诺亚·韦伯斯特（Noah Webster）也恰好是这个名字；而"Faitoute"，与法语"Fait toute"（意为"做一切事物"）音同，预示他非凡的能力，另外，由于"Faitoute"与"Faitour"（"冒牌货；骗子"）形近，呼应这部诗的开头"欺骗，吃。刨／一根发霉的骨头"，使得这里不禁有一点嘲弄的意味。

在创造"帕特森"这一形象之时，威廉斯也将自己融入"帕特森"之中（罗伯特·洛威尔说，"总的来说，《帕特森》是威廉斯的一生"），因而帕特森在诗中有某种威廉斯的特性：既为一个医生，为病人看病；又为一个诗人，与其他诗人通信。而总如科纳罗所说，"帕特森，不管他代表的是诗人本人还是这个地方的精灵，都在现代经验的明显混乱中积极地寻找意义。"[1]

编织和拓展：主题与结构

对于《帕特森》的主题，贾雷尔在评论第一卷时说到它的"主要意旨"："寻找一种语言"，这一观点也在后来的批评者那里得到回应，正如桑基说，"威廉斯的主题是诗人试图与自己所处的时代和地点——他的'地方'——的经历达成妥协"，"从某种意义上说，整部诗都在关注威廉斯在第三卷

---

[1] Joel Conarroe, *William Carlos Williams' Paterson: Language and Landscape*, p.15.

的主题：寻找一种语言……"[1]而洛威尔在评论第二卷时，引用了第一卷中的句子"分离是/我们这个时代知识的标志"，并认为，第二卷中的"每一种事物都在为婚配做不懈的努力"。在洛威尔所引的句子中，"divorce"是这部诗的关键词，它既表示狭义的"离婚"，又表示广义的"分离"，威廉斯在此隐喻性地以男人与女人的"离婚"表现各种"分离"：人群与环境的分离，学术与实际的分离，诸多文化和种群的分离，等等。洛威尔的观点得到许多人的回应，这其中包括劳埃德，劳埃德对这部诗的主题作出"主导主题"（dominant theme）和"材料主题"（material theme）的区分："正是《帕特森》的习语和结构，揭示了主导主题在材料主题（分离和追求）之下。"[2]她认为主导主题就是"统一"（unity）[3]。在劳埃德看来，这部诗的"统一"主题的着力点在于，"努力转换这世界饥饿和破碎的碎片，为了给它们真实，为了让帕特森的人们意识到他们在帕特森的统一以及他们与世界的统一。"[4]"人/城市的形象是威廉斯渴望统一的自然高潮，因为这个形象包含了多和一，人和世界。"[5]

总体来说，《帕特森》可视为威廉斯面对美国本土，面对种种分裂，想梳理一种语言或"发明"一种新语言，来消弭这种分裂、实现融合所做出的努力。而当读者初次面对这部诗，必定会震惊于这其中呈现的种种暴力和死亡："士兵们把

1　Benjamin Sankey, *A Companion to William Carlos Williams' Paterson*, p.2.
2　Margaret Glynne Lloyd, *A Critical Reappraisal to William Carlos Williams' Paterson*, p.145.
3　Ibid, p.19.
4　Ibid, p.99.
5　Ibid, p.105.

他带到海狸路,他不停地跳着金特卡耶舞,士兵们肢解了他,最后砍下他的头。"以往的经济政策造成的严重的工业污染和环境破坏,也让人瞠目结舌:"河水一半变红,另一半成为紫色蒸汽/从工厂排水口喷出,炙热,/打着旋,冒着泡。废掉的堤岸,/闪亮的泥浆。"此外,还有令人惊诧的种种社会问题和家庭矛盾:

……一个大肚子,
其不再欢笑,而以
毫无表情的黑肚脐悲悼爱人的
欺骗

这里涉及的是一个普遍的社会问题:黑人女人未婚怀孕,而原先的"爱人"逃之夭夭。相比于这部诗的范型《草叶集》,《帕特森》没有像惠特曼那样以雄辩的列举和自信的口吻集中表现个人和群体,而是将诗和散文并糅,笔法散淡,不在于抒情的强烈,而多于细节的精描,关注的对象也多为无产者、知识分子、少数族裔和女性。

《帕特森》第一卷的起首语和序言,提供了进入这部长诗的若干线索,如"春、夏、秋、海"提示季节交替的循环及诗的某种结构,"赤手面对希腊语和拉丁语"暗示对艾略特及其道路的态度,"一种收集"提出要对各种材料和话语的"收集","通过增殖,简化为一"表明此诗的方法论,"大胆地"预示面对对象时的气魄……但同时,由于整部诗内容繁杂,话题错综多变,读者不得不自己努力把握它的结构。应当说,经过一番感知,读者即可辨认出某种"网状结构"或"拓扑结构"的存在，即它所言述的各种事物相互联结，构成意义；同时，在这个结构中，也隐约呈现了某些主线。

"如果你想写一首长诗，其不拘泥于一个主题，而整合十二个主题，你可从《帕特森》那儿学到很多。"[1]贾雷尔在描述《帕特森》第一卷时这样说，他所说的"整合"实际上也是一种编织——这是这部诗最为炫目的技艺；在表现最佳之处，各种片断的、不同样式的诗和各种材料（历史资料、书信、杂志、医学报告、广告等）相互交织，既令人眼花缭乱又调遣有度，整个进程时缓时急，峰回路转，气象万千，就像诗中描述的水流：

> 而后又向前，又
> 被随后向前推进的群落
> 取代——它们此刻
> 敏捷地合并为平滑之镜，
> 安静或似乎安静，如最终
> 它们跃向结局而
> 坠落，在空中坠落！

总体来说，整部诗隐含着一种春、夏、秋、冬的季节循环，或一个人的出生、成长、年老、死亡的生命历程，而在某一卷中，也活跃着某一基本元素，如水（第一卷）、土（第二卷）、火（第三卷）。同时，由于这些东西都隐于诗的各处，直接呈现在读者眼前的，是各种内容综合复杂的并置，并通过这

---

1 Randall Jarrell, *Poetry and the Age*, p.207.

种并置进行联结、增殖和延伸。

《帕特森》的复调性贯穿整部诗,各个段落或单元错综复杂,彼此独立,它们间的关系(或承接或转折或并立或对位)是这部诗最值得回味的。它们的并置和拼贴有时根据某种较为松散的关联:如第一卷对帕特森的风景和环境进行了"浪漫的"描述——"颗颗珍珠在她脚踝边",之后是关于人们寻找珍珠的段落("现代最好的珍珠,因为壳被煮开而毁掉")[1];第二卷第二部分的最后,"如果有微妙之处"这一段落的结尾是"绝望"一词,接下来是克瑞斯回响着"绝望"情绪的来信;第二卷第二部分,在"给柯利牧羊母狗梳毛"这一段落和"母狗玛斯提怀孕"这一段落之间,是一个小诗节(关于在公共小树林中赫然矗立的观察塔,即阳具象征)。而有时,这种联系细微得难以察觉,如第一卷,关于那个以"我们继续生活,我们允许自己"起首的、批评大学的段落与在它之后"医生接见病人"的段落,有学者指出,在后一段落中,医生用手指弄松玻璃罐上的标签的细节,相关于前一段落对"固有的概念"的描述。

有时,前后段落之间呈现的是一种中断,即主题或话题的转换。中断减缓了诗的速度,打开了另一个时空或话题,同时,就像本杰明·桑基所说的:"从一个主题到另一个主题的转换过程中,它们无视传统转变——甚至无视心理的'联想'的传统。"[2] 对于段落间的某种复调性,拉尔夫·纳什谈到其重要的"对位"原则:"至于散文对表现技

---

[1] 这两个段落的关联,也可理解为整体段落内容间"浪漫"和"现实"的对立。
[2] Benjamin Sankey, *A Companion to William Carlos Williams' Paterson*, p.1.

巧的贡献,对这部诗的实际表达的贡献,不可避免的关键词是'对位'。有一种影响步调与速度的对位……抒情性的肯定与令人不快的'事实'的讽刺并置,或一个可怕的城市场景和一段关于田园生活日子的片断的对立并置。与此密切相关的是这部诗各种材料的对位:各种平衡——纯净与肮脏,解决与混乱,梦与事实,过去与现在。"[1]

威廉斯有时会对之前的内容进行评述和总结(如第一卷:"第一个妻子,她长颈鹿般的笨拙/在刺穿人的神秘的/密集闪电间:总之,一场睡眠,一种/源头,一种灾祸。"),这样使得诗显得不过于凌乱。而由于段落的凌乱,往往需要读者在阅读中配合,劳埃德这样描述威廉斯的设计意旨,"威廉斯希望他的读者能把诗中的事件记在心里,这样即使是对之前发生的事情的轻微提及也会将它与当前事件交织在一起,从而创造出这部诗更大的设计。"[2] 就这样,通过诗的精心安排和"即兴创作",我们会看到在几条主线中各种材料的并置、穿插和映射,慢慢在眼前呈现出一个图案,一种意义("通过增殖,简化为一")。

《帕特森》独特的结构历来勾起研究者的兴趣,从而引发相关的结构模型的讨论,这其中,阿尔巴·纽曼提出了一个启迪人的视角:将《帕特森》视为根茎。阿尔巴·纽曼的研究受到德勒兹和加塔里《千高原》中的"根茎"概念的启发,"从植物学上讲,根茎是一种通常在地下的、分支的、没有'中

1　Ralph Nash, "The Use of Prose in 'Paterson'", *Perspective*, VI (Autumn 1953), pp.198-199.
2　Margaret Glynne Lloyd, *A Critical Reappraisal to William Carlos Williams' Paterson*, p.226.

心'的无性繁殖的手段（对于鸢尾、生姜和竹子等植物）。根茎的所有分支都是可育的：从其他分支上脱落的任何分支都可以作为一个新的起点——生命的新起源。"[1]应当说，对于《帕特森》那些散乱的、旁逸的章节、段落或句子，这种解读有助于让读者不用费力寻找这部诗的中心，而专注寻找它各种分支的可能性及相互间相应的关系。

各卷内容概要

《帕特森》在预想中为四卷，威廉斯在每一卷首版的"作者说明"中说，"第一卷介绍这个地方的基本特征。第二卷包含现代摹本。第三卷将会寻找一种让它们发声的语言，而第四卷，瀑布下的河流，将令人回想起过去的经历——一个人在一生中可能实现的所有事情。"这是对前四卷最简约的概括。在此，为了读者有一个更细致的直观印象，我以威廉斯自己的说明为基础，试着对内容繁杂的各卷作如下简述：

在第一卷中，威廉斯首先以十八个短语概括了整部诗的基本思路和方法，然后在序言中继续对这些思路作进一步说明，确定了"从细节中来/并让它们普遍化""帕特森既是城市又是人"的总体思路。在此卷中，威廉斯专注于帕特森的"基本特征"，描述它的环境，描述水流、河滩、受污染的河水等自然事物，回顾历史中种群的形成，揭示当今贫富分化等种种社会问题。这一卷穿插着生动的散文材料：从贻贝中找珍珠、

---

[1] Alba Newmann, "Paterson: Poem as Rhizome", *William Carlos Williams Review*, Vol. 26, No. 1 (Spring 2006), p.62.

桥的安置、捉鱼,等等,又把卡明夫人坠崖、派奇的失败和"失语"问题联系在一起。这一卷的结尾,是关于大地父亲的精彩诗句,又通过对文学史文字的摘引说明"畸形的诗歌适合畸形的道德"。

第二卷描写帕特森和人群(他们也是这个帕特森巨人的"思绪")星期天在公园爬山的过程,这个登山的过程也是一种"性爱仪式"。在公园中,帕特森听到牧师的露天布道(这是摆脱目前困境的宗教方案),又反思汉密尔顿针对帕特森实行的经济方案(它是目前现状的根源)。随着夜幕降临,帕特森从山顶返回,沉思"下降"的意义。这一卷以克瑞斯充满绝望的长信结束。

第三卷描述帕特森在对现代的失望之中,转入图书馆寻找一种语言。在图书馆中,帕特森阅读和思索,在他眼前出现了帕特森的三次历史灾难:飓风、火灾和水灾。帕特森在它们中看到火的毁灭性力量,也把火看作一种重塑。此间帕特森回忆了他和"美丽的事物"的相遇(这是"美丽的事物"在整部诗的首次出现)。在汇聚着过去灵魂的图书馆中,帕特森想从过去寻找力量,却发现过去的腐朽,他最终不得不离开它。

威廉斯对第四卷的处理与前三卷有点不同,第四卷第一部分把场景放在现代大都市纽约(它毗邻帕特森,为帕塞克河的入海处),讽刺性地使用牧歌结构,通过科里登、菲莉丝和帕特森的戏剧式的对话,展示三者的关系和都市的荒芜;第二部分描述居里夫人对镭的发现,以镭用于医学治疗比作"社会信贷"(威廉斯和庞德一样信仰这一学说)用于当代社会;第三部分将一些历史材料转换为诗体形式,回顾帕特森以往的工作和生活，并穿插着关于暴力和死亡事件的描述，而帕塞克河一刻不停地奔向大海，帕特森在海水中起身，转而向内陆进发。

从第一卷的开头关于"一个九个月的奇迹"的描写，到第四卷"最后的空翻"（胎儿从子宫里出来前的最后一个动作），可以看出威廉斯有意把这部诗设计成一个循环结构（出生、成长、死亡和更新）。1958年，威廉斯又出版了第五卷。这让一些关注这部诗的人有点措手不及。

在许多人看来，第五卷的出版打断了原先的结构，迫使人不得不重新审视整部诗。对比第五卷与前四卷，读者可发现它们之间的差异：第五卷在基调上相对明朗，在内容上似乎与"以地方表现普遍"的初衷相悖——这一卷对帕特森本地着墨较少，而有更多的"世界性"（这表现在对萨福、勃鲁盖尔、达·芬奇、丢勒等人和对挂毯更多的提及上）；整一卷聚焦于生命与艺术、老年与青年、处女与妓女、性与爱等主题，艺术被看作超越死亡（前四卷的一个中心主题）的东西。

在第五卷最后，威廉斯把面向生命的艺术界定为一种羊人剧，预示着一种定调或终结。然而，第五卷也并不是终结，威廉斯在离开人世之前，继续写着第六卷：从已完成的若干段落来看，威廉斯又把眼光集中在帕特森本地，回到汉密尔顿、华盛顿和帕特森的普通人身上。

描述、隐喻、象征、对应

"威廉斯的诗最引人注目的是它的移情、同情和对对象有力的情感认同。"[1]贾雷尔在他的《〈威廉·卡洛斯·威廉斯诗集〉序言》中如是说。而威廉斯表达这种移情最常见的手法即是描述:无论是重于瞬间的灵光一闪的短诗《红色手推车》,还是在景物和对象的描绘中呈现情感的层层推进的《去往传染病医院的路》和《焚烧圣诞树》,皆是如此。同样,《帕特森》也有相当精彩的白描段落:

还记得

遗失的爱森斯坦
电影中那个苦工

从一只酒囊喝酒,以
一只饮水的马的放纵

让它顺着他的下巴流下?
沿着他的脖子,滴淌

漫过他的前胸直到
他的裤子——笑起来,没牙?

天上之人!

细致的描述遍布着《帕特森》整部诗,从最初的关于水

1　Randall Jarrell, *Poetry and the Age*, p.218.

流的段落，到第一卷最后关于大地父亲的部分，到第二卷里对公园的描述……再到第五卷关于挂毯的诗。但是，由于这部诗寄寓了威廉斯太多的想法，解读者很难不从隐喻和象征的角度，探索它的"深度"，正如桑基在其著作中指出：

> 《帕特森》有很多好的描述，但目的几乎不在于纯粹的描述。几乎所有提到的东西都参与了这部诗的象征论证，要么作为实例，要么作为象征，通过提喻或类比的逻辑（或通过半逻辑的双关）指向威廉斯的主要象征术语之一。当他描述公园和公园里的人时，他也在描述美国人和美洲大陆。"公园里的星期天"暗示了一个关于美国过去的详尽神话。当他描述瀑布处水流的跳跃和恢复时，他也在描述一个人的思绪的过程；诸如此类。[1]

而如果遵循桑基的方法探究威廉斯式的"客观呈现"，下面一个毫不起眼的风景描述，也可能有所暗示：

> 最后他来到闲汉们最喜爱
> 也常去之处，风景如画的山顶
> 蓝石（裸露处锈红色）
> 在不同的层级断层
> 　　　（丛生的蕨类植物在石间）
> 为粗糙阶地，部分被封在
> 香草的兽穴，微倾的地面。

---

[1] Benjamin Sankey, *A Companion to William Carlos Williams' Paterson*, p.20.

假如联系威廉斯在第一卷中的批评（"中产阶级的衰落/筑起一道不能/逾越的壕沟"），这里或许暗示着社会的"断层"，而"裸露处锈红色"或许暗示罢工和社会风潮（推而远之是革命和战争），"微倾的地面"暗示动荡的现实。这里的插入语"（丛生的蕨类植物在石间）"巧妙地放在"断层"和"为粗糙阶地"之间，加强了"断层"的印象。

《帕特森》整部诗贯穿着河的流动和瀑布的咆哮，其中河流暗示着生命的进程，隐喻着帕特森的思绪进程，也象征着语言。而瀑布也是这首诗中的核心意象（它同样象征着语言），瀑布的"roar"（"轰鸣/咆哮"）贯穿于整部诗，诗人不断地听到瀑布的声音，"这轰鸣是一种言语或声音"；响彻于心中的"静音的轰鸣"，也关联着其他物的咆哮（如"一声咆哮来自书籍"）；另外，"roar"这个词也和另一个词"snarl"（"咆哮""缠结"）联系起来［"它们与讽刺诗人缠结（snarling）的精神的一致"］。

朱哈兹把这部诗的隐喻分为"主题的"或"概念的"隐喻和"局部的"隐喻："前四卷也是松散地以水、土、火、气四种元素中的一种为基础，尽管它们往往相互混杂。所以没有一个元素被限制在一本书里。最后，主要'行动者'自始至终都是相同的，在诗所设定的地方有他们对应的身体特征。"[1]她这样概括这些隐喻的表现特征：

在每一卷中，二元性首先以最简单的层次呈现，通常是通过一个表示具体对象的意象。隐喻不断地与这一

1　Suzanne Juhaaz, *Metaphor and the poetry of Williams, Pound, Stevens*, London: Associated University Press, 1974, p.163.

意象联系在一起，使其内涵得到延伸和发展，从而间接地控制了诗的进程，将诗中各种各样的片段连接在一起。[1]

朱哈兹所言的"二元性"是指"心灵与世界之间，或主观世界与客观世界之间的复杂关系"，并且它"延伸到诸如普遍与特殊或抽象与具体之间的附属关系"。[2] 而科纳罗这样言及《帕特森》的隐喻："像《恩底弥翁》，《帕特森》属于贝内塔（Bernetta）修女所说的变形传统。它的象征术语合并和重叠，这些合并和转变有时使解释变得困难；但它们有一种逻辑控制着它们……"[3]《帕特森》中的隐喻和象征错综复杂，如洛威尔所说的"变化无常"[4]，而其中出现最频繁的，当属狗、花、瀑布、树等形象，它们如此令人印象深刻，以至贾雷尔说："当你读过《帕特森》，你就会知道，在你余生中瀑布是何模样；而有哪位诗人把他那么多的读者变成了树。"[5]

《帕特森》的网状结构很大程度上依赖于相邻段落间内容、节奏、意象等的各种对位，除此之外，还有一种远距离（即对应双方分布在较远段落）的意象或元素的对应，这种对应有时细微得让人难以觉察，但一经识认，即可产生令人意想不到的效果，以下试举几例：

---

[1] Suzanne Juhaaz, *Metaphor and the poetry of Williams, Pound, Stevens*, London: Associated University Press, 1974, pp.14-15.

[2] Ibid, p.171.

[3] Benjamin Sankey, *A Companion to William Carlos Williams' Paterson*, p.10.

[4] 罗伯特·洛威尔著，程佳译《臭鼬的时光》，第50页。

[5] Randall Jarrell, *Poetry and the Age*, p.218.

裙子：

"举起一只手臂抓住／她思绪的铙钹，扬起她的老脑袋／而舞蹈！拎高裙子："（第二卷）

"露出锡屋顶的可怖景象（1880），／整个，半个街区长，像／裙子被提起，被火抓持"（第三卷）

鹰：

"在它那边，一只鹰／翱翔！"（公园中的鹰）（第二卷）

"晚年／心灵／叛逆地／将／一只鹰逐出／它的峭壁"（第五卷）

女王：

"一个温顺的女王"（第二卷）

"挑战夜晚的女王"（第四卷）

摇篮曲：

"水在这阶段没有摇篮曲，而有一个活塞，／同居，擦洗石头。"（第三卷）

"但水声如摇篮曲，他们说，驯服的海洋／仅仅是睡眠 。漂浮着／携着野草，带着种子。"（第五卷）

花：

"玫瑰嫩绿，也将绽放"（第一卷）

"世界像一朵／绽开的花为我延展"（第二卷）

"但是,我不会为任何人开花,不管是为了爱情还是为了友情。"(第二卷,纳迪的信)

"帕特森不是一项像弥尔顿下地狱的任务,它是一朵落在心灵的花。"(第五卷,金斯堡的信)

跨坐:

"酋长的9个女人半裸/跨坐在一根圆木,一根可设想是/官方的圆木,头朝左边"(第一卷)

"她走来,半着衣,跨坐在他身上。"(第四卷,菲莉丝在帕特森身上的"跨坐")

此外,还有一些值得提及的对应,如:第三卷,帕特森在图书馆想到"棉线纺织者"(指派奇),对应着第一卷关于派奇的内容;第三卷开头,"故而//写作,问题的十分之九,/是活着",对应着克瑞斯的信中讲到的困境;第五卷最后,关于羊人剧的"悲剧的脚步(音步)",对应第一卷末尾希波纳克斯"蹒跚的音步"。

新秩序:形式和语言

与建立一种完美的形式、写作一部完美的诗相比,威廉斯更着意一种有利于文字和形式的解放的新形式(即使这种形式有缺陷),这在他对沃尔特·惠特曼、格特鲁德·斯泰因和詹姆斯·乔伊斯的欣赏中可以看到,他在信中说,"任何能打破陈词滥调的声音都是一种优势。"[1] "诗歌中除了生活也许没有别的东西——这是唯一的，不管可能出现的不完美，因为没有什么新事物是完美的。"[2] 他坦言，他"试图在《帕特森》解决一种新的韵律的问题"[3]。

《帕特森》最大的特点是各种诗体和各种散文的杂糅和对位。散文包括书信、历史资料、报章、科学杂志等各种文体，这其中，历史资料和报章给了了《帕特森》真切的事实性（这是此诗重要的基石）；科学杂志带来了理性和客观的品质；书信出自多人，有的缠绕曲折，有的带着炫耀的暗语，有的甚至语法错误频现。诸多散文起到至关重要的作用：充实内容、转移关注点、变换肌理、延宕诗篇速度。

出现于《帕特森》的诗体包括"二行体""三行体""四行体""六行体""楼梯诗""自由体"，以及某种难以命名的诗体（如第四卷第二部分开头关于带儿子听讲座的段落），等等。这些诗时而以短促精粹见长，如第三卷"寻找零"段落，第五卷"我们镇上有个女人"段落（其某几行刻意以单音节词塑造"窄瘦"感，从而切合那个女人的"瘦削"形象）；时而舒缓绵延，如第四卷对帕特森往昔的描述[4]；时而错落有致，如第三卷的"下降"体诗式（即三行一组的"阶梯体"）：

下降招手

---
[1] 出自威廉斯在布法罗大学图书馆的手稿。
[2] *The Selected Letters of William Carlos Williams*, ed. John C. Thirlwall, New York: McDowell, Obolensky, 1957, pp.23-24.
[3] Ibid, pp.257-258.
[4] 这个舒缓的段落被贾雷尔嘲讽为风光旅游手册，劳埃德在其著作为威廉斯辩护。

> 　　如上升时招手
> 　　　　记忆是一种
> 完成
> 　　一种更新的迹象
> 　　　　甚至是
> 一种初始，因为它打开的空间是新的
> 地方
> 　　那里栖居诸多迄今
> 　　　　未被了解的部落，
> 他们属于新的种属——
> 　　因为他们的运动
> 　　　　朝新目标行进
> （虽然以前它们已被抛弃）

在这里，有出色的跨行连续。在威廉斯几乎所有的诗体中，跨行连续扮演了关键的角色。一直以来，有人对威廉斯的跨行连续有某种误解，即认为这样的诗不过是散文化句子的折断，其实不然，精彩的跨行连续不仅带来了折断，也带来了节奏、留白、想象和诗意。对于以上的诗行，科纳罗有精彩的解读：

> 这里有很多值得注意的地方。首先，视觉上的图像，下台阶，让人联想到诗中描述的下山。诗行模式是3-3-1-3-3-1，第七行和第十四行并不交错，因此在继续下降之前提供了心理平台或休息。这些高地，就像改变瀑布急流方向的岩石，有助于稍微延缓运动，因为直到第十行

才有结束的标点符号。在"招手（beckoned）"之后逻辑上本来应有一个句号，但这可能会阻碍不间断的瀑布效果。[1]

这种"阶梯体"，据威廉斯说体现了"可变音步"，不同于以往音步样式，是他一度骄傲的新创的诗体，既再现于第五卷对挂毯洋洋洒洒的描述中，又用于诗集《沙漠音乐》（1954）和《走向爱的旅程》（1955）中。

《帕特森》中诸种诗体的运用，构成整部诗斑驳多样的外观，而运用于这些诗体的，多是威廉斯所喜欢的日常交流语言（即"美国习语"）。这些日常语言的运用，使得文本显得既亲切明了又"本地化"，但同时，有时句子的中断、跳跃，"意识流"的联想、模棱两可的代词指涉，以及不显明的典故也造成了诗的晦涩，读者不得不跟随语流，在上下文寻找其含义所在。在某些时候，这部诗也穿插着一些来自拉丁语、法语、西班牙语、意大利语、荷兰语和中世纪英语的语汇，以及数学、医学、化学和植物学等专业术语，它们挑战着读者的语言能力和知识面，但一般而言，它们并不频繁出现，不造成炫耀的感觉，也不太影响作品的阅读。在《帕特森》中，比较"有规模"涌现科学术语的是第一卷序言，在它不长的篇幅充满了数学词语："总和"（"sum"）、"乘"（"multiple"）、"除"（"divide"）、"加"（"addition"）、"减"（"subtraction"）、"数字"（"number"）、"数学"（"mathematics"）——这一切似乎暗含着某种体系性的寓意。[2] 威廉斯对科学的兴趣几乎不亚于艺术，而

---

[1] Joel Conarroe, *William Carlos Williams' Paterson: Language and Landscape*, p.29.
[2] 在诗的另外一些地方，也有"方程式"（"equation"）、"零"（"zero"）等数学术语。

科学也深刻影响着他的世界观和诗学观念，这其中，尤其值得一提的是爱因斯坦的相对论——相对论给他的"可变音步"概念提供了有力的支撑，也影响着《帕特森》的结构和内容处理方式。

"空气柔软，夜鸟／只有一个音符"，《帕特森》中有许多细微的声音效果。对《帕特森》中奇妙的声音效果，科纳罗在其著作谈到威廉斯在元音和辅音、微妙的头韵、频繁重复一个单词或短语（一种呼应效果）等方面的运用，并参照了两个批评家对威廉斯诗歌音乐性的赞赏之言：

> 许多批评他的人评论了威廉斯敏锐的耳朵。例如，J. 希利斯·米勒（J. Hillis Miller）说，"他的许多诗都是精巧的听觉和谐的奇迹，每一个词的发音都与其他词完美匹配。批评只能笨拙捕捉和分析这些转瞬即逝的旋律。"甚至把威廉斯称为"愚蠢无知的人"的伊夫·温特斯（Yvor Winters）也承认，他"对语言的感觉比同时代的任何其他诗人（也许，除了最佳状态中的史蒂文斯）都更准确"[1]。

声音、节奏、形状和意义的高度和谐，是威廉斯在《帕特森》中的着力之处；而在各样修辞中，谐音法和双关语也是常用的手法，比如在第四卷最后，在关于死亡的描述之后，威廉斯写道：

---

[1] Joel Conarroe, *William Carlos Williams' Paterson: Language and Landscape*, pp.32-33. 对于威廉斯"敏锐的耳朵"，希尼在访谈中也谈到："我非常高兴地学会了接受卡洛斯·威廉斯。他的耳朵确实非常精妙……"（见丹尼斯·奥德里斯科尔著，雷武铃译《踏脚石》（上），广西人民出版社，2019 年，第 180 页。）

>   ……在这儿
>
>   从梦中醒来，整首诗的
>
>   这个梦　　。　去往大海，
>
>   　　　升起，一个血海

在这里，既包含这部诗是帕特森的梦这种意蕴，又巧用了"bound"的多义；"sea-bound"既指整部诗（整个梦）"为海环绕""为海所束缚"，又指整部诗（整个梦）的进程是去往大海。《帕特森》中许多细微的语言效果[1]，在翻译中往往很难传达。

《帕特森》锐意进取的实验性，除了"客观的"散文的大量展现，除了凌乱的段落的并置，除了即兴创作的随性之外，还表现在大胆的词和字母的大写、反常的标点符号、文本视觉效果的刻意营造之上。

《帕特森》在标点符号的独特运用上用心良苦，正如林苏（Lin Su）所说："文本中充斥着叛逆的惊叹号、飘逸的破折号、摇晃的冒号和激增的句号。它们不断地震动读者，使他们从惰性的阅读习惯中清醒过来。"[2] 这些有某种挑衅性的标点符号应用，延续着早先出版的《春天及万物》中的某些做法，在展示某种达达主义的激进性之时却颇为审慎小心，比如在整部诗最初的十八个短语的说明，就用突兀的冒号开始"a local pride; spring, summer, fall and the sea"（"：一种本地的骄

1　对于威廉斯诗歌特殊的语言效果，罗伯特·洛威尔在其文对威廉斯的诗《天主教的钟声》有精彩的分析。
2　Lin Su, " 'Say it! No ideas but in things—': Punctuation Marks and American Locality in William Carlos Williams's Paterson,", *William Carlos Williams Review*, Vol. 35, No. 2, 2018, p.135.

傲；春、夏、秋、海"）。在《帕特森》中，句点的用法也颇为奇特，它有时在行末最后一个词后的几个字符才落下（这表示时间的延伸）；有时甚至放在句首；有时用来中断一个短语，比如第四卷中"talking excitedly ． of the next sandwich ．"（"兴奋地谈 。 起下一块三明治 。"），就把短语"talk of"置于句点的两边；有时又用连续的句点来作段落的隔断。

威廉斯对文本的视觉效果（即词语和诗行在书页上的排列方式）的兴趣，也可见于《帕特森》，这一点科纳罗也谈到，"他（指威廉斯）像E.E.卡明斯、玛丽安·摩尔和埃兹拉·庞德一样关注词语的间距、页边距、段落划分、字体大小、标点符号和表意符号的放置，以及词语拼贴的可能性。《帕特森》的每一页都以适合其特定材料的视觉模式组成。"[1] 可以说，《帕特森》是一部设计复杂的"图形诗"，它期待着读者在这种"图形"（特殊的文字排版方式）中感受一种意义。

由于《帕特森》整合了威廉斯之前在诗集《科拉在地狱：即兴创作》（1920）和《春天及万物》（1923）等所有演练过的文学形式和经验，以及散文集《美国谷物》（1925）中的历史兴趣，因此，为了了解这部诗，许多评论者将它和他其他的作品联系起来，揭示它的思想秘密和语言奥秘，比如保罗·马里亚尼将它和《科拉在地狱》中的科拉这一重要形象联系起来：

> 科拉：这是《帕特森》中许多阴沉的笑话和谜语之一。但这个笑话的要旨——这个谜语——是获得所有谜

---

[1] Joel Conarroe, *William Carlos Williams' Paterson: Language and Landscape*, p.38.

语的核心。科拉：居里夫人：核心：治愈：护理：心-角：呱呱（Kore: Curie: Core: Cure: Care: Cor--ner: Caw Caw）。这些和其他语言火花都来自核心人物科拉，发光的要旨，组织《帕特森》那碎屑般的"随机性"的核心。[1]

"秩序是在事实之后被发现的东西"[2]，威廉斯说，他坦言他"努力在《帕特森》中解决一种新的作诗法的所有问题"[3]，他期待在书写的过程中诗的韵律被实现。威廉斯寻找一种新韵律的方式，是第一卷引语所说的用"一项行动计划代替另一项行动计划"，因此，正如劳埃德所说："《帕特森》是威廉斯致力于摆脱传统韵律元素的语言空间，它是一种新的韵律，一种新的度量方法的试验场。"[4]

回声装置

一直以来，许多人在《帕特森》看到了一种回声，即从遍布全诗的相关内容中，看到威廉斯对艾略特等同时代诗人及其诗的影射、隐喻、讽刺、戏仿和互文，从而把这部诗看作对同时代诗人的某种批评。威廉斯对同时代诗人的指涉，在第一卷开头以下诗行即有所表达："其他狗已跑出——/去追

---

[1] Paul Mariani, *A New World Naked,* Trinity University Press, 2016, c1981, p.582.
[2] *The Selected Letters of William Carlos Williams*, p.214.
[3] Ibid, p.258.
[4] Margaret Glynne Lloyd, *A Critical Reappraisal to William Carlos Williams' Paterson*, p.149.

兔子。/只有那跛腿的站着——/三足而立。前抓后挠。/欺骗，吃。刨/一根发霉的骨头。"这里的"其他狗"被许多评论者看作在影射艾略特等人。

如果根据威廉斯对美国诗歌"美国性"的强调，在《帕特森》中面向现代诗人的回声装置，大致可分为针对艾略特、庞德的"欧洲派"（或"世界派"）和针对哈特·克兰和卡明斯等人的"本地派"。正如下面的诗行，许多人看到威廉斯的所指——"欧洲派"，在这里他简练地区分两条道路：

> 他走不动，
> 他羡慕那些跑走的人
> 羡慕他们可以跑向
> 外围——
> 向其他中心，直接地——

在《帕特森》中，威廉斯有时会运用"博学者"一词，比如在第二卷中，"诗人，/耻辱之中，应向博学者借物（为/解放心灵）：不满词汇表/（从他所恨的那些人借来，描述他自己的/贱民地位）"，如果把"博学者"界定为艾略特和庞德及其同道，则更容易理解威廉斯所说的东西。威廉斯对艾略特《荒原》中的意象的直接涉及，可见于第三卷第三章：

> 是谁言及四月？某个
> 疯狂的工程师。没有循环。
> 过去已死。

自艾略特发表《荒原》以后，威廉斯对艾略特的诗歌选择一直异常愤怒，他在《自传》中的一段话被广为引用："突然间，《日晷》带来了《荒原》，我们所有的欢乐都结束了。就像一颗原子弹投了下来，它毁灭了我们的世界，我们对未知世界的勇敢出击化为了灰烬。"[1] 科纳罗认为，《帕特森》对艾略特的抨击是由间接的引用、呼应和一些直接的模仿组成的。"[2] 他提到，第四卷第一部分科里登的诗句是对艾略特相关诗句有些扭曲的戏仿：如"午餐时间"和后文的"请往后面走，朝向门""这是弄钱，弄钱的方式"有意模仿艾略特在《荒原》的诗句"在紫罗兰时刻"（"At the violet hour"）、"请快一点时间到了"（"HURRY UP PLEASE ITS TIME"）和《空心人》的诗句"这是世界结束的方式"（"This is the way the world ends"）。

对于另一位"欧洲派"庞德——这位艾略特的盟友，也是威廉斯既亲密又历来在文学观念上水火难容的好友——威廉斯在《帕特森》中并不侧重于对庞德"跑向外围"的批评，而在于呈现两人另外的争执：当庞德说"你感兴趣于这血腥的肥土，但 / 我要的是成品"，威廉斯回应，"领导权进入帝国；帝国招致 / 傲慢，傲慢带来毁灭。"庞德的"傲慢"似乎是威廉斯在这部诗中的侧重点：《帕特森》好几处引用了庞德的书信，这些信树立了庞德傲慢不羁的形象。面对"本地派"哈特·克兰，威廉斯虽不那么激愤，但也不认可他，对他有一种矛盾心理，《帕特森》对哈特·克兰的直接回应可见于以下诗行：

---

[1] William Carlos Williams, *Autobiography*, W. W. Norton & Co. 1951, p.174.
[2] Joel Conarroe, *William Carlos Williams' Paterson: Language and Landscape*, p.149.

……让肉体从

机器中松开，不再建

桥。

对于《帕特森》和克兰的互文，杰伊·葛洛夫-罗戈夫在《克兰在〈帕特森〉中的在场》一文有详细论述，葛洛夫-罗戈夫提到，"有些人在《帕特森》中发现了克兰及其诗的影子：约瑟夫·埃文斯·斯莱特认为'克兰的精神'渗透在第一卷中，最具体的体现在山姆·派奇身上，他在跳入帕塞克瀑布时的失败，比他之前的成功更能说明问题"，而在第四卷第一部分"牧歌"中，"包含了更多的克兰，在威廉斯为她（指科里登）创作的节选中，《桥》最著名部分的图像和语言片段始终不断地出现、重组和戏仿"[1]。葛洛夫-罗戈夫详述了"牧歌"与《桥》详细具体的语言对应和互文关系，指出威廉斯对年轻的克兰的不满主要源于某种竞争心理，而在诗中，"威廉斯不仅通过戏仿对克兰的用词和手法进行了批评；它也可以被解读为威廉斯对克兰鬼魂的驱魔，最后，是为他之前对活着的和刚死去的克兰持有的某种个人的轻视的道歉。"[2]

一直以来，研究《帕特森》与众多诗人的互文关系，是这部诗研究的关切点。在与杰伊·葛洛夫-罗戈夫的文章同年（1985年）发表的文中，马修斯提出，《帕特森》第一卷描述和讽刺了四位与威廉斯同时代的、在20世纪前五十年对

---

[1] Jay Grover-Rogoff, "Hart Crane's Presence in *Paterson*", *William Carlos Williams Review*, Vol. 11, No. 1 (Spring 1985), p.20.
[2] Ibid, p.26.

美国语言有巨大影响的美国诗人。经过研究,他认为,出现在《帕特森》第一卷中的几个人物有以下的对应关系:

> 侏儒——艾略特
> 山姆·派奇——庞德
> 提姆·克兰——哈特·克兰
> 卡明夫妇——卡明斯
> 帕特森——威廉斯

在马修斯看来:侏儒,这个"面容粗糙、不规则、令人作呕""无法承受他的头的巨重""总躺在一个大摇篮里,头枕在枕头上""以接受宗教教诲为乐"的"奇物",讽刺了艾略特的欧洲中心主义和宗教保守主义,而在第四卷提到的侏儒的头和身体的分离,暗示着艾略特的分裂;《帕特森》关于派奇的叙述("他是我的上司,很多次他赏过我一记耳光")相当吻合威廉斯本人和庞德的私人关系,派奇"严重的震颤性谵妄"切合庞德的自大和精神疾病倾向,派奇最初成功的跳水和最后的失败相契于庞德早期在诗歌创新中的勇敢、非凡魄力及后来与法西斯的合作和被囚的经历;提姆·克兰和哈特·克兰[1]有同一个姓,提姆·克兰推动和安排着建桥,哈特·克兰写了长诗《桥》;卡明(Cumming)与卡明斯(Cummings)的名字仅差一个字母,卡明夫人的坠落相应于卡明斯语言实验的失败;而帕特森就是威廉斯本人,代表着对本地的忠实和

---
[1] 在另外的学者看来,第四卷中自溺的学生暗示哈特·克兰。

语言的求索。[1]可能某些读者会觉得这样的解读过于具体，但马修斯的阐释也有理有据，因此也不失于一种角度。[2]

在《帕特森》第四卷第一部分中，通过科里登这一人物，集中了威廉斯对几位同代诗人的戏仿，除了艾略特和克兰之外，还有叶芝——"跟我去安蒂科斯蒂岛吧，那儿鲑鱼／在阳光的浅水产卵"，这里戏拟的是叶芝在《因尼斯弗里湖岛》中的句子。而在《帕特森》中，除了对现代诗人有颇多互文外，威廉斯对萨福、乔叟和蒲柏等古代诗人，乔伊斯和斯泰因这些现代作家，以及勃鲁盖尔等艺术家的涉及，也值得关注。

"以乔伊斯的方式——／或其他方式，／哪一种都无所谓"，威廉斯在《帕特森》中对乔伊斯仅有一次直接的提及，但这部作品的构思与乔伊斯有根本性的关系，而除了艺术手法，这位爱尔兰作家对本地的着力挖掘和开创新局面的气魄，无时无刻不鼓舞着威廉斯，潜于这部诗的运动之下。威廉斯的作品一直以富于视觉性著称，而在《帕特森》之中，这种"视觉性"除了对物的描绘和表现，也体现于对视觉艺术家和视觉作品的回应中——这里面，包括对勃鲁盖尔画作的"艺格敷词"，对挂毯的详尽描述，对劳特累克的致敬和参照，对达·芬奇、丢勒和毕加索等艺术家的触及——所有这些，将这部诗置于艺术宽广流淌的河流中，也体现它本身超越死亡的渴望。

---

[1] Kathlenn D. Matthews, "Competitive Giants: Satiric Bedrock in Book One of William Carlos Williams' *Paterson*", *Journal of Modern Literature*, Vol. 12, No. 2 (Jul. 1985),pp.247-260.

[2] 在马修斯发表此文前，另外的学者对第一卷的侏儒、卡明夫人和派奇的所指有不同的理解：拉尔夫·纳什（Ralph Nash）认为威廉斯把侏儒作为"对他自己的讽刺性象征"；约瑟夫 E. 斯莱特（Joseph E. Slate）将杰姆·克兰看作哈特·克兰，将派奇看作威廉斯的一个面具；桑基（Benjamin Sankey）将卡明夫人和派奇与威廉斯在《帕特森》中的冒险联系起来。

阐释和评价

"事物之外，没有思想"——威廉斯的观念使得他在《帕特森》中着力于呈现事物，他更多的是将事物呈现或并置在读者面前；而即使有时他表露了自己的观点，他也对之前的观点进行了消解，将自身置于事物之外。威廉斯的做法使得他的态度或想表达的含义可被作多种解读（甚至可作与他本意相反的解读）。一直以来，评论者从阶级、种族、性别、经济、文化、诗歌史等角度讨论它，而由于评论者的立场、生命感受、角度和侧重点等方面的不同，因而对《帕特森》产生不同的读解。这些读解，从大处看，是关于对作品的主题、基本结构、态度和倾向等方面的认定，比如，有些人可能看到《帕特森》中某种大男子主义态度，而安东尼·弗林看到的是对女性的尊崇，看到的是"男性入侵的钝化"[1]；从小处看，有关于对个别段落和诗行的理解，比如，对于第二卷那只尽力想"爬进一只铰接的蛋"的鹰，桑基认为"这隐喻可能是指开国元勋们接受欧洲资本主义框架的决定"[2]，而弗林认为"作为想象力的相应物，它（指鹰）暗示了男性作为一种创造性（有效）力量的失败，以及在面对这种失败时对退缩的抗拒，尽管这种抗拒是无意识的"[3]。

应当说，在常被并提的艾略特、庞德、弗洛斯特和史蒂文斯这几位现代主义大师中，威廉斯尤为独特，这表现在：虽

---

[1] Anthony Flinn, "'Laughing at the Names': The Blunting of Male Incursion in *Paterson*", *William Carlos Williams Review*, Vol. 23, No. 1 (Spring 1997) p.15.

[2] Benjamin Sankey, *A Companion to William Carlos Williams' Paterson*, p.99.

[3] Anthony Flinn, "'Laughing at the Names': The Blunting of Male Incursion in *Paterson*", p.23.

然他受到奥尔森、洛威尔、金斯堡、奥哈拉等大批诗人尊崇，主导了20世纪后半叶的诗风，并且在离世后被相当多学者持续研究，被视为"后现代主义诗歌"的开创者，但多年来他并没完全攻破学院派的堡垒，像哈罗德·布鲁姆一直对他有保留的意见，而著作等身的海伦·文德勒，评论过史蒂文斯、洛威尔、梅里尔、罗特克等大量现当代诗人，却似乎吝于写一篇关于他的诗的专文[1]。

布鲁姆在1985年一部批评威廉斯的文集的序言中，承认自己"属于华莱士·史蒂文斯的流派，而不是威廉斯的流派"[2]，他坦言看到威廉斯的影响力，但怀疑他的成就，"就像埃兹拉·庞德一样，威廉斯的作品在美国诗歌传统中仍然是一个相当有问题的成就"[3]。然而，在近二十年后，布鲁姆的态度发生了变化，威廉斯被他认定为"'布鲁姆重要诗人'之一，与荷马、乔叟、但丁、狄金森、济慈、莎士比亚、惠特曼、叶芝和其他几十位诗人在同一名单上"[4]。

对威廉斯诗歌成就的认定，无疑需估量《帕特森》的价值。威廉斯在世时，在《帕特森》得到的评价中，最令他心安的当属洛威尔的赞赏，洛威尔在写于1962年的文章中再次

---

1 译者读过文德勒一篇相关于威廉斯的书评"Art, Life & Dr. Williams"，但它是对另一位作者的书的评论，而不是针对威廉斯的诗歌文本的分析。应当说，文德勒也属于布鲁姆所说的"史蒂文斯的流派"。

2 Harold Bloom, "Introduction", *William Carlos Williams, Modern Critical Views*, ed. Harold Bloom, Chelsea House Pub, 1986, p.2.

3 Ibid, p.9.

4 Emily Mitchell Wallace, "'Hares and Hounds': Critical Guides to Williams", *William Carlos Williams Review*, Vol. 25, No. 2 (Fall 2005), p.34. 这里指在布鲁姆主编、2002年出版的经典诗人系列丛书"布鲁姆重要诗人"（*William Carlos Williams: Comprehensive Study and Research Guide — Bloom's Major Poets*）中，布鲁姆将威廉斯列入其中，并为之写下序言。

说到它,"威廉斯已融入我们文学强劲的气息之中。《帕特森》是我们的《草叶集》"[1]。自威廉斯离世后,这部诗陆续在批评家们的视野中得到讨论,一些批评者认为,这是一部有瑕疵的、伟大的"实验作品",如本杰明·桑基说,《帕特森》最初那些精彩的东西所许下的"承诺""并没全部实现",他说"像《桥》和《诗章》一样,《帕特森》是现代最伟大的'实验'诗歌之一"[2]。托马斯·勒克莱尔将它看作"一首名叫《帕特森》的长诗的注释"[3]。而科纳罗的评价更高,他说"《帕特森》是威廉斯的主要成就,它是美国文学的伟大作品之一"[4],他认为贾雷尔在给第一卷的颂词中很好地表达了这部诗的整体成就:"这种最细腻的感知和情感的抒情与最坚硬、最朴实的现实的非凡混合,是多么美妙和不可思议啊!"[5]

一直以来,关于《帕特森》的争论点之一,是是否把《帕特森》界定为一部史诗。《帕特森》壮阔的篇幅所体现的雄心,它对古希腊的提及,它关于《奥德赛》的典故(劳埃德说"这些参照鼓励并邀请读者承认帕特森是一个现代的奥德修斯"[6]),以及威廉斯在别处对"史诗"问题的多次提及,提醒人们把它放在史诗传统中考虑。对此各人观点不一,如约翰·C. 瑟尔沃尔(John C. Thirlwall)把它称为"一个地方的史

---

[1] 罗伯特·洛威尔著,程佳译《奥鼬的时光》,第61页。这里译文出自程佳,略有改动。

[2] Benjamin Sankey, *A Companion to William Carlos Williams' Paterson*, p.226. 桑基对长诗有极严格的标准,他认为艾略特的《四个四重奏》也同样不完美。

[3] Thomas Leclair, "The poet as dog in *Paterson*", *Twentieth Century Literature*, Vol. 16, No. 2 (Apr. 1970), p.97.

[4] Joel Conarroe, *William Carlos Williams' Paterson: Language and Landscape*, p.4.

[5] Ibid, p.43.

[6] Margaret Glynne Lloyd, *A Critical Reappraisal to William Carlos Williams' Paterson*, p.265.

诗",约翰·恰尔迪(John Ciardi)称它为"史诗",而勒克莱尔说它"叙事中没有足够的行动,不能成为史诗"[1]。而劳埃德(《批判性重估威廉·卡洛斯·威廉斯的〈帕特森〉》的作者)针对其他批评家的"个人史诗""民族史诗"的提法[2],梳理了古希腊以来的史诗传统,提出跟"传统史诗"有别的"现代史诗"概念,并将《帕特森》界定为"现代史诗":"如果要把《帕特森》描述成一部现代史诗,那就必须把它看作一部以讽刺为主要方式的史诗。"[3]

威廉斯离世前还写着《帕特森》第六卷,这似乎预示了它是"一个永不结束、永不完整的文本"[4],而正由于这部作品的开放性和丰富性,多年来激起诸多讨论,显示了其活力所在[5],而今它也即将迎来它在汉语中的"来世",迎来新的目光的注视。未完成的第六卷中,威廉斯写道:"看看达达主义或一个斯大林的谋杀//或一个李白//或一个昏暗的蒙特祖玛"——在他在世时,他应没预料这部作品被译为汉语时的

---

[1] Thomas Leclair, "The poet as dog in *Paterson*", p.97.

[2] 这些看法包括把《帕特森》看作"个人史诗"(指像华兹华斯《序曲》一样,以主人翁的思想和成长发展起来的史诗)或"民族史诗"(类似于《罗兰之歌》和《尼伯龙根之歌》)。

[3] Margaret Glynne Lloyd, *A Critical Reappraisal to William Carlos Williams' Paterson*, p.271.

[4] Alba Newmann, "*Paterson*: Poem as Rhizome", *William Carlos Williams Review*, p.71.

[5] 《帕特森》的开放性总激励后来研究者的进入,译者看到一篇近年发表的、颇有创见的论文,即乔恩·伍德森(Jon Woodson)的《威廉·卡洛斯·威廉斯的〈帕特森〉与炼金术:现代主义长诗中的奥拉奇现代主义问题》(William Carlos Williams's *Paterson* and Alchemy: The Problem of Oragean Modernism in the Modernist Long Poem)。在此文中,伍德森将威廉斯与现代主义文学中的奥拉奇(Orage)影响和炼金术联系起来,提出"一旦从奥拉奇现代主义的角度审视威廉斯,一个截然不同的人物就会出现"。或许他的论点还需进一步的证据,但他的论述让人耳目一新,并能解释《帕特森》许多难解之谜。

模样。像许多阅读庞德非凡的"译诗集"《华夏集》并痴迷中国古典诗的美国诗人一样,威廉斯一生有一种"中国情缘":早在 1917 年,威廉斯在《年轻洗衣工》为他的华人朋友山姆·吴(吴启[1])——那中国夜莺呼喊,"请拿你们丈夫的衬衫,给吴启洗",在 1920 年前后他写下一首短诗《致白居易的鬼魂》[2],而在 1957 年后他更与华裔美籍诗人王燊甫合译了中国古典诗集《肉桂树》[3]。而今,距离《肉桂树》出版已过半个世纪(距《华夏集》问世也过百年),由于一个机缘,《帕特森》——这部他雄心勃勃的力作终于进入汉语世界,如果他在另一个世界有知,他应会欣然于此,虽然这迟于艾略特的《荒原》和《四个四重奏》与庞德的《诗章》(选章)中文版的问世许多年。

---

1 关于吴启,威廉斯还有另一首三行短诗《中国夜莺》(*Chinese Nightingale*),在那首诗中他把吴启称为"中国夜莺"。
2 在 1920 年前后他写下一首短诗《致白居易的鬼魂》(*To The Shade of Po Chu-i*)。
3 《肉桂树》(*The Cassia Tree*)在威廉斯离世后于 1966 年出版。

致谢

感谢雅众的策划和诗人凌越对此书翻译的推荐,这是这本书工作的起点。感谢诗人冯娜、方雨辰女士以及师弟李玉辉、杨东伟,她(他)们帮我借书和下载论文;感谢身处法国的谢昊和身处美国的陆定曦,疫情期间帮我购书,艰难地传递文本。向我强大的"语言顾问团"致敬:他(她)们是犀子(西班牙语)、谢昊(法语)、朱玉和陆定曦(英语)、汉学家西思翎(荷兰语、英语)、刘国鹏(意大利语、法语、拉丁语),感谢他们繁忙中抽身进入《帕特森》的世界,为我清除了诸多语言障碍。感谢朋友们慷慨相助!感谢这本书的编辑付天琦和陈雅君的细致工作。感谢我的妻子豆子,承担了家里事务,让我静心翻译。

作者说明

第一卷首版说明[1]

《帕特森》是一部包含四卷的长诗,一个人本身是一座城市,即使是想象性的构思,他可以以一座城市各方面可体现的方式开始、寻求、实现和结束他的生活——他也是任何一座城市,其所有细节可以表达他最隐密的信念。第一卷介绍这个地方的基本特征。第二卷包含现代摹本。第三卷将会寻找一种让它们发声的语言,而第四卷,瀑布下的河流,将令人回想起过去的经历——一个人在一生中可能实现的所有事情。

关于第五卷[2]

"[完成《帕特森》(第四卷)以来]我逐渐明白,不仅诸多变化发生在我和世界身上,而且我不得不承认,按照我曾与自己定下的条约来看,我所设想的这个故事是不会有结

---

1 威廉斯最初计划《帕特森》由四卷组成,这是他关于这部诗的"梗概"的说明,见于1946年第一卷中。第二、三和四分别于1948年、1949年和1951年出版。
2 下面的内容来自威廉斯给出版商的信,写于第五卷出版之前。1960年末及1961年初,威廉斯再次写信给出版商,计划出版第六卷,但因病没能完成。第六卷四页的笔记和草稿在诗人死后的文件中被发现,这些作为附录附于本书最后。

局的。如果我想赋予帕特森的想象有效性,我就必须把帕特森的世界带入一个新维度。然而,我想保持它的完整性,至少我想这样。当我在心中细思这件事,这构思就开始呈现出你在现今这卷诗中所看到的一种形式,我天真地希望,这卷诗可以与《帕特森》一至四卷中的帕特森保持一致,有着直接的关联性。让我们希望,我已经成功做到了这一点。"

关于《帕特森》[1]

即使诗人给予世界的最大恩惠是揭示那秘密又神圣的存在,人们也不会知道他在说什么。手术不能帮助他,各种治疗法也不能。外科医生自己必须知道他的手术的无效。但这持续涂鸦的对象也向他走来,我可以从他的眼睛看到,他认出了它。

这就是我开始写《帕特森》的原因:一个人的确是一座城市,对于诗人来说,事物之外,没有思想。但批评家们却认为我,一个诗人,不能像思想家那样深刻,只能延续他们的深刻,有时故意以他们特有的热情写诗。这完全取决于你所谓深刻的东西。因为我承认,在处理人与城市时,为了达到目的,需要在形式上抵达某种深度。

思想家和学者于是提出关于诗歌本质的深刻问题,自我回答或至少在各种思想之间创造了张力。他们思考着,而他们相信,思考会是深刻的。一个奇怪的想法是,如果他们所

---

[1] 以下的说明出自《威廉·卡洛斯·威廉斯自传》(1948)第五十八章。

思考的东西有益于他们的思考,作为思想家,他们就会得到回报。

但如果谁愿意,又有谁不能触及思想的底部呢?然而,诗人在正在处理的东西的语境中,不允许自己超越有待发现的思想:事物之外,没有思想。诗人用诗来思考,他的思想就在诗中,而这本身就是深刻的。这思想就是《帕特森》,在那里有待被发现。

因此,思想家试图按他的意图捕捉这部诗,用他自己的"思想"作为那张塞入他各种想法的网。这很荒谬。他们还没深刻到发现他们因此犯了一种哲学错误。他们跳出了轨道,滑出了范畴;无论这部诗的思想或价值如何,它将不胜任于让一只鸽子怒吼。

围绕《帕特森》这部诗的最初意念,很早就活跃着:找到一个足够大的形象来体现我周遭的整个可知世界。当我在自己的地方,在我生活的细节中生活的时间越长,我就越意识到这些孤立的观察和经验需结合在一起才能获取"深度"。我一直拥有这条河。当弗洛茜[1]意识到我们住在一条河旁边,意识到我们是一个河镇时,她总是很惊讶。纽约市远远超出我的视野;如果我用比写鸟语花香更宽宏的方式写作,那么,我要写与我关系密切的人们,我要详细地、精密地了解我在说些什么——面对他们的眼白,他们的气味。

那些是诗人的事。不用含糊的种类的方式,而要像一个医生,独特地写一个病人,写他面前的事物,在个别中发现普遍。约翰·杜威曾说过(我是偶然发现的):"地方的才是

---

[1] 作者的妻子弗洛伦丝(Florence)的昵称。

普遍的，所有的艺术建立在它之上。"凯泽林[1]用不同的言词说了同样的东西。我没打算、也没机会以此方式了解纽约，对此我并不感到失落。

我考虑了帕塞克河[2]经过的其他地方，但最终，这座城市，帕特森，凭借其丰富的殖民史，在水污染不那么严重的上游胜出了。这瀑布，歌唱着，季节性地喧嚣，关联于许多理念，我们的财政殖民政策依据这些理念，借助亚历山大·汉密尔顿[3]的手塑造了我们，这瀑布深深地吸引着我——从那时起所产生的东西也如此。即便今天，这里仍是可产生成果的研究对象。我知道这些事情。我听说过。我参与过塑造这地方的一些事件。我听过比利·尚迪[4]的讲道；我和约翰·里德[5]交谈过；我在医院认识过很多女人；我年轻时在加勒山[6]跋涉，在它的池塘中游泳，出现在那里的法庭上，看着它烧焦的废墟，被水淹没的街，在纳尔逊的历史书[7]中了解到帕特森的过去，了解到在这片土地上定居的荷兰人。

1　赫尔曼·凯泽林（Hermann Keyserling, 1880—1946），德国哲学家，作家。
2　Passaic River，流经帕特森的河。
3　亚历山大·汉密尔顿（Alexander Hamilton, 1755 / 1757—1804），美国政治家、军事指挥官、财经专家，开国元勋之一，美国制宪会议代表及《美国宪法》起草人和签署人之一，美国第一任财政部长（创建了美国金融体系），美国政党制度创建者。2006 年，他被美国权威期刊《大西洋月刊》评为影响美国 100 位人物第 5 名。
4　比利·尚迪（Billy Sunday, 1862—1935），美国福音传道者。威廉斯在《帕特森》卷四第二节写到他。
5　约翰·"杰克"·西拉斯·里德（John "Jack" Silas Reed, 1887—1920），美国记者、诗人和共产主义活动家。他在第一次世界大战期间以战地记者身份开始成名，后因报道俄罗斯十月革命而闻名，他在《震撼世界的十天》一书中记述了那次革命。
6　位于帕特森地区的山。
7　指威廉·纳尔逊（William Nelson）所著的《新泽西州帕特森市和帕塞克县历史》（*History of the City of Paterson and the County of Passaic New Jersey*）（1901）。

我把这座城市当作我的"案例"来完成，真实又逐步地发展它。它召唤一种我并未了解的诗，我的责任是发现或创造这样一种基于那个"想法"的语境。创造一首诗，实现艺术的要求，在那种意义上又是新颖的，即，在音节的特定设置中，帕特森作为帕特森会被发现，完美就完美在这部诗特殊的感知，拥有它——如果它升起，拍翼进入生活片刻——它会作为其本身在本地存在，就像这世界其他地方。因为正是它在那里面，它才独特于自己的习语，才有生命力。

瀑布轰隆一声撞击底下的岩石。在想象中，这轰鸣是一种言语或声音，一种特别的言语；这首诗本身就是回答。最后这个人从大海中走了出来，而河流似乎已在大海中失去身份，他在他的忠实母狗（显然是一条切萨皮克湾寻猎犬）的陪伴下，转向内陆，向卡姆登[1]进发，在那里，沃尔特·惠特曼受到很多诽谤，度过他生命最后几年，然后去世。他一直说，他的诗打破了英语韵律五音步抑扬格的统治地位，只是开始了他的主题。我同意。在新的方言中，要靠我们通过一种基于音节的新结构来延续它。

---

[1] 位于新泽西州。惠特曼1892年于卡姆登逝世。

第一卷

(1946)

：一种本地的骄傲；春、夏、秋[1]、海；一种忏悔；一只篮；一根柱[2]；一种回答，赤手面对希腊语和拉丁语；一种收集；一次庆祝活动；

以独特的术语；通过增殖，简化为一[3]；大胆的；一种下落；云层分解为一个多沙的水闸；一个强制执行的暂停；

难以进行；一种身份识别，一项行动计划代替一项行动计划；对松弛的一种拉紧；一种扩散和一种变形。

---

[1] 这里原文为"fall"，为本诗核心词。它是一个季节（"秋天"），是奔往大海的帕塞克河的瀑布，也指瀑布的倾下。
[2] 原文"a column"，可理解为"一根柱子"。相联于后文的希腊语和拉丁语（古希腊和古罗马的建筑以柱子和柱廊著称）；柱子也常被用作男性生殖器的象征；也可理解为"一列"，即一列人、一列东西，等等。
[3] 这里也可译为"通过乘法，简化为一"。

序言

"追求的是精确。但当美被锁在心中,无视一切抗议,你将如何发现它?"

> 创造一个开始,
> 从细节中来
> 并让它们普遍化,卷起[1]
> 全部,用有缺陷的手段——
> 嗅着树木的,只是
> 许多狗中的
> 另一只。还有
> 什么?有什么可做?
> 其他狗已跑出——
> 去追兔子。
> 只有那跛腿的站着——
> 三足而立。前抓后挠。
> 欺骗,吃。刨
> 一根发霉的骨头。

> 因为开始确实是

---

[1] 此处与下文所用的短语为"rolling up",含义丰富。"roll"既表示"漂流",又表示相关于"轮子"的"滚动"(这意味着一种圆周运动)。

结束[1]——既然我们,很显然,对我们

自己的复杂性之外的

事物一无所知。

     然而,

没有回归:从混沌中卷起,

一个持续九个月的奇迹,这城市

这人,一种同一[2]——不可能

别样——一种

渗透,双向的。卷

起!正面,反面;

醉酒的,清醒的;杰出的

粗野的;为一。无知中

有一种知识,而知识,

未曾扩散,自我解体。

    (增殖的种子,

密实塞满细节,发酸,

流动中消失,而意绪,

分散,在同样的浮渣中

飘走)

---

1 原文"For the beginning is assuredly / the end",许多评论家将此句解读为对艾略特《四个四重奏》"东库克"的起首诗句"在我的开始是我的结束"的回应。"end"也意为"目的",故这里也可理解为"因为开始确实是/目的"。
2 原文"identity",也意指"身份"。

卷起，卷起，随数字
而沉重。

   它是无知的太阳
升起，从一个个空洞太阳的槽中
升起，因而此世
一个人从没在其躯体活得很好
除了将死——也不知道自己
在死亡；然而，那是
设计。因而，更新
自己，在加法和减法中，
来回行走。

   而技艺，
被思想颠覆[1]，卷起，让
他提防，不要转向
陈腐诗歌的写作　。　。　。
诸心灵像一直铺好的床，
   （比海岸更冷硬）
不愿或不能。

   滚涌而来，充满，

---

1 "短语'被思想颠覆'表明威廉斯对那些让艺术臣服于玄学的人的厌恶的程度。"——Joel O. Conarroe:" The 'Preface' to 'Paterson'", *Contemporary Literature*, Vol. 10, No. 1 (Winter, 1969), p.51.

倾下，撞击又弹回，巨大的哗啦声；
如空气一样飘举，被载运，斑斓，海洋的
一种洗刷——
从数学到细节——

    散为水珠，
漂浮的薄雾，将雨水般洒下
并重聚成一条河，奔涌
又环绕：

    贝壳和微生物
概莫能外，而人，而帕特森，

      也如此。[1]

---

[1] 以上三行原文为"shells and animalcules/ generally and so to man, // to Paterson.",也可理解为"贝壳和微生物/概莫能外，就这样流向//人，帕特森"。

巨人们的轮廓

一[1]

帕特森躺在帕塞克瀑布下的山谷,
干涸的河水勾勒他背部的轮廓。他
往右侧卧,脑袋靠近充满
他梦中水域的轰鸣声!永远沉睡,
他的纷繁之梦行走于他持续隐身的
城市。只只蝴蝶落在他的石耳。
他永在不朽,不动也不醒,且很少
被看到,然而他呼吸,精妙谋划,
从倾泻的河的噪音吸取基本物质
启动千个机器人。他们,因为他们
既不知他们的源来,也不知他们的
失望的基石,多半漫无目的在身体外走着,
被锁于、被遗忘于他们的欲望——未被唤醒。

——说吧,事物之外,没有思想——
没有别物,只有一张张空白的房屋面孔

---

[1] 原文以罗马数字"I"标出,有学者揭示了它与下文首行首词"Paterson"(帕特森)视觉连读的效应:因罗马数字"I"与英语中的"I"(我)同词形,故形成"我,帕特森"的意义连接。

和一棵棵圆柱体的树

因预见和意外弯曲,分叉——

有裂缝,沟痕,皱纹,斑点,污迹——

秘密——进入光的躯体!

从上方,高于塔尖,甚至

高于办公大厦,从淤泥的原野,那

散布着灰白荒草、黑漆树、

枯茎杆、泥淖和落叶

杂间的灌木丛的泞湿荒野——

河水到来,从城市上方倾泻而下

从峡谷边缘坠落撞击

在浪花的反冲和彩虹的薄雾中——

  (有什么共同的语言要折开?
  。 。 梳成条条直线[1]
  从一块岩石的嘴唇
  那橡子。)

一个男人像一座城市,一个女人像一朵花
——他们相爱了。两个女人。三个女人。
无数的女人,每一个像一朵花。

---

[1] 原文"straight lines",也指"笔直的诗行"。

但

只有一个男人——像一座城市。

关于我留给您的诗；可以劳驾您把它们寄回到我的新地址吗？不必费心去评论它们，如果您觉得这很尴尬——因为正是人类状况，而不是文学状况，激发我打电话和拜访。

此外，我知道自己更像女人，而不是诗人；与诗歌出版商相比，我更关心的是……活着……

但他们进行了调查……而我的大门永远（我希望永远）紧锁，不让所有的公益工作者、专业的社会改良者和类似的人进入。[1]

   汹涌的水流越来越逼近
   边缘，他的思绪
   交错，相斥，潜下，
   被岩石阻挡而升起，转到侧边
   但永远用力向前——或撞击
   一个涡流并翻转，被一片
   叶子或一个乳状泡沫标记，似乎
   去忘记　。

   而后又向前，又

---

[1] 以上三个段落改编自马西娅·纳迪（Marcia Nardi）写给威廉斯的信。威廉斯在《帕特森》中大量引用纳迪的信，纳迪以"克瑞斯"（Cress）这个名字出现（在某封信中签名为"C"）。马西娅·纳迪（1901—1990）：生于马萨诸塞州波士顿市，原名莉莲·马塞尔，美国诗人。1942年，纳迪遇到了威廉·卡洛斯·威廉斯，并开始与他通信。威廉斯鼓励纳迪出版她的诗，1956年纳迪出版第一本诗集。

被随后向前推进的群落

取代——它们此刻

敏捷地合并为平滑之镜,

安静或似乎安静,如最终

它们跃向结局而

坠落,在空中坠落!仿佛

漂浮,卸下重量,

裂开,成为丝带;茫然,迷醉

于灾难的降临,

漂浮,不被支撑

击打岩石:一记惊雷,

似乎闪电已劈击

所有的轻盈消失,击退中

重获重量,一种逃亡的

愤怒驱使它们在

那些随之而来的东西上反弹——

然而,它们不偏离水流,重走

它们的路程,空气中

充满骚动,充满蕴含

同样气息(同时代之物)的喷雾,

填充那空白

而在那里,靠着他,是一座低山。

这公园是她的头,被雕刻,在瀑布之上,在宁静的河的旁边；彩色的晶体蕴藏那些岩石的秘密；
农场和池塘，月桂和适量的野生仙人掌，
黄花　。　。　面朝着他，他的
手臂支撑着她，在岩谷旁，他沉睡。
颗颗珍珠在她脚踝边，她那缀满苹果花的
怪异头发散落在僻远地区，唤醒它们的梦——在那里，
鹿在奔跑，林鸭[1]在筑巢，保护绚丽的毛羽。

1857年2月，戴维·豪尔，一个穷鞋匠，有个大家庭，没工作，没钱，他从帕特森市附近的诺什布鲁克[2]收集了许多贻贝，他在吃它们时发现了许多硬物。一开始他把它们扔掉了，但最后他把其中一些交给珠宝商，珠宝商给了他25到30美元。后来他又找到了另外一些。这些珍珠，其中一颗色泽精美的，以900美元的价格卖给蒂芙尼[3]，随后又以2000美元的价格卖给尤金妮皇后[4]，从此它作为"珍珠女王"——当今世界这种类型最珍贵的珍珠——而为人所知。

这次拍卖的消息引起极大的轰动，全国各地开始寻找珍珠。在诺什布鲁克和其他地方，数以百万计的贻贝被采集起来，并因收效甚微或毫无结果常常被销毁。一颗又大又圆、重达400格令[5]、本可以成为现代最好的珍珠，因为壳被煮开而毁掉。

1　林鸭，一种颜色艳丽的美洲鸭，也称"林鸳鸯"，在树洞中筑巢，雄性鸭以大羽冠著名。
2　诺什布鲁克（Notch Brook），意为"峡谷溪"。
3　蒂芙尼（Tiffany），著名珠宝品牌，以钻石闻名，1837年开创于美国纽约。
4　尤金妮·德·蒙蒂霍（Eugénie de Montijo，1826—1920），法兰西第二帝国皇帝拿破仑三世的皇后。
5　格令（grain），一粒谷物的重量，一般为最低的重量单位，英制格令为64.8毫克。

每月两次,帕特森收到

教皇和雅克·巴尔赞[1]

(伊索克拉底[2])的来信。他的作品

已被译成法语

和葡萄牙语。而邮局的职员们

把稀有的邮票从他的

包裹撕下,偷来装点他们

小孩的相簿 。

说吧!事物之外,没有思想。

帕特森先生已离开,

去休息和写作。在公共汽车,有人看到

他的思绪坐着,站着[3]。他的

思绪飞落[4],散开——

这些人是谁?(数学的东西

多复杂)在他们中我看见我自己

在他的思绪那整齐有序的

玻璃板中,在鞋子和自行车前闪着微光?

他们走着,无言或被无言,

---

[1] 雅克·巴尔赞(Jacques Barzun, 1907—2012),著名法裔美国历史学家,著作有《论人类自由》等。
[2] 伊索克拉底(Isocrates,公元前436—前338),古希腊有影响力的修辞学家、演说家,他的信件和小册子是古希腊政治思想的源泉。
[3] 指帕特森思绪的具体化(许多人)"坐着""站着"。
[4] 此处原文为"alight",其作形容词时意为"燃烧着的;点亮的,闪亮的"。

等式未被解出，然而

它的意义清晰——他们也许活着

他的思想被列在

电话簿中——

  而分流，向大瀑布，

尿——啊！[1] 巨人投掷！也是美妙的曼西[2]

  他们渴望奇迹！

  在描述瀑布之后，一位革命军的绅士这样描述当时在社区的另一个自然奇物：下午我们被邀请去参观附近另一个奇物。这是一个人形怪物，他27岁，他的脸从前额上方到下巴底下，有27英寸，而他的头上面部分周长是21英寸；他的眼睛和鼻子非常大，而且突出，下巴又长又尖。他的面容粗糙、不规则、令人作呕，他的声音粗犷而洪亮。他的身躯长27英寸，他的四肢细小又畸形，他只能用一只手。他从来不能坐起来，因为他无法承受他的头的巨重；但他总躺在一个大摇篮里，头枕在枕头上。很多人来参观他，他特别喜欢与神职人员为伴，总向拜访者打听他们，并以接受宗教教诲为乐。华盛顿将军拜访了他，问他"是辉格党还是托利党"。他回答，他从没积极参与任何一方。[3]

---

1 此处原文为"PISS-AGH!"。"PISS-AGH"如果连读，则与"Passaic"（帕塞克河）音近。

2 曼西（Muncie），一种啤酒牌子。

3 这里出自约翰·巴伯（John Barber）和亨利·豪威（Henry Howe）著，《新泽西州历史辑录》（1844）。

一个奇观！一个奇观！

当汉密尔顿看着（瀑布！）并留下他的建议时，他看到了十所房子，从这些房子开始，到世纪中叶为止——那些工厂吸引了形形色色的人群。1870年有20711人在本地出生，其中当然包括外来的父母的孩子；在12868个外来人中，法国人237人，德国人1420人，英国人3343人——（后来建了城堡的兰伯特先生在他们之中），爱尔兰人5124人，苏格兰人879人，荷兰人1360人，瑞士人170人——

  在倾落的水四周复仇女神怒号！
  暴力聚集，在他们脑中盘旋，召唤
  他们：

特瓦夫特鱼[1]，或条纹鲈鱼也很多，甚至大得惊人的鲟鱼常被捉到：——1817年8月31日，星期天，在瀑布水域近处，人们捕获了一条长7英尺6英寸、重126磅的鲟鱼。男孩们向它扔石头，直到它筋疲力尽，他们中的一个男孩——约翰·温特斯涉水爬上大鱼的背，另一个抓住它的喉咙和腮，将它拽上岸。1817年9月3日，星期三，《贝尔森快讯和帕特森广告报》用半栏篇幅报道了这一事件，标题是"怪物被逮住"。

---

[1] 特瓦夫特鱼（twaalft），一种鱼。

　　　　　一切[1]开始了!

种种完美物被磨尖

花朵展开多彩的瓣

　　　　绽放在阳光下

但蜜蜂的舌头

　　　　错过它们[2]

它们沉下,重回沃土

　　　叫喊

——你可称之为一声叫喊

它从它们身上爬过,一个寒战

　　　　当它们枯萎消失:

婚姻[3]渐渐有一种寒栗的

　　　含义

　　叫喊

或接受一种不太满意的结果:

　　　几个人

毫无收获走向海岸——

语言在错失他们

　　　　他们也死去

　　　　隔绝于外界。

---

1 原文为"they",这里以及下面几节中的"they",可理解为"他们"和"她们",也可专指"她们",不同的译法形成不同的侧重点。
2 原文这里的"they"表示"它们",也隐喻"她们/他们"。
3 原文为"Marriage",也有"结合、合并"之意。

语言，语言

　　　　　　不能表达他们

　　他们不了解词语

　　　　　　或没有

　　使用它们的勇气　。

　　　　　　——女孩们从

　　衰败的家庭

　　被带上山：没有言语。

　　他们可能在心中看到

　　　　　　急流

　　而它异在于他们。　。

　　他们转身

　　变得虚弱——但恢复过来！

　　　　　　生活是甜蜜的

　　他们说：语言！

　　　　　　——语言

　　和他们的心分离，

　　语言　。　。　语言！

在拉马波山[1]，如果没有美，那么有一种陌异性，一种共同展开的野蛮与文明生活的鲜明结合：两种面相。

1　拉马波山（Ramapos），位于新泽西州东北部，属于美国东部的阿帕拉契亚山脉。

在山中，棕鳟鱼在浅滩石头间滑落，灵伍德[1]——那里有老瑞尔森农场——在天鹅绒的草坪中，环绕着林木、灰胡桃树、榆树、白橡树、栗树和山毛榉、桦树、山茱萸、香枫、野樱桃和红果歪斜的美洲越橘。

森林里聚集着钢铁工人的小木屋，烧炭工人，石灰窑工人——隐藏在里面，从秀丽的灵伍德看不到——在那里，华盛顿将军可以放松了，他润色着每首诗，在绞死叛国者后从波普顿[2]开始寻求休息——而那些链环为横跨西点镇的哈德逊河的大铁链而制造。

田纳西州发生了暴力事件，印第安人进行了一次大屠杀，绞刑和流放——在等待行刑的绞刑架上，站着60人。被迫离开乡村的塔斯卡洛拉人[3]，被六个部落联盟邀到上纽约与他们会合。这些印第安人持续前行，但有些妇女和掉队者只走到西沙芬[4]附近的山谷裂口。他们到了山上，在那里有英国军队中的黑森[5]逃兵加入，他们中有许多白化病患者，逃脱的黑奴，还有许多在英国人被迫离开之后在纽约市被释放的妇女和孩子。他们之前把她们置于那里的一个营地——这些女人被一个叫杰克逊的男人在利物浦和别处获得，他与英国政府签订了为在美国的士兵提供女人的合同。

混杂的人们在树林奔跑，获得笼统的称谓，"杰克逊的白人"。（也有一些黑人混于其中，一艘船满载着西印度群岛的女性黑人，当他们的船——六艘来自英格兰的其中一艘——在海上的风暴中沉没，她们以取代失去的白人。他不得不想办法补救，而这是最快、最便宜的办法。）

---

1 灵伍德（Ringwood），一个位于新泽西州帕塞克县的自治区。
2 波普顿（Pompton），位于新泽西州帕塞克县。
3 塔斯卡洛拉人（Tuscaroras），一支美洲印第安人，曾居于北卡罗来纳州，在18世纪向北迁移，于1722年加入了易洛魁（北美印第安人）联盟，如今他们居住在纽约州西部和加拿大的安大略省东南部。
4 西沙芬（Suffern），位于美国纽约地区。
5 黑森兵，美国独立战争时英军中的日耳曼雇佣兵。

新巴巴多斯地峡[1]，该地区被如此称呼。

17世纪中叶，克伦威尔将数千名爱尔兰妇女和儿童运送到巴巴多斯[2]，作为奴隶出售。由于他们的主人强迫他们与其他种族通婚，这些不幸者的后裔是几代讲爱尔兰语的黑人和混血儿。直到今天，人们还普遍认为，巴巴多斯本地人说话带着爱尔兰土音。

我记得

一张《地理》图片，一个非洲
酋长的9个女人半裸
跨坐在一根圆木，一根可设想是
官方的圆木，头朝左边：

首位

凝住的是最近的年轻妻子，
挺立着，一位骄傲的女王，意识到她的力量，
她纪念碑式的头发，结着泥块
斜在眉毛上——眉头有力蹙起。

在她身后，其他人
随着新鲜度的硬化而呈
一种降阶，紧挤着

---

1 新巴巴多斯地峡（New Barbadoes Neck），美国殖民时代对新泽西州东北部半岛的称呼。
2 巴巴多斯（Barbadoes），位于加勒比海东部的岛屿，现为英联邦国家。

　　　　然后 。 。
最后,第一个妻子,
现身!撑起所有从她开始的
人——她那双沧桑的眼睛
严肃、险恶——但不害臊;乳房
因过度使用而下垂 。 。

相比之下,另外那个,胸部
上挺,绷紧,盛满
未减缓的力 。
而它们展现的再燃发
显而易见。

　　　　不是说闪电
没从两端(和中间)刺向
一个男人的奥秘,就算
他是一个大首领,甚或说
就因为这个,而在本地摧毁他 。

。 。 像女人,一个暧昧的微笑,
无归属,漂浮,像一只鸽子
经过长途飞行来到它的棚屋。

萨拉·卡明夫人,纽瓦克市[1]霍珀·卡明牧师的配偶,是缅因州波登区已故的约翰·埃蒙斯先生的女儿……她已结婚约两个月,前景可喜:在上天赋予她的范围内,她得到别人所无的世俗幸福和有用事物;但是,一切人世欢乐能否持续,是多么不确定啊。

1812年6月20日,星期六,卡明牧师和他的妻子骑马到帕特森去,为的是要在翌日,受长老会的委派,在那地方为穷苦的会众供应食物……星期一早上,他和心爱的伴侣一起去,为了让她看帕塞克瀑布和周围美丽、荒凉、浪漫的景色,丝毫没料到随之而来的重大事件。

卡明先生和夫人登上飞梯(百步梯),走过坚实的岩架,来到瀑布附近,陶醉于美景,对周围大自然的鬼斧神工指指点点。最后,他们站在悬在盆地上方坚硬岩石的顶上,那里离倾落的水流有六到八根竿子高,成千上万的人之前曾站在那儿,在那儿可以看到此地种种令人赞叹的奇观。他们在此尽情欣赏多时,然后,卡明先生说:"亲爱的,我想我们是时候回家了。"同时,他转过身想带路。他随即听到惨叫声,回头一看,他的妻子不见了!

卡明先生在这悲痛时刻的感受,在某种程度上可以想象,却无法描述。他在失魂之时,不知自己做了什么,如果不是天意安排附近有个年轻人,他会跳入深渊。那人立刻飞身向他,像守护天使一样一把抓住他,让他免于理智崩溃之下迈出那一步。这年轻人领着他走下悬崖,把他带到阶梯下的地面。卡明先生挣脱保护者的手,奋力疾跑,想要跳进这致命的激流。然而,他的年轻朋友又一次抓住他……他们立即搜寻了一整天,寻找卡明太太的尸体;但于事无补。第二天早上,她的尸体在42英尺深处被发现,当天就被运到了纽瓦克。

---

[1] 纽瓦克市,美国新泽西州最大的城市。

一种假语言。一种真语言。一种假语言倾泻——一种
语言（被误解）倾泻（被曲解），没有
尊严，没有牧师，砸在一只石耳上。至少
这为她解决了问题。事实上，派奇也是。在
1828、1829年，他成为国家英雄，在全国巡游，
从悬崖、桅杆、岩石和桥梁跳入水面——以证明他的
论点：有些事情可以做得和其他事情一样好。

往昔的泽西爱国者

N. F. 帕特森

伟伟伟大的历史！[1]

（N为诺亚[2]；F为费图特[3]；简称P）

"泽西闪电"[4]献给孩子们。

到目前为止，一切进展顺利。滑车和绳索在峡谷两边被安全地

---

[1] 原文为"THE GRRRREAT HISTORY"。
[2] 暗示《圣经》中的诺亚，以及美国词典编纂家诺亚·韦伯斯特（Noah Webster）。诺亚·韦伯斯特在词典编纂中纳入了移民的各种语言和土著印第安人的语言。
[3] 原文为"Faitoute"，与"Faitour"（"冒牌货；骗子"）音近，呼应这部诗的开头"欺骗，吃。刨／一根发霉的骨头"；也与法语"Fait toute"（意为"做一切事物"）音近。
[4] "泽西闪电"（Jersey Lightning），新泽西本地出产的烈性苹果酒白兰地的名称。

固定，一切准备就绪，可以把这座笨拙的桥拉到预定的位置中了。这是一座在两边搭起来的木构建筑物，还有一个顶。当时大约下午两点，一大群人聚集在一起——在那时算是一大群人了，因为镇上只有大约4000人——观看那座桥如何被安置。

这对老帕特森来说是个大日子。那天是星期六，工厂都关闭了，为了给人们一个庆祝的机会。来参加庆祝活动的人中有山姆·派奇，他当时是帕特森的居民，是一家工厂管棉纺织机的工头。他是我的上司，很多次他赏过我一记耳光。

好了，这一天警官们在找派奇，因为他们想他会欢闹一场，会惹麻烦。派奇曾多次宣称会从岩石跳下去，因此他多次被捕。他之前因严重的震颤性谵妄被关在银行下面的地下室，但在要将桥拉过峡谷的那天，他被放了出来。有些人认为他疯了。他们并没错得离谱。

但那天镇上最快乐的人是提摩西·B. 克兰，他负责这座桥的事宜。提姆·克兰[1]是一家旅馆的老板，在瀑布的曼彻斯特那边开了一家酒馆。他的场地是马戏团演员的好去处。很久以前，像丹·赖斯和杰出的无鞍马骑手詹姆斯·库克这样著名的马戏团演员曾客宿于他那处。

提姆·克兰建造这座桥，因为他的对手法菲尔德在瀑布的另一边开了客栈，对方得到了"天梯"的好处，它有时被称为"百步梯"，峡谷中通往河对面的一段长长的、简陋的、蜿蜒的扶梯——它使得此人的场地更易抵达……克兰非常健壮，身高超过六英尺。他留着络腮胡。其他居民都知道他是个精力充沛、能力非凡的人。他的举止很像身材魁梧的山姆·派奇。

当拉桥过峡谷的命令一下达，人群欢呼雀跃。但他们拉了一半，

---

1 提姆，提摩西的昵称。

一支栓滚动着从绳索滑入了下面的水中。

就在大家以为会看到这座笨拙的大桥轰然倒塌并坠入深渊之时,一个身影闪电般从最高点一跃而出,扑通一声钻入下面的黑水,然后游向木栓,把它带到岸上。这是山姆·派奇作为著名跳水者的生涯的起点。我当时看到了,有个老人满意地说,我相信当今镇上再没另一个人亲眼看到那一幕。山姆·派奇当时的话是这么说的:"现在,老提姆·克兰认为他做了伟大的事,但我可以打败他。"他说着就跳了下去。

山姆·派奇没有错!

> 水仍从岩石的
> 边缘倾落,声音灌满
> 他的耳朵,难以解释。
> 一个奇迹!

从那以后,他开始了西部旅行,他唯一的伙伴是一只狐狸和一头熊,这是他在旅行中拾到的。

他从山羊岛的岩上跳下,进入尼亚加拉河。然后他宣布,在回到泽西之前,他将向西部展示最后一个奇迹。1829年11月13日,他从125英尺高的杰纳西河[1]瀑布跳下。从美国(甚至从加拿大)远道而来的旅行者都来目睹这一奇迹。

瀑布边上建了一个平台。他费了好大的劲才弄清下面水的深度。他甚至成功地完成了一次跳跃练习。

---

1 杰纳西河(Genesee),纽约罗切斯特附近的河流。

那一天，四面八方的人聚集而来。他像往常一样出现并做了一次简短的讲话。一次讲话！他会说"必须这么不顾一切地跳跃来完成它"之类的话？然后就跃入下面的溪流。但是，他的身体并没像铅锤下坠那样往下掉，而是在空中摇摆——他失语了。他困惑了。词语已耗尽它的意义。山姆·派奇没有错。他侧身撞到了水面，然后消失了。

人群站着，仿佛被施了魔咒，一片沉默。

直到次年春天，尸体才被发现，凝固在一块浮冰中。

有一次，从俯瞰尼亚加拉急流的悬崖上，他把他的宠物熊扔下去，然后在下游把它救出来。[1]

---

[1] 从"从那以后"至此，是威廉斯自己的文字，改编自《美国传记词典》中的细节和语言。

二

没有方向。去哪里？我

不能说。我不能说

不只是怎么说。这种怎么说（嚎叫）[1]

我可以处理（提议）[2]：观望——

比石头还冷 。

   一朵蓓蕾永远新绿，

紧卷，在路面上，在汁液和

物质中完美无瑕，但分离，与它的同伴们

分离，坠落——

    分离[3] 是

我们这个时代知识的标志，

分离！分离！

   河水的轰鸣声

---

1 原文为 "The how (the howl)"，"how" 和 "howl" 谐音。
2 原文为 "disposal (proposal)"，形近。
3 原文为 "divorce"，也有离婚之意。"婚姻/离婚"是本诗主要隐喻之一。

永远在我们耳旁（欠款）[1]
引诱睡眠和沉默，永恒睡眠的
轰鸣 。 。 挑战
我们的清醒——

——未成熟的欲望，不负责任，新绿，
在手中比石头还冷，
未准备——挑战我们的清醒：

两个半熟的女孩在欢呼神圣的复活节，
（所有户外物的一种反转），环绕
自己而编织，从下面
沉重的空气，混浊的半透明的旋涡
倒下，分开她们，
将光挡在外面：没
戴帽，她们明净的头发摇晃着——

两者——
　　　　　在她们头发倾泻的水中
无联系，在水中无物
消散——

两者，为一种趋同本能所束缚：

---

[1] 原文为"in our ears (arrears)"，形近。

丝带，从一段剪下，

樱桃红，扎住她们的头发：一个——

一根柳条，从低处光秃的

长满芽的灌木被拨出，在她手中，

（或鳗鱼或一个月亮！）

持握它，集来的浪花，

在空气中，在倾泻的空气中立起，

抚摸柔软的皮毛[1]——

    难道它们不美！

我当然不是知更鸟，也不是博学之士，

不是伊拉斯谟[2]，也不是年复一年

回返同一地面的鸟儿。如果我是 。 。

地面也已经历

一种微妙的转变，它的身份已改变。

印第安人！

为什么甚至说到"我"，他做着梦，这

我几乎一点也没兴趣？

---

[1] 上文提到月亮，在古希腊神话中，月亮女神阿尔忒弥斯也是狩猎女神。这里及上面几行略带性暗示。
[2] 伊拉斯谟（1466—1536），荷兰思想家、哲学家、欧洲人文主义运动主要代表人物，作品有《愚人颂》和《基督教骑士手册》。

　　　　　　　　　　这主题
如它也许证实的：沉睡，没被认出——
与别物无异，独自
在一阵不触动别物的风中——
以此方式：一种度过
周日下午的方式，绿灌木在摇动。

。　。　　纷繁细节
在一块新土地相互联系，艰难地；
一种谐音，一种同源物
　　　　　　　　三者堆积
聚拢相异之物而净化
并压紧

这条河，弯曲，溢涌——当一个灌木林摇动
而一只白鹤会飞翔
而后栖落！洁白，在
开出蓝花的梭鱼草的
浅滩中，在夏日中，夏日中！但愿它
会来，在浅滩的水中！

　　　　堤岸上，有一种矮小

坚实的锥体（杜松），
它在冷漠的大风中
疯狂颤抖：雄性植物——伫立，
扎根在那里 。

再又想起：要是没有那想象的、
无迹可寻、无人可得的
美，为什么很久以前
我没特意让自己步向死亡？

   陈腐如鲸鱼的气息：呼吸！
呼吸！

  派奇跃起，但卡明太太尖叫
  而坠下——没被看见（尽管
  半小时或更多时间，她一直站在
  丈夫身边，离崖边二十多英尺）。

  ：一具尸体，次年春天被发现
  冻在浮冰中；或一具尸体
  次日从泥泞的旋涡中被捞起——

  两者沉寂，无言

只是近来，近来！开始了解，
清晰了解（如穿过透明的冰）我从哪里
呼吸，或如何清晰
呼吸——即使不是很好：

    清晰！
知更鸟说出它的请求。清晰！
清晰！

——而看，被包裹！瀑布边
那棵树一根枝条，一根
斑驳枝条，克制，在
齐腰粗的梧桐树
旋涡状的树枝间，
很少摇摆，在其他树枝中，分离，缓慢
如长颈鹿般笨拙，轻微
在长长的主枝上，如此轻微
几乎不被注意，它的体内是暴风雨：

就这样

第一个妻子，她长颈鹿般的笨拙
在刺穿人的神秘的
密集闪电间：总之，一场睡眠，一种
源头，一种灾祸 。

　　　　　在一根圆木上，她浸渍过的
头发白蚁窝般绑起（成
一条条）而，她年老的大腿
恭敬地夹着木头，
与别人无异，撑起其他人——
警觉：开始了解那歌唱的
斑驳枝条　。

　　　　　当然不是大学，
一朵绿花蕾落在道路上
它甜蜜的气息被封锁：**分离**（语言
结巴地说）

　　　尚未成熟：

两姐妹，从她们张开的嘴巴
复活节到来——大声叫喊，

　　　　　　　分离！

　　　　　　　　　　而
绿灌木摇动：是我
呼吸之处，摇动，与别物无异，

分开,短暂活跃,暂时
不害怕 。﹒。

也就是说,尽管说得不充分,
有第一个妻子
和第一种美,复杂,卵形——
木质的萼片立于后面,由让它
留在那里的力掌控,生来如此
一朵花在一朵花里面——它的历史
(在心中)蹲伏在
多蕨的岩石间,嘲笑那些他们想
用来捕捉它的名字。逃逸!
绝非通过奔跑,而是通过静置——

一段历史,通过它在岩石的巢穴、
树干和尖牙中,拥有自己的藤丛,
从那里,藤条和条纹混合,
它半掩,露齿而笑(被无视的美)
不是为了百科全书。

如果我们够接近,它发臭的气息
会击倒我们。岩石上的庙宇
是它的兄弟,其威严

在丛林中——在学习步枪射击中
被催促而跃出：去杀戮

并磨亮那些骨头：

这些是它们所反映的可怕事物：
雪落在水中，
部分在岩石上，部分在干草中
部分进入水里
消失——它的形式不再如以往：

那只鸟降落，向前腾伸
双足以化解冲力
然而还是在树枝间
坠跌向前。虚弱收缩的雏菊
迎风弯下　。　。　。

太阳

把黄色的旋花蔓卷绕在
灌木丛；蠕虫和蚊蚋，石头下的生命。
这条可怜的蛇，翻着马赛克的皮
吐着疯狂之舌。马，公牛，
破碎思想的全部喧嚣，
当它尖声坠向街上的虚无
和一只搬货物的火车头的

荒谬尊严——

   简练哲学的
日常出入口,有书籍
撑起摇晃桌子的一端——
诸事件的含糊的准确
与它们永远超越的语言
成对而舞——而黎明
在黑暗中纠结——

  那巨人,我们同居于他的
罅隙孔洞,不知什么空气支持
我们——那含糊物,那个别物
仍然含糊

   他的思绪,是溪流
而我们,我们两个,在溪流分离,
我们也是溪流:三者相似——

  我们坐下来说话
我想和你在床上,我们两个
仿佛这床是溪流的河床
 ——我有很多话要对你说

   我们坐下来说话,

平静地,间以长久的沉默
而我意识到这溪流
它没有语言,流淌在
你的眼睛的
平静天堂之下

   眼睛没有言辞;
与你一起上床,超越
相遇的那一刻,当
急流仍在半空漂浮,落
下——
与你离开峭壁边缘,在
坠毁之前——

   攫住这一刻。

我们坐下来说话,略微感到
巨人们汹涌的洪流
急速冲击席卷我们的身体,在
若干时刻。

   如果我需要它,正如
它已被他人(或物)需要
并被给予得太快,而你应

同意。如果你同意

  我们坐下来说话
而寂静言及已死于
过去、且已回到那些
不悦场景的巨人们,
而此刻,那静寂者,辛加克[1]
并没不悦,石肩
从岩石中冒出——巨人们
再次活在你的寂静
和不被承认的欲望中——

而水面上的空气
掀起涟漪,亲密
无间,动人,如心的轻触,
逆流,溯流而上
带来田野,冷热
并行但从不交融,一种东西,在
悬崖边缘后旋,无形
卷起,填满山谷,旋转,
一种伴随物——但分离着,警惕
危难,上下扫荡,清除
水雾——

---

[1] 辛加克(Singac),位于美国新泽西州帕塞克县小瀑布镇,在帕特森西边河流拐弯处。

带来不同世界的

传言,鸟与鱼相映,碧绿的水草

对着葡萄,随退潮的水流

起伏,在开花的树莓旁

流出,风暴伴随着洪水——

歌与翼——

　　一物不像另一物,

另一物的孪生物,熟悉又古怪

肩并肩,携着水滴

和雪,接近,而水抚慰空气,当

它在岩石间断续推进——

　　　在一万英尺高,在山脉上空进入

　　昏暗的海地,太子港[1]背后的

　　内陆海湾,蓝色硫酸

　　随更苍白的水流疾驰,褴褛如松散

　　头发,严重染色——像化学废物

　　混合其中,吞吃海岸　。　。

1　海地太子港(Port au Prince)与威廉斯的家庭有关,在《威廉·卡洛斯·威廉斯自传》中,作者描述这段和妻子首次乘飞机旅行到太子港的经历。下段的"它"指的是飞机,但又把其神话化了。

他让它倾下，击打海湾

汹涌的水，猛烈地；但又举起它，

又逐渐落下，再次重重砸落但

仍滑向他们在那里

等待的码头——

    （七十年代，卡洛斯从那里逃走

留下我祖父母的画像，

家具，银器，而饭菜在桌上

甚至在革命者从街的尽头

进来之前还温热。）[1]

  我今天去看我母亲。我的妹妹"比利"在校舍。她在的时候我从来不去。母亲昨天犯了胃酸。我发现她躺在床上。然而，她已帮助"比利"做完了家务。我的母亲总尽力做好她的事，她总尽力为她的孩子们做些事情。在我离开的前几天，我发现她开始给我补裤子。我把它从她身边拿走，说："妈妈，你的头受伤了，不能为我做这样的事。你知道的，我一直让路易莎或托尼太太替我做这个的。""比利"抬起头说："你太糟糕了。"

  我早已告诉你我帮忙干活，做菜，每日三餐，打扫和擦洗地板、门廊，清理院子，修剪草坪，给屋顶涂焦油，维修，帮助清洗，买日常用品，又拿出盆壶，每天早上洗它们，甚至有时清理留有粪便的"比利便器"，还有做其他工作，然后"比利"总会说："你在这

---

[1] 《威廉·卡洛斯·威廉斯自传》（1951年）讲到卡洛斯叔叔的故事。

儿什么都不做。"有一次她甚至说:"那天早上我看见你在外面扫走廊,假装在做事。"

当然,"比利"已被外科手术刀切过,经历了更年期,她有过一次面瘫,但她向来古怪,总想指挥人。我在哈特福德的姐姐说,"比利"过去常从她身上滚过去,直到长大到可以打她。我见过她当众扇丈夫一耳光。我会打得她一个星期也不想回来。她曾拿着拨火棒等东西冲向我,但我总告诉她不要打人,"别做那错事",我一直会警告她。

"比利"是一个好工人,做事很仔细。但她总想责怪别人——总责怪另一个人。我对我在哈特福德的朋友说,她就像我们的女房东,那支手枪。他说他有一个这样的妹妹。

至于我的母亲,她为火的问题所困扰。这就是为什么她不想让我在她死后独自待在那里。多年来,孩子们都说,她更关心我,多过关心她其他孩子。[1]

T

> 他们失败了,被鸡眼弄得一瘸一拐。我
> 认为他想杀我,我不知
> 该做什么。他半夜回来,
> 我假装睡着。他站在那里,
> 我感觉他俯视着我,我
> 怕!

---

[1] 这是阿尔瓦.N.特纳(Alva N. Turner, 1878—1963)给威廉斯的一封信的附言。所指的"比利"是特纳的妹妹 Eva Forest Getsbacher(1894—1948),而"比利"这名字原初实际上是特纳给威廉斯的一只猫起的名字。——William Carlos Williams, *Paterson*, revised, New Directions, 1995, pp.260-261.(后文简称"修订版")。

　　　　谁？谁？谁？什么？
一个夏夜？

一夸脱土豆，半打橘子，
一捆甜菜和一些蔬菜汤。
看，我有一副新牙。为什么你
看上去年轻十岁　。

但，在绝望和焦虑中，永远不要
忘记运用智慧，直到智慧发现
他的思绪，得体又单纯，
而尽管他的思绪得体而单纯
也永远不要忘记，绝望
和焦虑：一台发电机的
优雅和细节——

因此在他的高度得体中他是智慧的。

解决方案的迷狂，立即驱使
他走进后街，去重新开始：
在刺鼻气味中踏上空楼梯
与淫秽会面。在那里他发现
红色棒棒糖一种溃烂的甜美——
还有一只吠叫的狗：

来呀,吉吉!或者,一个大肚子,
不再欢笑,而以
毫无表情的黑肚脐悲悼爱人的
欺骗　。　。

这些是他整个概念的种种
分裂和失衡,因怜悯而软弱,
藐视欲望;这些存在——没有思想,只
在事实中　。　。

我确实没怨恨你,但我将敦促你朝那些模糊的目标行进,恳求你服从你自己的神话,而在这样做时,任何拖延对你来说都是一种谎言。拖延让我们变得邪恶和低贱:我对自己和他人能说的是,一个人如何撒谎、如何通奸,乃至如何爱财,都没那么重要,只要他的心肠中没有本丢·彼拉多[1],而有一个饥饿的拉撒路[2]。有一次,普罗提诺[3]被问道:"什么是哲学?"他回答:"什么最重要。"已故的米格尔·德·乌纳穆诺[4],临终前不是像歌德说着"多一点光,多一点光",而是叫着"多一点温暖,多一点温暖"。我最痛恨彼拉多那种冷嘲热讽的铁石心肠;我厌恶它,胜过厌恶所有肉欲之舌的甜言蜜语、谎言

---

[1] 本丢·彼拉多(Pontius Pilate),罗马帝国犹太行省总督。据《圣经·新约》所述,他在审问耶稣时,本不认为耶稣有罪,却在审判现场鼓噪杀死耶稣的人群的叫声中,判处耶稣钉死在十字架上。
[2] 拉撒路(Lazarus),《圣经》人物,据《新约·约翰福音》十一章记载,他病死后葬在一个洞穴中,四天之后耶稣吩咐他从坟墓中出来,因而奇迹般的复活。
[3] 普罗提诺(Plotinus, 205—270),罗马帝国时代最伟大的哲学家,新柏拉图主义之父。
[4] 米格尔·德·乌纳穆诺(Miguel de Unamuno, 1864—1936),西班牙散文家、小说家、诗人、剧作家、哲学家、希腊和古典文学教授。

和小毒蛇的恶意。这是我攻击你（正如你说）的原因，不是因为我认为你们为了钱财骗人或说谎，而是因为你们略微在一个人的肠子里看见一个犹豫不定的加利利人，就说谎、躁动、欺骗。你们讨厌这样；它令你们痛苦；这就是为什么所有美国人都那么溺爱那个下层人的词——外向——的原因。当然，你身上的本性了解得更好，如你已写下的一些极可爱的段落所显示的那样。

总而言之，你我没有对方、而以人们卑贱的风俗习惯的普通方式也能过得很好。我可以继续我的生死独白，直到不可避免的湮灭。但这是错的。而正如我说过的，不管我为自己设下什么圈套，在我避开这个国家里为数不多的精神的流浪者和以实玛利[1]时，我不会为坡、里尔克、狄金森或果戈理哭泣。我曾说过，艺术家是一个以实玛利；叫我以实玛利吧，梅尔维尔[2]在《白鲸》第一行就这么说；他是一个人的野驴；——以实玛利意味着苦痛。你知道，当我在文学和诗歌的美国墓地读到哀伤的墓志铭，当我在掂量这片土地上痛苦的脑袋和心脏，你们没有，而我一直关注着当下。这本书有着你是一回事，而写下它的人是另一回事。文学和编年史中的时间概念使人很容易戳破这样的骗局。但我开始唠叨了：——

E. D.[3]

---

[1] 据《圣经·创世纪》，以实玛利（Ishmael，意为"神听见"）为亚伯拉罕的妻子撒拉的侍女夏甲所生，后被亚伯拉罕所弃。故这个词也意为"被抛弃的人；弃儿"。

[2] 赫尔曼·梅尔维尔（Herman Melville, 1819—1891），美国19世纪伟大的小说家、散文家和诗人，著有小说《白鲸》等。

[3] 爱德华·达尔伯格（Edward Dahlberg, 1900—1977），美国小说家、散文家和自传作家。

三

你好奇怪,你这白痴!
因为玫瑰鲜红你就
认定你有掌控之力?
玫瑰嫩绿,也将绽放,
高于你,嫩绿,青
灰,当你不再说话,品尝,
乃至存在。我的整个人生
在一个局部胜利上已悬得太久。

但,天气的生物,我
我不想比我必须去赢得的
走得更快。
    为自己演奏吧。

他从地板捡起一支发簪
把它伸进他的耳朵,在
里面探究——

融化的雪
从他窗边的飞檐滴落
每分钟击打九十下——

他看到
一个女人的脸在他脚边
油毡里,闻到他的手,

不久前他用过的一种洗涤剂的
浓烈气味,薰衣草,
让他的拇指

绕着他左食指的指尖
每次看着它下沉,
像一只

舔着爪子的猫的脑袋,听见
它弄出的微弱锉声:它的耳朵
塞满泥土,无声无息

:而他的思绪
飘向想象的愉快的辉煌
在那里他会探测到

如进入一只眼的瞳孔

如穿过一团火,而后
裹着长袍显现

随着光流动。什么渴望的
英雄的黎明
未为他的思绪所获得?

它们是树木
他的心从随雨水而流的
树叶啜饮渴望:

  谁比我更年轻?
    那下贱的树枝?
  我曾是?腐烂在
    灰尘最近

  放弃的心中?迎风
    而虚弱?
  纤美?不占位置,
  太窄细而不能铭刻
    一个它从未

了解的世界的地图,

内心那些

绿色的、鸽子灰的

　　国家。

一根简单的树枝,有

　　二十片叶子

在我的圈圈盘旋中。

　　它会变成什么,

那睥睨的流涕鼻子[1],

　　我已不是?

我围着它而

　　持续,继续。

让它在我的中心腐烂。

　　谁的中心?

我挺立着,超越

　　年轻的贫瘠。

我的外观是我自己。

　　在此之下

对着目击者,年轻被

---

[1] 原文为"snot nose",而连写的"snotnose"意为"蔑视、不屑一顾";而另一个相近的词"snot-nosed"意为"流鼻涕的"(可暗示"年幼、无知"),这里"snot nose"可理解为既"蔑视一切"又"年幼无知"。

　　　　埋葬。根呢?

　　每个人都有根。[1]

我们继续生活,我们允许自己
继续——当然
不是为了大学,及他们分别

或作为团体出版的东西:职员们
失控,多半忘记
他们对之负有义务的人。

在固有的概念上吐口水,
像在烤猪,噼啪声,滴脂
在火中滋滋响

其他东西,其他东西都一样。

　　比起检查和治疗从办公室外面排队进来的二十个或更多的婴儿(他们的母亲很苦恼,急促地说话),他更关心,更为关心从一个废弃的蛋黄酱罐(即那种装着病人检查样本的玻璃罐)撒下标签。他会站在凹形角落假装洗手,看不见水槽底的罐子,当水柱落下,他

---

[1] 从"谁比我更年轻"至此的这个段落是一个隐喻:人以"一根下贱的树枝"为中心,像树一圈圈生长。

在水花中的指甲在彩色标签边缘使劲弄松紧黏的纸。他觉得，一定是涂过黏胶的，才黏得那样紧。尽管如此，他还是把一个角给弄松了，很快就会弄松其余部分：一边愉快地说话，技巧高超地和焦虑的家长交谈。

你能给我一个孩子吗？那个年轻黑人妇女
光着身子站在床边低声地问。她
被拒绝，内心畏缩。她也不愿意了。这使我
太紧张，她说着，拉过被子盖在身上。

而，这：

在普遍贫困的年代
有一个私营畜群，二十夸脱牛奶
给主屋，还有八夸脱奶油，
所有的新鲜蔬菜，甜玉米，
一个游泳池，（空的！）一座
占地一英亩的建筑，整个冬季
一直在加热（为了保养水管），
四月有葡萄，兰花
像野草，未剪，雪飞时
如身处热带，
在茎上垂下，甚至不
在城市展览会上展出。从上

到下每一个员工

比例一样——如已有的

一样多：黄油份额

每天以磅计，新鲜蔬菜——甚至给

门房。一个专职的法国女佣，

她唯一的工作是刷洗

波美拉尼亚宠物小狗们——当它们睡着。

科尼利厄斯·多雷穆斯[1]于1714年在亚克诺克受洗，1803年在蒙特维尔附近去世，他拥有价值419.585美元的货物和动产。他死时已89岁，毫无疑问他把他的农场交给了他的孩子们，所以他只保留供应他个人舒适生活需要的东西：24件衬衫，每件82.5美分，共19.88美元；5条床单，7.00美元；4个枕套，2.12美元；4条裤子，2.00美元；1条床单，1.375美元；一条手帕，1.75美元；8顶帽子，75美分；2对鞋扣和小刀，25美分；14双长袜，5.25美元；2双"米丁"手套，63美分；1件亚麻布夹克，50美分；4条马裤，2.63美元；4件背心，3.50美元；5件外套，4.75美元；1件黄色外套，5.00美元；2顶帽子，25美分；1双鞋，12.5美分；1个箱子，75美分；1把大椅子，1.50美元；1只箱子，12.5美分；1对铁质柴架，2美元；1张床和被褥，18美元；2个皮夹子，37.5美分；一只小皮箱，19.5美分；蓖麻帽，87.5美分；3支苇棍，1.66美元；1支"羽茎卷轴"，50美分。

---

[1] 科尼利厄斯·多雷穆斯（Cornelius Doremus），生于美国新泽西州帕赛克的普雷坎尼斯。

谁限制了知识？有些人说
正是中产阶级的衰落
筑起一道不能
逾越的壕沟，在高层人
和低层人之间，在
生活曾炫耀　。　。　信息渠道的
知识的地方——
以致我们不能（及时）了解
停滞在何处。如果不是
有知识的白痴们，大学，
那他们至少是非承办商，
应出谋划策
以跨越鸿沟。入口？特殊利益
集团的各种公开面具，
其使停滞状态永久化，并令它
有利可图。

　　　　他们阻碍
会净化的释放并认为特权
是一种私人报酬。
其他人也有错，因为
他们什么都没做。

到29日傍晚，几英亩的泥浆露出了，大部分水被抽走了，鱼没有窜进网里。但从车上可看到黑乎乎的一群人，站在柳树下，看着男人们和男孩们站在干涸的湖底中……就在大坝前几百码处。

整个湖底都是人，大鳗鱼每条重达三四磅，会游到湖沿，然后孩子们就会击打它们。从这个时候起，每个人都片刻得到他们想要的一切。

30日早晨，孩子们和男人们还在那里。特别是鳗鱼，其数量似乎无穷无尽。一年到头，人们从湖里捕来一批批的鱼；但没人能想象活在湖中的数量。奇怪的是，没看到一条蛇。鱼和鳗鱼似乎完全独占了这个湖。洗澡的男孩们经常报告说水底满是大蛇，蛇碰到了他们的脚和四肢，但毫无疑问，它们是鳗鱼。

那些准备渔网的人并不是捕鱼最多的人。正是那些流氓无赖，跳进渔网无法发挥作用的泥浆和水中，把最好的鱼从中捞出。

一个男人拿着一只桃篮去贮物处，把篮子给一个男孩，他用五分钟就装满了它，熟练地折断鱼头颈椎为了不让它们乱跳，而且只收取25美分就低价卖了一整篮的鳗鱼。人越来越多。有无穷无尽的鱼。一些马车被派去把堆在路两旁的鱼运走。小男孩们拖着所有能背回家的东西，有的挂在茎梗上，有的装在袋子和篮子里。小路上有成堆的鲶鱼，成串的吸盘和梭子鱼，一根茎梗上有三条黑鲈鱼，是一个丝织工逮到的。七点一刻，一辆马车装满了各种鱼和鳗鱼……四马车货物被运走了。

至少五十人在湖里努力干活，拿着棍子，当大鳗鱼在浅水区的泥浆滑动时，他们袭击它们，打晕它们，这样能抓住它们，将它们搬出来：男人们和男孩们在泥里泼溅……黑夜并没有让这一幕结束。整个晚上岸上都亮着灯，泥浆上方挂着灯笼，工作仍继续着。

他走不动,

他羡慕那些跑走的人

羡慕他们可以跑向

外围——

向其他中心,直接地——

寻找明晰(但愿

他们找到它)

   这世界的

可爱和权威——

一种春天

他们的心向往之物

但他看到它,

在他体内——冰封

而跃起,"那躯体,直到

次年春天,一直凝冻在

一块浮冰中"

  1875年8月16日,快到两点的时候,波斯特·桑福德公司的伦纳德·桑福德先生正在瀑布边的水务公司搞修缮工程,他观察着水厂轮房附近的那个峡谷。他看见了好像一团衣服的东西,当急流涨落时,他仔细地看了看,可以清楚看到一个人的腿,那个人的身体以一种非常奇特的方式卡在两根圆木中间。正是在两根木头的"裤裆"之间,发现了那具尸体。

一具人尸挂在悬崖上,这景象既新奇又可怕。发现它的消息传开了,那天一整天吸引了大量观看者。

还有什么,能让事情过去?

河水一半变红,另一半成为紫色蒸汽
从工厂排水口喷出,炙热,
打着旋,冒着泡。废掉的堤岸,
闪亮的泥浆 。

他还能思考什么——沿着
被踩躏的公园的碎石,公园被工人们
那些拔草的、踢着尖叫着的
野孩子撕裂。一种化学过程,
学术滥用的必然结果,
精确的定理,精确地让它失误 。。

他沉思:他们的嘴吃东西、接吻、
吐痰、吸奶、说话;五种
行为的理想配对物 。

他沉思:两只眼睛;无物逃脱它们,
被蕨类植物和蜂蜜味包围的

缠绕的有性兰花也没有,
垂死物最后的认同的毛发也没有。

而丝织物从强烈鼓声旋出,织成一种
可怜纪念物的音乐,梳子和指甲锉
在一个人造革箱子——为了
提醒他,提醒他!而
一本相册,照片中的他在
两个孩子间,所有都
哭泣着,哭泣着回来——在
那个再婚的寡妇的里屋,一根肮脏的舌头
抛弃种种徒劳方法,驱逐一个喝醉的
丈夫　　。　。

  我干吗要在乎那些苍蝇,让他们见鬼去吧。
  我整天在房子外头。

  他们把死马扔进下水道。
  这预示何种诞生?我想
  他迟早会写一部小说　。

庞 你感兴趣于这血腥的肥土,但
  我要的是成品。

我 领导权进入帝国;帝国招致

100

傲慢，傲慢带来毁灭。[1]

这是他的一二一二的神秘。
因而在余暇时他开着
他的新车去郊区，去
种大黄的农场的旁边——一个简单的想法——
在那里，圣安娜修女院
假装一种神秘

       这是
令人讨厌的红砖的何种刺激，
红如穷人之肉？时代错乱？
      街道
和后屋的神秘——
用衣袖擦鼻子，来这里
做梦吧 　。　。

廉价公寓的窗户，利刃形，里面
没有脸庞可见——然而没窗帘，
只有鸟和昆虫注目或
月亮凝视它们，就窗户而言，它们敢于
回望，多次。

---

[1] 以上四行是庞德与作者的对话。

它是粗俗街道的精确补充物，
一种数学的冷静，受控，建筑
界石，在那里沉下，在这里升起 。
同样茫然而瞪视的眼睛。

     一种难以置信的
笨拙的致辞，
愚昧的强奸——匍匐着被抓住，
擦洗一条油腻的走廊；血液
仿佛在一只大桶中沸腾，在里面他们浸泡——

石膏圣徒，玻璃珠宝
而那些可爱的纸花，复杂得
令人困惑——在这儿
拥有其直率的美，此外：

事物，不宜说出口的事物，
内中有废弃淀粉的水槽，
发臭的肉块，牛奶瓶盖：在这里
有一种宁静和可爱
在这里有（在他的思绪中）
一种互补，宁静又纯洁。

    他切换他的变化：

"这一年（1737年）12月7日晚上，发生了一场强烈的地震，伴随着一声震耳欲聋的巨响；人们在床上醒来，门飞开，砖块从烟囱掉下；惊慌失措，但幸运的是没造成很大损失。"

  思绪爬上来，
 像蜗牛一样，在湿岩石上
 躲避阳光和视线——
     被汹涌的洪流包围——
而在那个潮湿的房间那里有它的生
和死，房间将世界
挡在外面——不为世界所知，
披着神秘的外衣——

      而神话
举起岩石，
举起水，在那里蓬勃——
在那个洞穴，那道深不可测的裂缝，
     一种闪烁的绿色
激发着恐怖，观察着 。 。

而站立着，在那里被笼罩[1]，在那喧嚣中，
大地，这喋喋不休者，所有言辞的
父亲 。 。 。 。 。 。 。

---

1 此处原文为"shrouded"，可以作更阴沉的理解——"被裹上尸布"。

"很明显,希波纳克斯[1]为了使格律更接近散文和普通话语的领域,他在抑扬格结尾使用了一种扬抑格,而不是抑扬格,从而极大破坏了抑扬格结构。这些残缺不全的诗句被称为 χωλίαμβοι 或 ἴαμβοι σκάζουτες(跛脚的或跛行的抑扬格)。它们将一种奇怪的执拗带入风格。诗歌中的跛脚(choliambi)就是人类中的侏儒或跛子。在这里,再一次,通过接受这蹒跚的音步,希腊人显示他们敏锐的审美规范,认识到在难懂的诗句和它们处理的扭曲的主题(人类的恶习与堕落)之间的和谐,以及它们与讽刺诗人缠结的精神的一致。畸形的诗歌适合畸形的道德。"

——《古希腊诗人研究》,约翰·艾丁顿·西蒙兹[2]
第 1 卷,284 页

---

[1] 希波纳克斯(Hipponax,前 541—前 487),古希腊抑扬格诗人,他的诗描写公元前 6 世纪爱奥尼亚社会的庸俗生活。
[2] 约翰·艾丁顿·西蒙兹(John Addington Symonds,1840—1893),英国诗人和文学评论家。作为一名文化历史学家,以其文艺复兴研究及多种传记的撰写而闻名。

第二卷

(1948)

星期天在公园[1]

一

在外面

   我自己之外

      有一个世界,

他嘟哝,臣服于我的侵入

——一个世界

   (对我来说)在休息,

     我走入它

具体地——

   场景是公园

   在岩石上,

   对于城市是女性

——帕特森在她的肉体上指示他的思绪

(具体地)

   ——春末,

---
[1] 指帕特森的加勒山公园。

一个星期天下午!

——经过小径,去往悬崖(数着:
证物)

    他自己在其他人之中,
——在那里踩着同样的石头,
当他们攀登,他们的脚在石上打滑[1],
狗在他们前面开路!

笑着,互相呼唤——

    等等我!

。 。 年轻女孩们难看的腿,
活塞太有力,不优雅! 。
男人们的手臂,通红,习惯了冷热,
甩着四块等分的牛肉而 。

    唷! 唷! 唷! 唷!

——全然罔顾
  种种危险:

---

[1] 这里的动词为"slip"(滑动,失误),有性暗示(后文的"活塞"也如此),兼含一种失误之意。

　　　　　　　　倾泻而下!
为了一天的花朵!

他艰难攀爬,喘着气抵达,
回望(美丽但昂贵!)那些
珍珠灰的高楼!回来
又开始,占有,穿过树林,

　　　　　　　　　——爱,
不在,不在那些词汇中,
无论如何,我对它们
仍是实在之物[1];
地面干燥,——被动又占有

走着 ——

　　灌木丛聚集在低矮的沙松周围,
　　所有,除了裸露岩石那边的　。　。

　　——散布人高的雪松(尖尖的松果),
　　长着鹿角的漆树　。

　　——树根,多半

1　原文"positive",也指"阳极"。

在地面上盘绕

    （我们如此近乎毁灭

每一天！）

  搜索干燥无用的腐败

走着 ——

身体在基本站立姿势的基础上向前微倾，
重心放在脚掌，另一条大腿
抬起，而那条腿和另一条手臂
向前摆动（图6b）。不同的肌肉，辅助 。

尽管我说过不会再给您写信，但我现在仍这么做，因为我发现，随着时间流逝，我和您交往的失败结果已完全以一种我前所未有的、极为灾难性的方式抑制我所有的创造力。

很多周以来（每当我试图写诗）我已有的每一种思想，甚至每一种感觉，已被除离自我的某层外壳，当我第一次感觉到您在忽视我最近写给您的信那些真实的话，这外壳就开始化脓，而当您甚至完全没有任何解释，就要求我停止与您通信时，它最后凝结成某种令人费解的物质。

那种阻滞，将自己从自己身中放逐——您是否有过这样的体验？我敢说您有，时而有；如果是这样，您就能很好地理解，当它变成一种永久性的日常状况，会造成多么严重的心理伤害。[1]

---

1 马西娅·纳迪给作者的信。

我要怎样爱你？这样！[1]

（他听到！众声 。 含混不清！看到他们
走动，一组组，二人一组、四人一组——
经由许多旁径而消失。）

我问他，你是做什么的？

他耐心地笑了笑，这是典型的美国问题。在欧洲他
们会问，你在做什么？或，你现在在做什么？

我是做什么的？我听着，听着水落下。(这里没有水
声，只有风！)这是我的全部活动。

1880年5月2日，是世界上最晴朗的一天。那天，帕特森的德国人歌唱协会在加勒山聚会，就像多年前5月的第一个星期天。

然而，1880年的聚会是命中注定的一日，在庆典现场附近拥有一处房产的威廉·达尔泽尔，枪杀了约翰·约瑟夫·凡·豪登。达尔泽尔声称，前几年，这些访客曾从他的花园走过，他决定今年要阻止他们经过他的任何地方。

枪响后，这群安静的歌手立刻变成一群暴民，他们要把达尔泽

---

[1] 这里戏仿英国诗人伊丽莎白·巴雷特·勃朗宁（Elizabeth Barrett Browning, 1806—1861）的诗句（原句为"我要怎样爱，让我数数方法"）。

尔抓在手中。接着,暴民们开始烧毁谷仓,达尔泽尔为逃离愤怒的人藏在谷仓中。

达尔泽尔从谷仓的一扇窗户向逼近的民众开枪,其中一颗子弹击中了一个小女孩的脸颊……帕特森镇的一些警察催促达尔泽尔离开谷仓,让他(去)大约半弗隆[1]远的约翰·弗格森家。

当时群众约有一万,

  "一头大野兽!"

    因为许多人从城里加入这场冲突。情况看来很严重,因此警察数不胜数。那时人群试图烧弗格森的房子,而达尔泽尔去了约翰·麦古金的房子。在这所房子里,约翰·麦克布莱德中士建议,最好派人去找圣约瑟夫天主教堂的教长威廉·麦克纳尔蒂。

教长立刻制定一个计划。他急忙赶到现场。他抓住达尔泽尔的胳膊,在暴民众目睽睽之下,把他领到车前,然后在他身边坐下,命令车夫赶路。人群迟疑着,被教长的勇气弄得不知所措,接着 。

  到处都是鸟儿筑巢的迹象,空中
  一只乌鸦,缓慢地,挥拍沉重的翅膀
  曲折地飞,在那些更小的、盘旋于周围的
  鸟的戳刺面前,鸟儿们
  从上面俯冲,啄击它的眼睛

走着 ——

  他离开那小径,发现很难穿过

---

[1] 弗隆,长度单位,1弗隆约201米。

田野，残梗和缠结的荆棘

看上去是一个牧场——但不是牧场　。

——老犁沟，言说这里过去或

更早的流汗劳作　。

　　　　　　　　　——一种火焰，

已燃尽。

　　　锉刀般锋利的草　。

此刻！从他足前，不完全轻快，

选择一条路，开始　。

　　　　　　一次飞行，紫色之翼！

——无形受造于（其

外套的土灰）点燃

而骤然灼热的灰尘中！

　　　它们飞离，颤鸣！直至

精疲力竭，又扎入

粗糙的掩蔽物而消失

——但留下翅膀的一闪

和一首颤鸣的歌（振奋心灵）

而一只红玄武岩蚱蜢[1]，靴子长，

从他内心深处翻滚，

1　指一块石雕。

一个碎石岸崩解在
一场热带的倾盆大雨之下

查普特佩克[1]！蚱蜢山！

——一块粗面石头被热切教导
来带走那个先于它
并超越它的呼吸的
生命存在的传言 。

这些翅膀没因飞行而展开——
不需要！
（手承载的）重量借助
心灵之翼发现一种平衡重
或抗浮力

他害怕！下一步呢？

在他的足前，每一次，重新
飞行。翅膀一振，迅捷的
一声颤鸣 ：

    爱的仪式的信使们！

---

1 查普特佩克（Chapultepec），墨西哥一岩石山，位于墨西哥城南。

——在飞行中燃烧!

——只在飞行中燃烧!

无肉体,有爱抚!

他被那些宣告的翅膀引领。

如果这种和您交往的情况(您对那些信件的忽略,以及您最后的便签)已属于不可避免的泪物(犹如我和Z在一起的经历),其结果本不会(事实上它已发生)摧毁我自己、我自己的价值,因为在这种情况下与我的个人身份相关的东西都不会受伤——在这种情况下,一个人受挫的原因不在于自己,也不在于别人,而仅在于事情的可悲安排。但既然您对这些信件的忽略,在那种意义上不是"自然的"(或更精确地说,既然我在心理上被迫将其视为不自然,觉得我在给您信中谈到的东西是如此琐碎、不重要、荒谬到值得您逃避),那么对我自己来说,与那些信件相关的全部生活就显得虚幻不实、难以接近了,正如他人的内心生活通常给我们这种印象。[1]

——他的心,一块红石雕成

无尽的飞行

爱,是一块无尽飞行的石头,

只要石头可以忍受

凿子的琢击

---

[1] 这个段落出自马西娅·纳迪给作者的信。——修订版(第270页)注

。 。 　而消失且覆盖着
灰烬，从被腐蚀的岸坠落
而——开始颤鸣！
而行动，来世之石！

石头存活，肉体死去
——我们对死一无所知。

——靴子长
窗眼在整个头部前端，
　　　　　红石！似乎
一种光仍贴附于其内部 　。

爱

　　　与睡眠搏斗
　　　―――――
　　　　睡眠

零碎

　　1878年8月20日，午夜后不久，特别警官古德里奇在富兰克林家门前听到顺着埃利森街发出的一阵奇怪的尖叫声。他跑去看发生了什么事，于是，在拐角克拉克五金店的马路边沟下，他发现一只陷于困境的猫，这是一只奇怪的黑色动物，它行动太缓慢而不可能是猫，又太大而不会是老鼠。这位警官跑到那地方，那动物就钻进地窖窗户的铁格子底下，它不时从铁格子里迅速探出头来。古德里奇用球杆打了几次，但没成功。然后凯斯警官赶过来，他一看到它，就说这是只水貂，这证实了古德里奇先生早先的想法。两人试图用棍棒打它，但都没成功，最后古德里奇警官拔出手枪，朝那动物开了一枪。很明显，子弹没击中目标，但枪声和火药将这爱开玩笑的小家伙吓得跳到了街上，然后以惊人速度冲进埃利森街，后面紧跟着两名警察。这只水貂最后消失在斯潘格马赫啤酒吧下面的杂货店的地窖窗户里，而那是它最后一次被看到。到了早晨，地窖又被检查了一遍，但再也找不到这只带来这么多欢乐的小生物了。[1]

> 没有发明，一切无以恰当相间，
>
> 除非心灵改变，除非星辰
>
> 据其相对位置
>
> 被重新测量，诗行才会
>
> 变化，必然性才会
>
> 被登记入册：除非一个
>
> 新的头脑产生，才可能有
>
> 新的诗行，否则旧物会继续
>
> 自我重复，以致命的
>
> 循环：没有发明
>
> 就无物在金缕梅的
>
> 灌木下，赤杨就不从围绕
>
> 古沼泽那近乎废弃的
>
> 河道的小丘长出，在

---

[1] 出自《勘探者》(*The Prospector*)(1936年10月29日)。——修订版(第270页)注

垂悬的一丛丛

丛生禾草下，老鼠

那细小的足迹就不会

出现：没有发明，诗行将再也

不会产生种种古老的

分隔，而这个词，一个柔韧的词，

昔日践行其中，那时粉碎为末。

他们在灌木丛中躺着，受保护，

免受太阳的攻击——

十一点

　　　　他们似乎在交谈

——一座公园，被献予快乐：被献予　。　蚱蜢！

三个有色人种女孩，已成年！溜达着

——她们的肤色昭然，

　　　　　　她们的声音飘荡

她们的欢笑狂野，鞭答，离开

固定的场景　。

但那个白人女孩，她的头

枕在一只胳膊上，指间夹一个烟头

躺在灌木丛下面　。　。

他半裸，面对她，一个遮掩伞
在他的眼睛上方，
他和她说话

——那辆旧车半藏
在他们身后的树林——
我买了一件新泳衣，只是

短裤和胸罩　：
乳房和
阴部被盖住——在

粗俗直率的太阳下。
心思被垃圾拍打得
无力——在

工人阶级中，某种
崩溃
已发生。半醒着

他们躺在毯子上
面对面，身体
因投在上面的树影

而斑驳，不受干扰，
　　　至少在这儿没被挑战。
　　　不是没有尊严。　。　。

　　　谈着话，昭然越过
　　　完美的家庭生活的闲聊——
　　　而已沐浴

　　　而已吃了（一些
　　　三明治）
　　　他们可怜的思绪在肉体中

　　　相遇——被
　　　颤鸣的爱包围！快乐的翅膀
　　　携带他们（在睡梦中）

　　　——他们的思绪被点亮，
　　　离开
　　　。　。　　在草地上

走着　——

　　穿过古老的沼泽地——地上干燥的气浪
　　然而仍被印第安人的一排桤树标记

。　。　他们（印第安人）会
进进出出，未被看见，在它们中间，沿着溪水

。　冲出来，在圆木屋和田野里
干活的人们之间喊，砍倒
他们！他们已把武器留在
木堡，而——没有防御——将他们带去
囚禁。一个老人　。

    忘记它！看在上帝的份上，砍掉
    那东西　。

走着　——

  他再踏入这小径而看到，在一个无树的
  圆丘——红色小径堵塞它——
  一道石墙，一个圆形
  <u>堡垒</u>在天空下，荒废，
  未被占领。登上去。为何不？

       一只花栗鼠，
尾巴竖起，在石头间蹦跳。

  （心灵就这样成长，登上坚硬的尖峰）

。　但当他大步而行，倾身向前，
看到一个燧石箭头
　　　　　　（它不是）
　　　　　　　　　　——在那里
远处，向北，他的面前
惯有的丘陵展现　。

　　　　　　嘿，它们就这样存在。

　　　　　　他突然止步：
谁在这儿？

　　它被拴在一条石凳旁，在墙内，一个穿花呢衣服的男人对着石凳——他嘴巴衔着一根管子——正给一条刚洗过的柯利牧羊母狗梳毛。他从容地用梳子分梳它的毛——甚至梳它的脸，然而它的双腿微微颤抖——直到它躺着，如他所构想，像白色沙滩的涟漪散发着干净的狗的气味。地面，是石板，它耐心地站着，接受他的爱抚，在那空荡荡的"大海的房间"。[1]

。　从这有利的位置
朝向右边，不远处那个

---
[1] 这里的"大海的房间"加了引号，学者沃尔特·斯科特·彼得森把这一段与艾略特联系起来："大海的房间"——"大海的女孩"（见《J. 阿尔弗雷德·普鲁弗洛克的情歌》）；花呢衣服——英国风格；从容梳毛——艾略特的古典主义。

观察塔，在公共小树林

赫然矗立

亲爱的 B： 请原谅我去你家时没告诉你这件事。我根本没勇气回答你的问题，所以我把它写了下来。你的狗要生小狗了，我祈祷它没事。这并不是因为它被单独留在家里——从未有过，而是因为我常在晚饭时间晾衣服时把它放出去。那时候，是一个星期四，我婆婆把一些床单和桌布放在绳子那边。我想，只要我在那儿，别的狗就不会来，也没人穿过我的院子或靠近公寓。它一定是从你的篱笆和房子之间进来的。每隔几秒钟，我就会跑到绳子那边，或看看床单下玛斯提[1]有没有问题。我就迟了一分钟，在那之前都好好的。我拿棍子和石头追那只狗，但它不愿跑开。乔治训了我一顿，我开始祈祷我那样恐吓那只狗也没什么不好的后果。我知道你会凶神恶煞地骂我，可能因为没告诉你真实情况而再也不会和我说话了。别以为我不担心玛斯提。自从那件可怕的事后，我天天想着她。你现在不会那么看重我，不会想保护我了。我打赌你会杀了……[2]

> 野餐的人们还是来了，现在，
> 中午刚过，分散在

---

[1] 玛斯提（Musty），文中母狗的名字。"Musty"的意思是"发霉的、落伍的、冷淡的"，这跟卷一的诗句"刨／一根发霉的骨头"相联系。

[2] 开头的"B"为医院护士贝蒂·斯特德曼，她和家人不在家时，把狗托邻居 Florence Plarey 照顾，但贝蒂及家人回家后发现狗怀孕了。Florence Plarey 在被询问时不敢说出事情经过，而在回家后写了这封信。威廉斯采用了这封信，而此处的文字与原信有些细微差异。——修订版（第270页）注。批评家罗恩·卡兰（Ron Callan）评论："诗人记录了杂种狗玛斯提难以抑制的生命力，以及它对性交的渴望，它粗野但又逃避了艾略特和那个穿花呢衣服的人所唤起的不育。"（Ron Callan, *William Carlos Williams and transcendentalism: fitting the crab in a box*）

篱笆围护的几英亩树木间 。

       众声！
喧哗，嘈杂不清 。 众声
对着太阳，对着云大声
喧闹欢笑。众声！
四面八方欢快地袭击空气。

——众声之中，耳朵
竭力想抓住一个声音的运动
———一个芦苇般的
      语调独特的声音

就这样她找到了安宁，斜倚，
面向他的接近，被他们
攀爬的脚轻抚[1]——为了欢愉

      全为了
欢愉 。 他们的脚 。 没有目的地
   漫游着

这"巨兽"自己走近太阳
      正如他可以

---

[1] 这里所用的动词为"stroke"，有"击，刺，打"和"抚摩"的双重含义，有性暗示。

。 。 他们的梦混合,
游离

让我们合乎情理吧!

　　　　　　公园的星期天,
为悬崖所限,朝东;对着
毗邻古道的西方:悠然
远眺! 双筒望远镜
对准沿东墙固定的栅柱——
　　在它那边,一只鹰

　　　　　　　　翱翔!

——一支喇叭断续地吹着。

立于城墙边(如果你耳朵不灵,
那用一个节拍器,匈牙利造的,
如果你喜欢)
再往北偏东观望,那里教堂的
塔尖仍在天空下
耗尽心机 。 直到山谷的
棒球场,有许多细小动物在奔跑
——在山峡那边,那里河流
投入狭窄的谷中,不见踪影

——而想象翱翔,像一种声音

召唤,一种雷鸣音,无休止

——如同睡眠:那声音,

已不可避免地呼唤它们——

      那静音的轰鸣!

教堂们和工厂们

      (高代价)

一起,把他们从坑里召出 。

——他的声音,众多声音中的一个(听不见)

在所有东西之下运动。

      山峦颤抖。

打拍子!计数!切分并记拍![1]

中午刚过,就这样,他

四处走动,

他的声音和其他声音混合

——他声音里的声音

打开他的老喉咙,从他的嘴唇呼出,

点亮他的心(多于

他的心将点亮)

---

[1] 这里指写诗时的数音节和切分音步。

　　　　——跟随徒步行者。

最后他来到闲汉们最喜爱
也常去之处,风景如画的山顶
蓝石(裸露处为锈红色)
在不同的层级断层
　　　(丛生的蕨类植物在石间)
为粗糙阶地,部分被封在
香草的兽穴,微倾的地面。

闲逛者成群,四处游荡
在光秃的石面——被他们的
鞋钉刮伤,多于冰川时期
被划刮——冷漠地穿过
彼此的隐私　。

　　　　——无论如何,
运动的中心,是欢乐的核心。

这里有个年轻人,也许十六岁,
正背靠岩石,坐在
一些蕨类植物间弹吉他,面无表情　。

其余的人吃着喝着。

      那高大家伙
戴黑帽,吃得太饱,根本动不了　。

      但玛丽
站了起来!
    来!咋回事?你
弄断了腿?

    是这空气!
      正午[1]
和种种古老文化的空气使他们迷醉:
当下[2]!

    ——举起一只手臂抓住
她思绪的铙钹,扬起她的老脑袋
而舞蹈!拎高裙子:

      啦啦啦啦!

真是一群浑蛋!怕别人看到
你们?
    胡说!

1　此处原文"Midi",或许集法语词"Midi"(法国南部;南欧)和"midi"(中午)之意,意为特别的"正午",暗示阳光充足的南欧文化。
2　此处原文"present",也可理解为"礼物"或动词"呈现、上演"。

屎样!

——她吐唾沫。

看看我,老太婆!每个人都该死的

慢吞吞。

这是古老的,极古老的,古老又古老的东西,
永恒不朽的东西:即便细微的姿势也是,
手拿着杯,酒
溢出,玷污了手臂:

还记得

遗失的爱森斯坦

电影[1]中那个苦工

从一只酒囊喝酒,以

一只饮水的马的放纵

让它顺着他的下巴流下?

沿着他的脖子,滴淌

漫过他的前胸直到

---

1 20世纪30年代苏联电影导演爱森斯坦拍摄了关于墨西哥的历史与文化的纪录片《墨西哥万岁!》(*Que Viva Mexico!*),但这部纪录片未完成,别人从已拍的胶片剪出一个版本,片名为《阳光下的时间》(*Time in the Sun*),并1941年末在纽约上映。

他的裤子——笑起来，没牙？

　　　　　　　　　天上之人！

——腿抬起，逼真 。
即便腿的粗糙轮廓，
牛的触碰！邪臀，它的洞穴，
雌性面对雄性，萨提尔——
　　（普里阿普斯[1]！）
带着那个孤独的暗示，牧羊人
和山羊，生育力，攻击，迷醉，
被清洗 。

　　　　　被抵制。即便那部电影
也被压制 ： 但 。 持久

野餐者在岩石上欢笑，庆祝他们
有着倾斜光线的爱的
斑驳星期日——

走着 ——

　　（从一个岩架上）俯视这个多草的

---

[1] 普里阿普斯（Priapus），男性生殖神（酒神和爱神之子），也是阴茎的象征。

窝

(其稍微远离往来)

在它峭壁上方

一个月亮！她躺在那儿，在他身旁流汗：

她心烦意乱，

靠着他——受伤（喝醉），挪动[1]

靠着他（一团[2]）渴望着，

靠着他，他无聊　。

明显无聊，而睡着，一支

啤酒瓶仍像长矛

在他手中握着　。

而那些不眠的小男孩，他们

已爬过悬在那一对上面的

柱状岩石（他们公然

躺在那里的草地，被包围——

无忧，在人群脚下他们

狭窄的小空间），从历史

俯瞰！

1　此处"move"接下文的"against"，两者连读（move against）则有"反对"之意。
2　原文"a lump"，也指"一个笨人"。

看着他们，困惑，在无性

又同样无聊的（童年的）光中，

散开 。[1]

     那里

那运动公然抽送，而

你能听到福音传道者的呼喊！

       ——凑得更近，

她——精瘦如山羊——让

她瘦削的肚子贴着男人的后背

玩弄他

吊带裤的扣子 。

——他用他无用的声音加入那呼喊：

直至一种完整的、明确的音乐

在他的睡眠中运行（在

他的睡眠，在他的睡眠中流汗——艰难地

倚着睡眠，喘气！）

       ——而没有醒来。

---

[1] 对于这一场景，本杰明·桑基这样评论："啤酒瓶像长矛被握着似乎是对玛尔斯和维纳斯主题的一种讽刺……我们有一个神庙——玛尔斯和维纳斯被供奉着，柱子环绕着，丘比特们从柱子向下俯视"〔见 Benjamin Sankey, *A Companion to William Carlos Williams' Paterson*（后文注释简称《指南》），University of California Press，1971，pp.86—87〕。

看着，活着（睡着）
　　　　　　——倾落的轰鸣声进入
他的睡眠（有待满足）
　　　　　　　　　在他的
睡眠中再生——分别地散落在
山上　。

　　——以此他向她求爱，分别地[1]。

而失忆的人群（散落者），被
四下呼寻——竭力
捕捉一个声音的运动　。

　　　　　　　　听到，
　　快乐！　快乐！

　　　　　　　——感到，
些许沮丧，众声交错的下午
属于它本身——
　　　　而释然
　　　　　　（再生[2]）

---

1 指"巨人"化身为众多的人，向公园"求爱"。
2 这里"relived"（"再生"）与上一行的"relieved"（"释然"）同音。这两个词关联于后文的"便民处"（"洗手间"）。

一个警察在指挥车流

穿过主干道，驶上

树木稍为繁茂的

通向便民处的斜坡：

     橡树，野樱，

山茱萸，白的绿的，铁木 ：

弓起的根在浅土中纠成一团

——大部分消失：岩石外翻

被野餐者的脚磨得光滑：

甜皮的黄樟 。

从腐臭的油脂倾斜：

     畸形——

——有待被破译（一只号角，一支喇叭！）

一种多重性的说明，

一种腐蚀，一种寄生凝结物，一种中古号角

呼吁信仰，要成为好狗 ：

入 园 的 狗 必 须 拴 绳

二

受阻[1]。

   （以此作一首歌吧：具体地）

受谁所阻？

  在它的中间，矗立着一座宏伟的教堂。　。　。　　于是我忽然想到——那些可怜的灵魂，在这个世界中，在他们和他们赖以生存的、永恒的、无情的、忘恩负义的、无望的泥土之间，除了这座教堂，再没别物……

  其他人可以生存安全的钱是他们的
　　罚金
　　。　。　　而知识被限制。

  一种管弦乐的单调覆盖了他们的世界

---

[1] 原文"Blocked"又可指路标"此路不通！"。本杰明·桑基提供了帕塞克河改道的相关知识，"被阻在一定程度上指河道。扎布里斯基指出，最后的冰川'和它落下的冰碛物，堵塞了帕塞克河，迫使它寻找另一个出口，决定了它现在曲折的向北路线'，并形成了帕塞克瀑布和绕帕特森的弯道"（见《指南》，第89页）。

我明白他们——参议院,正试图阻止利连撒尔[1],并把"炸弹"交给少数实业家。我认为他们不会成功,但 。。那是我的意思,当我拒绝为那声叫喊"共产主义者!"而激动。他们过去常蒙蔽我们。想到我们是多么容易因为几张选票而被毁灭,这多可怕。即使共产主义是一种威胁,共产主义者还会比那些试图以这种方式削弱我们的犯罪浑蛋更糟吗?[2]

  我们骤醒,我们所看到的
  伐倒我们 。

 让恐怖扭曲世界!

  费图特,厌倦了他的消遣,却骄傲于女人们,
  他的补偿,站立着
  背对着狮子们的坑,
     (在那儿,喝醉的
  情侣睡着了,此刻,他们两个)
         冷漠,
  又开始四处游荡——踱步,脚步向外
  踏入虚空 。 。

---

[1] 戴维·伊莱·利连撒尔(David Eli Lilienthal,1899—1981),美国律师和政府官员,曾任田纳西河管理局董事(1933—1941)和主席(1941—1946)以及美国原子能委员会领袖(1946—1950)。
[2] 这个段落可能是威廉斯自己的散文,也可能是一个朋友的评论记录。——修订版(第271页)注

就在那里。

   警察指着。

     一个标志

被钉到树上：女人。

     你可以看到

那些人影越过树木的屏障，逐渐

靠近，音乐，突然涌出。[1]

走着 ——

       一个

狭窄的舞台在小便处附近

瞭望塔的基座边，空空的。这

是主的行列：几张破长椅

被挪近弯成一排靠着灌木丛，

平坦地面上的长椅

有几个孩子，被他人看顾着

以防他们跑丢 。

三个中年人生硬地笑着

---

[1] "假设'那些人影越过树木的屏障'是那些寻找小便处的人，我们就有一个清晰的——又幽默的——并置，在拉尿和突然涌出的音乐之间。威廉斯在这里创作了一首具体的歌,不仅是通过堵塞,还通过疏通堵塞。"(Jessica Levin, "Spatial Rhythm and Poetic Invention in william Carlos Williams's 'Sunday in the Park'", *William Carlos Williams Review* vol. 21, no. 1: Spring 1995, p.27.)

站在长椅后——在孩子们,

孩子们和几个女人背后(看着)——而他们手上

   分别拿着短号、

单簧管和长号,在休息。

      还有

一台便携式风琴,由一个女人演奏 。 。

   一个老人在他们面前[1],

一缕长长的白发垂下,没戴帽,

他光洁的头骨反射着衬衣袖子

想遮掩的日光,正开始

说话——

  呼唤鸟儿和树木!

在他的狂喜中上下跳跃,发光

进入空旷的蓝,向东,越过护墙

朝向城市 。 。

 。 。 。 。 。 。 。

有些人——尤其是女人——只能和一个人说话。我就是那些女人中

---

[1] "瑟尔沃尔写信给桑基说,这次布道是基于'威廉斯在战争前在兰伯特塔听到的'布道"。(见《指南》,第92页)

的一个。我不容易吐露秘密(尽管在您看来并非如此)。我不可能把我在给您的信中提到的那些特殊的人生阶段,告诉我在这几个月中遇到的那些人中的任何一个。在我所有的经济和社会失调中,我必须让自己完全被误解和误判,而不是试图把我写给您的东西告诉别人。所以,我把这些信任堆在您身上(不管在您看来它们有多烦人,不管我还需怎样努力地获得任何人都难以获得的完全的自我诚实)。这一行为本身,就足够让我和您的破裂对我有一种灾难性的影响。[1]

看,城市就在那里!

                  ——背对
渺小的会众呼唤,呼唤风;
一个声音在呼唤,呼唤 。

在他身后,是如此不适于
他神圣宣言衣装的憔悴孩子们,
没眨眼,被迫,一定感到
屁股在湿透的长椅板条上的
疼痛。

          但当他休息,他们歌唱——当
被提醒——他擦了擦棱镜般的额头。
                              光
抚弄它,似乎要圈成一个光晕——

---
[1] 出自马西娅·纳迪给作者的信。

而后他笑了：

    人首先看到他。很少人听。
或，实际上，极少
注意，到处走动，除了某个
嘴巴张开的波洛克试图弄清，
好像这是某个魔鬼（看着一对经过的、
年轻情侣的脸，一起
笑着，寻找着某种暗示）——这是什么样的
牧师？受惊，皱着眉走开，
回望。

    这是一个新教徒！抗议着[1]——仿佛
世界是他自己的　。

    ——另一个，
在二十英尺开外，他的狗专注地
沿着墙头——体贴着狗——
在悬崖边，五十英尺落差上　。

。 。　那演说，抑扬顿挫，
继之是盖过其他声音的

---

[1] "新教徒"的英文是"protestant"，与"抗议"（protest）同源，本意为"持异议者，抗议者"。

喇叭巨响　。　它们现在停下
当一个人的迷醉形象恢复——

但他的诱饵没引来鸭子——只引来
小头脑中满是灰尘、
最快乐地瞎猜的孩子们。

　　　　　　似乎
云层中的形象没被带来，没飘近

侦探们在厨房桌子上发现了一封短信，它发自北卡罗来纳州布拉格堡，寄给一名士兵。那个侦探说，信的内容显示她爱上了这士兵。

这是那传教士的讲道：别考虑
我。叫我蠢老头，这没错
好，叫我年老的讨厌鬼，就是我，喋喋
不休直到声音嘶哑没人想听。这是
事实。我是老傻瓜，这我知道。

　　　　　　但　。　！
你不能漠视我们的主耶稣基督的话语，
他为我们死于十字架，就此我们
可得永生！　阿门。

　　　　　　阿门！阿门！

站在长椅后面的门徒
喊道。 阿门!

　　——我们的主的灵,甚至也将圣言
给我这样一个普通无知的家伙
当我,在你们之中,被他本有的
赐福的尊严和伟力所触及　。　。

我告诉你们——他举起手臂——今日
我在这里把所有时代的财富带给你们。

　没有风,阳光下酷热,
　他光着头站在那儿。

　　　广大的财富将属于你!
我没在这儿出生。我出生在我们这儿称为
"古老乡村"的地方。但那是一样的
人,那儿的人和这儿的一样,
他们同样耍弄花招,像在
这儿——只是,那里没有那么多的
钱——而这,就不一样了。

我们家很穷。于是我很小
就开始工作。

>   ——哦,我工作了好久!但
> 有一天我对自己说,克劳斯,(那是我的名字),
> 克劳斯,我对自己说,你成功了。
>   你工作努力,但你已经
> 很幸运。
>   你
> 有钱了——现在我们要去享受生活。

汉密尔顿比别人更清楚地认识到,新政府要想生存下去,就得有超越各州的权力。他从不相信人民,在他看来,他们是"一头巨兽",他认为杰斐逊[1]如果不比他们中的任何一个更坏,也好不到哪里去。

就此我来到了美国!

尤其是在财政问题上,出现了一个关键阶段。各州倾向于摆脱最近战争期间产生的债务——每个州更愿意单独承担自己私有的债务。汉密尔顿看到,如果允许这种情况继续下去,其后果对未来的信贷将是致命的。他精力充沛地现身,头脑灵活,善于"构想",让联邦政府推行国债,又谋划授予联邦政府征税的权力,没有这些权力,联邦政府就无法为此目的筹集必要的资金。在随后的一场风暴中,

---

[1] 托马斯·杰斐逊(Thomas Jefferson,1743—1826),美国第三任总统(1801—1809),《独立宣言》主要起草人,开国元勋之一,与乔治·华盛顿、本杰明·富兰克林并称为"美利坚开国三杰"。

他发现自己遭到麦迪逊[1]和杰斐逊的反对。[2]

  但当我到了这儿,我很快发现我是
  一个大池塘的一只可爱小青蛙。所以
  我又重新开始工作。我想
  我生来就有那方面天赋。
  我事业有成,为此自豪。然后我想
  我很幸福。而我也会幸福——像钱可以
  让我幸福那样。

    但这让我成为**义人**?

  他停下来,笑了,健康地,
  他苍白的助手们也跟着笑,
  勉强地笑——咧着嘴
  倚着岩石讪笑 。

    不! 他叫喊,曲膝
  跪在地上,随着他强调的
  力量猛地立起——就像
  贝多芬乐曲让一个渐强声脱离
  管弦乐队——**不!**

---

1 詹姆斯·麦迪逊(James Madison, 1751—1836),美国政治家、外交家、扩张主义者、哲学家和开国元勋,他于 1809—1817 年间任美国第四任总统。
2 "汉密尔顿……也好不到哪里去"和"尤其是……反对",可能是威廉斯自己的散文总结。——修订版(第 272 页)注

这并没让我成为义人。(他紧握的拳

高举过额头。)我一直在

赚钱,越来越多,但这没使我

成为义人。

    黄金的美国![1]

    有着诡计和金钱

        该死的

    像奥尔特盖尔德[2]

        患病又烧坏

    我们爱你,苦涩的

        土地

    像奥尔特盖尔德

        在角落

    看到哀悼者们

        通过

    我们在你面前

        低下头

    手拿着我们的

        帽子

---

1 这里是对爱国歌曲《美丽的美国》(*America the Beautiful*)的戏仿。
2 约翰·彼得·奥尔特盖尔德(John Peter Altgeld,1847—1902),19世纪90年代早期伊利诺伊州州长。作为进步运动的领袖人物,据历史学家菲利普·德雷的说法,奥尔特盖尔德的名字"等同于进步时代的黎明"。

所以

有一天我听到一个声音……一个声音——就
像我今天在这儿和你们谈话一样。 。 。
。 。 。 。 。
。 。 。 。 。 。 那个声音说,
克劳斯,你怎么了?你不
快乐。我很快乐!我喊道,
我得到了我想要的一切。不,它说。
克劳斯,你撒谎。你不快乐。
而我不得不承认这是真的。我不
快乐。这令我很烦恼,但我是猪脑,
我思来想去,之后我对自己
说,克劳斯,你一定是上了年纪,
让这样的事烦扰。

。 。 。 。 。 于是,有一天
我们神圣的主走向我,伸出他的手
放在我肩上,说,克劳斯,你这老傻瓜,
你一直工作太操劳。你看起来
又累又烦恼。我来帮帮你。

我很烦恼,我回答,但我不知
该做些什么。钱能买到的
我都有但我不快乐,这是事实。

> 而主对我说，克劳斯，丢掉你的
> 钱。你只有这样做才会快乐。

著名的未来构想之争的一个必然结果是，这个年轻共和国的许多领导人都认识到，除非工业站稳脚跟，除非工业品能生产出来，否则税收收入将是一个神话。

新大陆一直被视为贵重金属、毛皮和原材料的生产国，殖民地居民把那些东西交给母国然后高价获得工业产品，除此之外他们别无选择。他们被阻止生产羊毛、棉花或亚麻布料出售。他们也不被允许建造熔炉把本地的铁转化为钢铁。

即便在革命时期，帕塞克的大瀑布也给汉密尔顿留下深刻的印象。汉密尔顿丰富的想象力想一个伟大的工业中心、一个伟大的联邦城市来满足国家的需要。这里有驱动水车轮子的水力，还有将工业品运往各个市场中心的通航河道：一个本国的制造业。

放弃我的钱！

> ——随着单调的坚持
> 他阔谈的瀑布平淡地悬于
> 耳朵，却带着一种陌生感
> 似乎在空间被捕捉
>
> 　　　　这让我来做，会
> 有多难。我那些有钱的朋友会怎么说？
> 他们会说，克劳斯·艾伦斯那老傻瓜

一定疯掉了,丢掉了他的钱。
啊!放弃我毕生苦苦积累的
东西——因此我能说我富裕过?
不!我做不到。但我心里
很苦恼。

  他停下来擦额头,当
歌手们开始唱起欢快的赞美诗。

    我吃不下,睡
不着,因为想到我的烦恼,所以当
主第三次走向我,我
已准备好,在他面前跪下,
我说,主啊,随您的意处置我吧。

他说,散尽你的钱,我
让你成为世上最富有的人!
而我低头对他说,我遵从您,主。
他神圣的真理临降在我身体,用快乐,
用我平生未了解的快乐
和财富弥漫我的心——而我
对他说,主啊!
    以圣父
圣子圣灵的名义。
      阿门。

阿门！阿门！虔诚的助手们应和着。

  这是此地唯一的美？
  是否这种美——
  被潜伏的教会分裂者
  撕成碎片？

在这些树间
美在哪里？
是主人们带来这里
烘干它们的外套的狗们？

那里的女人们不
美，根本不反映
美而是粗俗　。　。
除非（无论在何处）

在欲望中，如此
明目张胆是美　。
神圣的美，
如果它是这样，那也

是这地方可见的
唯一的美，

　　　　不同于这景象

　　　　和一棵刚出芽的树。

就这样我开始丢弃我的钱。这并没花我
很长时间我告诉你们！我用双手扔掉它。
而我开始感觉好多了　。　。　。　。

　　——倚着护墙，思索

　　从这里，人们可以看到他——那个
　　被捆绑的人，那个冷血的
　　凶手[1]　。　四月！在远处
　　被绞死。人群
　　在悬崖各个有利位置　。　天
　　亮前就开始聚集，为了
　　见证此情景。

　　　　有人为钱
而杀人，但并不总是得到它。

　　倚着护墙思索，当
　　牧师形单影只，向
　　耐性的树木的叶子致辞　：

---

[1] 指第四卷将描述到的杀死老温克尔夫妇的约翰·约翰逊。

温柔的基督

伯里克利

和雌性肉体[1]的孩子

在雅典

和蛞蝓鱼[2]之间

分裂

温柔的基督——

杂草和价值

伤感而直率

哭泣,被

记得,在

敞开的坟墓上

——用双手扔掉它。 。 直到

它消失

  ——他用双手做了个

---

1 原文"femina practa",或暗指古老的女性工作(卖淫),以此指"钱"(从而关联本书中"钱"的主题),而这里也涉及美国的特性:"伯里克利"(民主制)和"钱"(资本主义)。读者对此可以有自己的解读。
2 蛞蝓鱼,也称"文昌鱼",既像鱼又像蠕虫,个体小、产卵量大,胚胎透明,是无脊椎动物进化至脊椎动物的过渡类型。

大动作如向四方撒钱——

　　——但赐予我的财富超越
　　所有计数。你可以随意抛掷它们，
　　撒向你周围各处——而你仍
　　会得到更多。因为全能的神
　　资源无限，永不枯竭。我们有福的
　　主的宝藏无穷，他为我们
　　死于十字架，使我们可得救。
　　阿门。

联邦储备系统[1]是一个私营企业……一种私人垄断……（有权力）……通过一个懦弱的国会被赋予权力……发行和管理我们所有的钱。

他们从无到有创造货币，然后将这些货币借给私人事务（同样的钱一遍遍以高利率贷出），在战争与和平时期政府需要资金时也借给政府；我们，代表政府的人民（无论如何，在这种情况下）必须以高税的方式向银行支付利息。

　　这只鸟，这只鹰，收缩
　　自己——以爬进一只铰接的蛋
　　直到它消失在那里，除了
　　一条腿的一只爪子

---

[1] 美国联邦储备系统（The Federal Reserve System），简称为"美联储"，负责履行美国中央银行的职责。

可怜地开合，夹紧

空气，而不能——尽管

挣扎着努力，在

里面　。[1]

　　亲眼看到瀑布的汉密尔顿被当时瀑布那种势不可挡的力量所震撼……计划在一条拟建的林荫大道上修一条导水石管，如同乌鸦飞行，直到纽瓦克，沿河每隔一两英里就有一个排水口，供各个工厂区（有用产品协会：他们叫它为 SUM[2]）使用。[3]

　　当天报纸用热情的言辞谈及他们深情相信的"国家制造业"的美好前景，将来，将要生产美国需要的所有棉花、薄毛呢、壁纸、书籍、稻草帽、鞋子、马车、陶器、砖、锅、平底锅和纽扣。但"孩子的"计划华而不实，而彼得·柯尔特[4]被任命为康涅狄格州的财务主管。[5]
　　。　　　　。　　　　。　　　这个协会的主要目的是生产棉织品。

华盛顿在他的第一次就职典礼上

　。　　　。　　　。　　穿

一件乌鸦黑的、产于帕特森的

土布外套　。　　。　　。　　。　　。

1　"这个隐喻可能是指开国元勋们接受欧洲资本主义框架的决定。"（《指南》，第59页）
2　SUM："The Society for Useful Manufactures"（"有用产品协会"）的缩写。"SUM"回应了这部长诗的开头"roll up / sum"（"卷起/总和"）。
3　这个段落，可能是威廉斯自己写的散文。——修订版（第273页）注
4　彼得·柯尔特（Peter Colt, 1744—1824），在美国独立战争期间为陆军和海军提供补给，1790—1794年任康涅狄格州的财务主管，亚历山大·汉密尔顿的朋友，"有用产品协会"会长。
5　这个段落，除了一个语言差异（"所有的棉花"），逐字取自《新泽西州的故事》。——修订版（第274页）注

换言之，联邦储备银行创建了一个合法的国家高利贷系统，它的第一个顾客是我们的政府，世界上最富有的国家。我们每一个人，在用我们辛苦工作挣来的每一美元，向那些货币骗子致敬。

。 。 。 。 在我们所有大型的债券发行中，利息总大于本金。因此，所有大型公共工程的成本超过实际成本的两倍。在目前的经营体制下，我们只需在列账的成本的基础上增加120%至150%。

无论如何，人民必须付钱；为什么他们会被强迫付两次钱呢？全部国债建立在利息费用之上。如果人们同时考虑债券和账单，游戏就结束了。

     如果有微妙之处，

您很微妙。我请求您的宽容：

祈祷不会给您带来什么，

只有眼泪。 我有个朋友 。 。 。

翻篇吧。我记得我小时候

我停止祈祷，恐惧地颤抖

直至入睡——您的酣眠使我平静——

我确信，您也已读过

弗雷泽的《金枝》[1]。这对您

公正——一个像这样的祈祷

由一个爱人所做，他

---

[1]《金枝》(*Golden Bough*)，一部对威廉斯和艾略特这代人影响重大的人类学著作。后文的"新娘""橡树"等言辞是对这部书内容的引申。

评价新娘清秀容貌的每一个

特征，而恐怖——

这恐怖对他而言就像一个人，一个已婚

男人，对着他的新娘所感到的——

您是永恒的新娘和

父亲——回报[1]，

一个朴素的奇人，了解

分支而出的大海，对于它橡树

是珊瑚，珊瑚橡树。

您的容颜的喜马拉雅山和大草原

令人惊奇和欢喜——

为何我将离开这个

生育我的地方？知道

在您的崩溃的多样性中

搜索您会多么

徒劳。世界像一朵

绽开的花为我延展——又将

像玫瑰为我闭合——

枯萎，掉落于地，

腐烂，又被提升为

1　原文"quid pro quo"（拉丁语），意为报偿、回报。

一朵花。但您

　　永不凋谢——而在我周围

　　开花。因此我永远

　　忘记了自己——在您的

　　合成和分解中

　　我找到我的　。　。

　　　　　　　　　　绝望！

○　○　○　○　○　○　○　○　○　○

不管您写那张便签的理由是什么，也不管在那便签之前您如何冷漠逃避我的信——我最想做的一件事就是能见到您。与这相关联的东西甚至比我在这里说的要多。更重要的是，这是我突破那层薄膜、那个硬壳的一个动力，那薄膜和硬壳在我的真我和只能做出生活的机械手势的东西之间，如此致命地在那里发胀。但即使您答应，我也不愿意见您，除非在您这边有一点点好意和友情……在任何情况下，我都不希望在您的办公室见到您。这不是我想要的（因为我现在没有特定的事由去看您，不像以往我有，当我作为一个完全陌生的人首次拜访您；也不像以往我可能会有，比如在您最后那张便签之前，我极想要让您和我一起检查我一些缺点最突出的诗），我一直感觉（这种感觉越来越强）在我能重新对自己的思想、想法和问题的现实（它们由于您对这些信的态度，以及您后来的便签而变成干沙）抱有一些信心之前，我将永远不能再次找到自己的人格同一感（没有它我当然不能写作——但就其本身而言，它比写作重要得多）。这就是我不能摆脱想见您的愿望的原因——这种见面不是不带个人感情,而是以最私人的方式,既然我根本不可能完全不带个人感情给您写信。[1]

---
[1] 出自马西娅·纳迪给作者的信。

三

寻找零[1]
它击败一切

所有
方程式的 N 。

那块岩石,举起
他们的那块空白

它曾脱身——
岩石是

他们的坠落。寻找
那个零

它经过所有
看到

---

[1] 此处原文为"nul"(零、没有、无、空),后文的"N"是它的首字母。

　　　　所有的死亡
　　　　它经过

　　　　所有存在　。

但春天会来，花儿将开
人必念叨末日固在　。　。

下降[1] 招手
　　　　如上升时招手
　　　　　　　　记忆是一种
完成
　　　　一种更新的迹象
　　　　　　　　甚至是
一种初始，因为它打开的空间是新的
地方
　　　　那里栖居诸多迄今
　　　　　　　　未被了解的部落，
他们属于新的种属——
　　　　因为他们的运动
　　　　　　　　朝新目标行进

---

[1] 在以下的"下降"（descent）段落中，"下降"包含着帕特森的下山、人生中年后的下降及对岁月的回顾、夜晚的来临等意绪。

（虽然以前它们被抛弃）

没有失败全由失败构成——因为
它打开的世界永远是一个以前
　　　　　未知的
　　　　　　　　　地方。一个
失去的世界，
　　　一个未知的世界
　　　　　　　向新地方招手
而没有白色（失去的）像白色的记忆
一样白　。

随着傍晚到来，爱醒来
　　　然而它的影子
　　　　　　　（其因为闪耀的
阳光而活）——
　　　　此时困倦并逐渐从欲望中
　　　　　　　　　消失　。

爱没影子，此时微动
　　　开始醒来
　　　　　　当夜晚
向前行进。

下降
　　　由绝望构成

　　　　　　　而没有完成,
意识到一种新的觉醒 :
　　　　　　　　　这是对绝望的
一种逆转。

　　　　　为了我们无法完成之物,爱
未曾获得之物,
　　　　我们在期待中已失去之物——
　　　　　　　　　一种下降相继而来,
无穷无尽,不可毁灭 。

听! ——

　　　水流倾下!
　　　　　　狗儿们,和树木
　　协力发明
　　一个世界——消失!

　　汪汪! 一辆
　　驶离的汽车辗得碎石满地,
　　当它加速!

　　精疲力竭! 可怜的小牧师[1]

1　原文为法语"le pauvre petit ministre"。

尽其所能，他们叫喊，
但尽管他耗尽他所有价值
仍没有诗人到来 。

汪汪！汪汪！

狗儿们竞相吠叫，树木伸出手，
指着它们的鼻子。没有
诗人到来，没有诗人到来。
——不久，公园没人，只有
有罪的情人和迷途的狗儿 。

      绳索被解开！

独自，观赏树木之上五月的
月亮 。

公园九点钟关门。你们必须
走出湖区，穿好衣服，坐上
你们的车，离开：他们换上
他们放在后座的便装
然后从树林走出 。

在俯冲之夜到来之前，
"巨兽"全都走了，蟋蟀们的

黑翼和雨蛙醒来 。

　　消失的是吉姆在马克思、韦布伦[1]、亚当·斯密和达尔文著作中找到的东西——一个沉着的、宣告一个新时代的来临的巨钟的庄严声音[2] 。 。 代之是一个铰链松脱的门的缓慢抱怨。[3]

　　　费图特，时而清醒，
时而惊醒，最终拒绝了他[4]
然后漫步离开 。

　　　　诗，
最完美的岩石和庙宇，最高的
瀑布，在薄纱般的水雾中，
水流竞相投落 。 诗人，
耻辱之中，应向博学者借物（为
解放心灵）：不满词汇表
（从他所恨的那些人借来，描述他自己的
贱民地位） 。

　　——不计他的失败 。

1　索尔斯坦·本德·韦布伦（Thorstein Bunde Veblen, 1857—1929），美国经济学家，他描述了商品供给和创造利润之间的根本矛盾。在他的流行著作《有闲阶级论》（1899 年）中，他造出"夸耀性消费"这一短语。
2　出自玛丽·麦卡锡（Mary Therese McCarthy, 1912—1989）的半自传体小说《她所结识的人》（*The Company She Keeps*）。
3　这一句曾以诗句形式出现于威廉斯的诗中，应是威廉斯自己的句子。
4　指牧师。

试图诱导他的骨头升至一个情景,
他的枯骨,在情景之上,(它们不会)
在它内部照亮它,出自它本身
而形成色彩,以某条
后街的语汇,这样历史就可避开
那些皮条客

。 。 实现不可避免的
可怜的东西,无形的,颠簸的,繁殖的
。 下贱的城市

爱根本不是安慰物,而是头骨中的
一枚钉子

。 倒映于它自己的悲惨的
镜子,因与学问分离而堕落,
它的垃圾在路边,它的立法者们
在垃圾之下,未被指导,不能
自我指导 。

　　一种挫败,一种撕裂 :

——花朵被连根拔起,耧斗菜,黄的红的,
撒在小径;山茱萸盛开,
树木被肢解;它的女人们

肤浅，它的男人们坚决拒绝——在
最好的时候 。

   语言 。 词语
没有风格！其学者（一个也没有）
。 或摇摆着，在其周围
水编织绳索环绕它们，用一种
黏稠的、聚积于它的
流动之下的漆树液 。

      被捕获（在心中）
在水边，他俯视，倾听！
但依然，在迷茫喧嚣中没发现
音节：错过感知（尽管他尽力）
没受教而只倾听，随他倾听的
专注而颤抖 。

只有想起水流，他才感到安慰，
它可怕的投掷，诱人的联姻——还有
一只毛皮花环 。

而她 ——
  石头没发明什么，只有人在发明。
  是什么回答了瀑布？用
  锯齿石头填充这盆地？

而他 ——

  显然，正是未被解释的新物，
  重塑旧物，倾泻而下　。

而她 ——

  在我们的时代它还没发生！

        那

可怜的小牧师，挥舞着手臂，
淹溺于椴树淡漠的
芳香下　。

我现在对您的感觉是愤怒和愤慨；它们使我能直截了当地告诉您许多事情，而不像往常那样舌头打结、拐弯抹角。

  您不妨接受所有自己的文学和其他人的文学，并把它们抛进卫生部的大垃圾车，只要那些拥有最精华的思想和"更美好的"情感的人在使用它们时，不是为了让自己成为比一般人更具人性的人类，而只是将它作为手段来逃避更好地理解（不是在理论上）他们的同胞的责任——当您这么做时，那也不是一件坏事。[1]

  　。　福音派走了！（他们的管风琴
  放入一辆轻型卡车后面）沿
  山坡飞奔　。　孩子们

---

[1]　出自马西娅·纳迪给作者的信。

至少从这当中得到快乐!

他愈加愤怒。他感到寒气刺骨。
当一个畸形得可怕的侏儒现身——
他看到蠕动的树根在他
心灵的叶子下被假日人群
践踏,像被使劲跺足的
牧师跺跺。麻雀们从他的眼睛启程并
歌唱。他的耳朵是毒菌,他的手指
已开始萌发新叶(他的声音
在瀑布下被淹没)。

诗人,诗人!唱你的歌,快!不然
不是昆虫,而是黏浆的杂草将消灭
你的种属。
他几乎跌落 。 。

而她 ——

  和我们联姻!和我们联姻!
      要不!被拽下,被拽到
下面并消失

  她和空洞的词语联姻:
     最好
      在边缘

    跌倒

     而

     坠下

    然后

   ——分离

离开坚持之地——
    离开知识，
离开学问——术语
外在，不传达即时性，倾泻而下。

      ——离开
时间（没有更多发明），赤裸如一只
蛋 。

  跃下（或坠下）而没有一种
语言，结巴的语言
    语言已耗尽 。

那侏儒生活在那里，离瀑布很近——
被他的保护色所救。

回家吧。 写作。 调适[1] 。

哈!

诗人,与你的世界和解吧,这是
唯一的真理!

哈!

——这语言已耗尽。

而她 ——
  你抛弃了我!

  ——在溪流神奇的声音中
  她一头倒在床上——
  一副可怜的姿态!在词语中消失:
  发明(假若你能)发现,否则
  没有什么是清晰的——会超越
  你脑中的鼓点。不会有
  什么是清晰的,不会有 。

---
1 这里原文为"compose",有双关义,既指"创作",又指"安顿、调停、缓和(情绪)",和下文的"和解"有语义关联。

他逃跑，被轰鸣声追逐。

　七十五名世界顶尖学者、诗人和哲学家上周齐聚普林斯顿[1]。。。

　　　　费图特在石头上
　　　使劲地摩擦脚跟：

　今天天气晴朗，最高气温近80度[2]；有温和的南风。明天多云且持续温暖，有温和的南风。

　　　　她的肚子　。　她的肚子就像
　　　一朵云　。　夜晚的
　　　　　　　　　一朵云　。

　他的头脑会再次清醒：

　他　　我还穿着我的裤子、外套和背心！

　她　　而我还穿着胶鞋！

　　——上升然后下降——走向智慧

1　普林斯顿，位于新泽西州默瑟县的小镇，普林斯顿大学、普林斯顿高等研究院和普林斯顿神学院均在该镇。
2　指华氏温度。华氏80度约等于摄氏26.67度。

如走向绝望。

一个人在最基本的需要[1]下

勇敢地毁掉他情绪的

顶峰 ——

走向底部；低贱[2]！走向尖叫的沉渣，

已了解清澈的空气 。

从那个底部，厚颜无畏[3]，重攀

太阳亲吻的爱的峰顶！

        ——隐匿地

在室内涂鸦 。 而一场战争胜利了！

——对自己诵唱一阕写于以前的

歌 。 倾向于相信

在这结构中他看到感兴趣的

       某物：

这一年最撩人的夜晚

月亮的措辞是无光的黄色

---

[1] 原文 "crassest necessity"，双关语，又可指 "最粗鲁的必然"。
[2] 原文 "base"，双关语，既可接前文的 "bases" 作名词（"底部"），又可作形容词（"卑贱的、低下的、恶劣的"）。
[3] 原文 "unabashed"，双关语，其词既指 "不畏惧的"，又指 "不害羞的；厚脸皮的"，这里暗含一种有勇气的下层人的决心，即使 "厚颜" 也要 "无畏" 奋斗（类似于 "卧薪尝胆"）。

空气柔软,夜鸟
只有一个音符,盛开的樱花

在树林里模糊,它的香气
仅被半猜测,在心中活动。
昆虫仍未醒来,树叶稀疏。
拱形的树木之间没有睡眠。

血液凝静又冷漠,脸
不疼,汗水不弄污,嘴也不
干渴。此时,爱或许沉溺于它的游戏,
无物能扰乱它运行的全八度音阶。

她的肚子　。　她的肚子像一块白云　。　一朵
傍晚的白云　。　在战栗的夜晚面前!

  我对女人在社会中的悲惨地位的态度,以及我对一切必需的社会变化的看法,就它们有助于文学而言,都引起您的兴趣,不是吗?我在这种行为中特殊的情感取向,使我把自己从标准化、模式化的女性情感中解放出来,使我能在诗歌方面做得还过得去——这很好,不是吗——某件让您刮目相看的事!而您在我给您的第一封信(一封您那时已想要使用的信,用在您的《帕特森》的导言中)中,看到一种迹象,即我的想法将被严肃对待,因为那些东西也能被您转化为文学,作为某种与生活分离的东西。

但是,当我实际的个人生活逐渐呈现,处处带着那些相当一样的态度、感觉和关切(您发现它们作为文学是令人赞赏的)的印记——那完全是另一回事,不是吗?不再令人赞赏,相反,显得可悲,令人讨厌,愚蠢,或者,在其他方面不可原谅;因为那些特定的、使某个人成为一个有某种新视野的作家的想法和感受,在现在生活中往往让人笨拙、难堪、荒谬、徒劳,在多数人谨慎保留的地方容易相信别人,又在应该相信别人的地方谨慎保留,也常常因为跌跌撞撞的认真或诚实而走过了头,太频繁地踩到别人敏感自我的脚趾。它们是那些相当一样的东西——这一点很重要,是任何时候都被记住的东西,尤其被像您这样的作家记住,而像您这样的作家受到自己的安全生活的玻璃墙保护,却远离原始状态的生活。

只有我的写作(当我写作时)才是我自己:在任何本质意义上,只有那才是真正的我。因为我没像您那样,给文学和生活带来两套不同的、相互矛盾的价值观。不,我不那样做;而我觉得,如果有人真的这么做,文学就会变成智力排泄物,和其他类型的东西一样适合抛入臭气熏天的洞。

但在写作(正如在各种创造性艺术)中,写作者从他和那些特定的、他能完全控制和塑造的外部事物(语言、黏土、颜料,等等)的关系中,获得他统一的存在和自我的自由;反之在生活中,写作者对相关外部事物的塑造(比如对他的友谊、社会结构,等等)不再完全在他的能力范围内,而为了展现他最好的最真实的一面,他需要别人的合作、理解和仁爱。

这就是为什么您那些关于女人作为诗人需"以她的本事自由航行"的花言巧语,因为您对我的态度都变成空话的原因。没有女人能完全做到这一点,除非她首先能在生活本身中"以她的本事自由航行"——这意味着能在与其他女人的关系中做到这一点之前,她要在与男人的关系中自由航行。任何弱势阶层的成员都不信任并讨厌身在他们当中的"局外人",因此女人——全体女人——在光线渗到她们身上之前(这些光线不是来自她们中的一个,而是来自那些朝向她们的、态度已改变的男性的眼睛),永远不会满足于自己的命运——因而同时,在对待像我这样的女人的问题和意识上,其他女人甚至比男人们更冷漠无情。

我亲爱的医生,我需要您给我另一种友谊,其完全不同于您已给我的友谊,以上所说正是这种需要的另一个原因。

我当然还不知道具体哪件事导致您对我的友好冷却下来。但我的确知道,假如您真打算为我而费心,那么您只需要考虑两件事:(1)我以前是,现在仍是一个死于孤独的女人——是的,真的死于孤独,几乎像人们缓缓死于癌症、肺痨或别的疾病(而我在现实世界中的所有效能,不断被这种孤独所腐蚀);(2)我以前极需要,现在仍需要一些过作家生活的方法和手段,要么获得某种作家工作(或其他任何与文化兴趣相关的工作),要么借助某种文学新闻业(如书评)——因为只有在这样的劳作和工作中,我才能把在其他不同类型的工作中对我来说是责任的东西,转化为有价值的东西。

那是我的两个问题,您持续地且几乎有意识地将它们放在您试图帮助我的背景中。然而,无论过去还是现在,它们都比我是否要发表我的诗重要得多。为了继续写诗,我不需要借您的名字来出版我的诗,就像为了继续写诗,我在其他方面(就是您忽略的那些方面)需要您的友谊。由于这个原因,我无法像您期望的那样(不以真正的诚实)回应和感激您对我的那种帮助,我对那种帮助的需要,远远少于您所保留的另一种帮助。

您和我的整个关系,很像您努力帮助一个肺炎病人,给他送一盒阿斯匹林或葛洛夫感冒药和一杯热柠檬水。我不能直接地告诉您。

您，作为一个文人，以前您是怎样让它成为事实的呢，当在创造一篇文学作品时，想象力如此迅速地进行最有力的自我维护，似乎压根无力让处在您那种环境的作家们充分理解处在我这种位置的女人的失调和无能？

当您写信给在 W 的我，谈及那可能的审查员工作时，在您看来，这似乎是一件非常简单的事情：我对那工作进行所有必要的咨询，准备必要的面试，为了保有这一工作，以所有必要的生活条件开始工作（如果我被雇用），从而让我的生活，至少在实践方面，仿佛通过魔术完全转入平坦的路途。

但重新振作从未如此简单，即便通过最普通的实用方法，对任何站在我这边的人而言——这不是您那边，也不是您热切的崇拜者弗莱明小姐那边，甚至也不是关心 S. T. 和 S. S. 这样的人的人们那边，那些被关心者已和照顾他们（即使他们已身无分文）的某个克拉拉或某个珍妮度过生命的大部分时间。

一个穷困潦倒、历经数月艰难困苦的衣不蔽体的人，要做各种各样的事情，甚至为了找到一份体面、重要的白领工作，需要保持健康。然后，他需要充足的资金来吃饭、睡觉，以及参加各种面试时维持形象（尤其是后者）。即使得到那样一份工作，他仍需要吃饭、睡觉，付车费和维持形象，等等，等待着他的首次薪金支票，甚至也许第二次薪金支票，因为首次薪金支票可能要几乎完全用于付还未付的租金或其他类似的欠款。

而这一切极需要一大笔钱（尤其对一个女人来说）——比 10 美元或 25 美元多得多。要不，需要那种很亲密的朋友，在他的公寓，你可以很受欢迎地待上一两个月，他的打字机，在你邮寄一些必要的请求面试的信时可以使用；他的熨斗，可以让你衣服平整；等等——那种亲密的朋友我没有，从来没有，由于您所知道的原因。

当然，我不可能向您这样一个陌生人寻求如此大量的实际帮助；我真的太愚蠢了，当我向您要那张后来被偷的汇票，以及之后向您要二十五块钱，我居然把需要帮助的额度减到最低——愚蠢，因为这让人误会。但我所请求的另一种帮助，最终（而您将它放在背景中）会是一个适当的替代品，因为我可以实施我在深秋向您提及的那些计划（书评，辅以几乎任何类型的兼职工作，以及后来的一些文章，还有也许今年夏天在雅斗[1]一个月），不需要通过其他非常不同的方式站稳脚跟。而最终，我的名字到处出现在一些出版物的书评栏目（我不喜欢那样使用诗）这一事实，会使我无须经过那些默默无闻的人会遭受的繁文缛节，就能获得某些工作（比如一份 O.W.I. 工作）。

我现在所感到的对您的气恼和愤慨，已穿透您最后的便签使我的创造力开始遭受的冷凝痛苦。我发现自己又用诗来思考和感受了。但与此相对的是，与我第一次认识您的时候相比，我在任何方面都更缺乏信心了。我的孤独更深入了一百万英寻，我的体力更严重地被它消耗了；而随着现在的生活成本高得可怕，我的经济状况自然更不好了，而我和您的朋友 X 女士的接触也很糟糕，

然而，她可能有别的原因而没注意我的便签——也许因为发现您对我的友好已冷却——我想，这会对她有影响，因为她是您的忠实"仰慕者"。但我不知道。我也一头雾水；上周我去《泰晤士报》，试图靠自己获取他们的一些小说评论（《泰晤士报》发表很多这样的评论），结果一无所获。我想做的正是写作——不是操作一台机器或车床，因为随着文学越来越与社会问题和进步联系密切（在我看来，就我而言），我也许能对人类的福利（在战争时期或和平时期）

---

[1] 雅斗（Yaddo），一个艺术家社区，位于纽约东部。

作出某些贡献,这让我必须作为一名作家,而不是一名工厂工人。

在我很年轻的时候——对一个重要角色来说年轻得可笑(只有女学童的年龄)——我的心智根本就不发达,我所有思想像处于首周胚胎的无定形状态中,那时我可以毫无困难地从好些杂志获得书评——而所有那些书,都是为人所接受的重要作家所写(比如卡明斯[1]、芭贝特·多伊奇[2]、H.D.[3])。然而现在,当我的思想已成熟,当我真的有话要说时,却根本不能获得那种工作。为什么会这样呢?这是因为这些年来,作为一个不满足于这世上女人地位的女人,我被迫展开很多开拓性的生活,而那种生活,您的性别的作家们以及有着您那种特定社会背景的作家们,没有加之于自身,而我的性别的成员也不赞成(原因我已提到)——因此,在这样的时刻,我想带着我这些被生活澄清和丰富的想法,从我过去(现在仍然)完全被社会流放(因为那种生存方式)的生活回到写作中。

(在我第一次和您谈话时)我掩饰着、很轻淡地看待我早年少女时代的文学活动,因为那时的作品本身并没比任何有才华的大学新生或早熟的预科高年级学生写的论文好多少。但是,毕竟,那时的作品并没出现在它所属的学校报纸上,而是受到当时那些公认重要的文学出版物的编辑们的重视,以至我可以很容易地得到每周平均15美元的收入。现在我探究那件事,并在此强调;因为鉴于那情况,您可以更好地想象我的感觉——当我意识到,我能在几分肤浅事物(像青春性感,吸引人,与适当的人交往)的基础上,在我与世界

---

[1] 卡明斯(E. E. Cummings, 1894—1962),美国现代诗坛引人注目的人物,他在诗中进行了许多大胆的实验,《帕特森》卷五引用并谈论了他的诗。
[2] 芭贝特·多伊奇(Babette Deutsch, 1895—1982),美国诗人、评论家、翻译家、小说家。
[3] 即希尔达·杜利特尔(Hilda Doolittle, 1886—1961),美国意象派代表诗人,生于宾夕法尼亚州。

的关系中保持我的作家身份；但现在我不能这样做了，因为我必须在我的生命中剥去那些肤浅的东西。

P医生，您从没活在——活在任何旁道和黑暗的地下通道，在那些地方，生命需如此频繁地接受考验。您出生的环境和社会背景使您得以脱离原始的生活；您混淆了生活的保护性和生存的无能——因此，您只能把文学看作由于幻想的生活无能而导致的一种最后的绝望的困境。（我看过您的一些自传体作品，正是这样指明的。）

但是生存（我的意思是不安全的生存）并不是人可以坐而决定的事。它只在某个个体身上发生，小规模地，就像麻疹；或者大规模，就像一艘漏水的船或一次地震。要不然它就不会发生。而当它发生，那个人就得像我一样，把自己的生命献给文学；而当它不发生，那么那个人带给生命的就是纯粹文学的同情和理解（就像您一样），就只是见诸纸上的言语的见解和人性——唉，还有那个文人自我，它最有可能在您对我的态度转变中扮演一个重要角色。我想，那个文人自我想以那样一种方式帮助我，如果这种帮助足以使我开花的话，那我自己的成就可以充当他纽扣孔中的一朵花。

但是，我不会为任何人开花，不管是为了爱情还是为了友情。这就是我不希望在我的诗中出现那样的引言的原因。我不想在这封信的最后几行变得刻薄或带着讽刺。相反，一种深切的悲伤取代了我最初写这一切时的气恼和愤慨。我想要您的友谊比我想要任何东西都要多（是的，更多，我非常想要其他东西），我拼命地想要它，不是因为我有一件东西可以装饰别人的骄傲——而是因为我没有。

是的。我想象自己在前几页所感受到的气恼是不真实的。我太不幸了，太孤独了，因而不气恼了；如果我在这里提请您注意的某些事情会使您对我的看法发生某种变化，那将是我现在所能想象到的在我生命中发生的唯一事情。

您的

C[1]

附言：我现在又回到了派恩街 21 号，这让我不得不补充一点：是谁伪造那张汇款单上的"克瑞斯"（Cress），又拿走了布朗的一张支票（尽管他的支票没被兑现，而后被换了），这个谜团从未被解开。当时在这里的那个看门人现在已死了。我不认为他拿了钱。但那时，至少我很高兴，邮局没彻查到底，因为万一鲍勃的确有什么关系，他会陷入严重的麻烦——我本来就不会乐意接收这种结果，因为他是那些可悲的低收入黑人之一，一个在方方面面都相当得体的人。但现在我倒希望这件事在他死（在两个月前）之后得到彻查，因为恶棍本来可能是偏辟农场那些粗俗卑鄙的人，他们对极为稀少的农场补助的整年盘剥应该以某种方式被曝光，还因为如果他们真的偷了汇款单并被捕，那么这件事会让相关部门注意到他们别的非法活动。然而，这种正义并没引起我很大的兴趣。诸如此类的犯罪或反社会行为，在心理上和环境上的根源，总更让我感兴趣。但当我说出最后这句话时，我想到我多么想在散文中——一些故事，也许是一部小说——与人们一起做很多事情。我无法告诉您，为了写作，我多么想要我所需要的生活。而我仅靠自己无法实现。我现在甚至连一台打字机也没有，就连租的也没有——只有在打字机上，我才能正常思考。我会用普通书写来写诗（虽然只会写初稿）和写信。但对于任何散文写作，除了写信，我没有打字机就不能做任何事。

---

1 这封信为马西娅·纳迪给作者的信；而这里签名为 "La votre / C"，是为威廉斯模仿乔叟的诗《特洛伊罗斯和克瑞西达》（Troilus and Cressida）中克瑞西达在给特洛伊罗斯的信中的签名。

但这当然是我最不用操心的问题——打字机;至少这是最容易应付的事情。

C

P医生:

这是我给您写过的最直率坦白的信;您应从头到尾仔细地读一下,因为它关于作为一个作家的您,关于您在论 A. N. 的文章中言及女性时的观念,而且,因为它关乎我自己,所以也包含了某些信息,这些信息,我以前不认为有必要给您,而现在我认为您应该持有。是否我一开始的气愤让您过于生气而无法继续读下去——好吧,当此时我附上这则附言,我这种气愤最终已消失。

C

如果您出于那些原因,不想读它,那么也拜托您,仅出于对我的公平而读一下——很多时间、很多思绪和很多不快都写进了那些纸页。

第三卷

(1949)

对奥利弗来说，城市不是自然的一部分。他几乎不能感觉到，他几乎不能承认，即使给他指出，城市是人类心灵的第二身体，第二有机体，比有骨有肉的动物有机体更理性、更持久、更有装饰性：一件自然的、然而合乎道德的艺术品，在里面灵魂设置行动的战利品和快乐的工具。

——桑塔亚那[1]《最后的清教徒》

---

[1] 乔治·桑塔亚那（George Santayana, 1863—1952），哲学家、文学家、诗人，生于西班牙，八岁时移居美国，曾在哈佛大学任教，后来回到欧洲。

图书馆

一

我爱刺槐树

甜美的白槐[1]

多少钱?

多少钱?

需要多少钱

来爱盛开的

刺槐树?

多于艾弗里[2]

能搜集的财富

这么多

这么多

斜斜的绿绿的

刺槐

它明亮的小叶

1　白槐(white locust),字面意思为"白色蝗虫";"locust"的末音节与"cost"("代价、花费")谐音。
2　塞缪尔·普特南·艾弗里(Samuel Putnam Avery, 1822—1904),美国艺术品鉴赏家和交易商,他通过为美国买家提供欧洲艺术品的咨询而发了财。——修订版(第279页)注

在六月

在花间倾斜

又甜又白

　昂贵的花费

　书籍的凉爽

有时会把心引入炎热下午的

图书馆,假如书被发现

清新凉爽,引思四游。

因为在所有回应生命的书中

有一阵风或风中的

魂灵,一阵强风,灌满耳管

直到我们以为听到了一阵风,

真真切切　。

　　　　　引思四游。

离开街道,我们中断

我们心的隐居,而被

书籍的风携起,探寻,顺着风

探寻

直到我们不知道哪个是风,哪个是

风力,风力驾驭我们　。

　　　　　引思四游

又在心中生起一种香味,
可能是,刺槐花香,
这花的香气本身就是一袭风
　　　　　　引思四游

穿过它,在瀑布之下,
很快会干涸,
河水,旋转,形成旋涡
　　　　　　　最先被追忆。

漫步于这些无用的街道,
度过这些月份,众脸朝他
折叠,像傍晚的三叶草,某物
已将他带回到他自己的
　　　　　　心　。

　　　在其中,看不见的
瀑布泻落,调正自己
又泻下——不停地,泻下
又泻下,随一声轰鸣,一种不是
瀑布、而是它不减的传言的
　　　　　　回响

　　　　美丽的事物,

我的鸽子，无能为力，所有被风吹的，
　　被火所触及的
　　　　　　　而无能为力，
　　一声（无声的）轰鸣重复不已
　　淹没感官
　　　　　　　不愿躺在它的床上
　　安睡，安睡，安睡
　　　　　　　　　在它黑暗的床上。

　　夏天！现在是夏天　。
　　——而他心中的轰鸣依然
　　不减

最后一只狼是1723年在魏斯惠斯[1]附近被杀死的

　　在水的喧嚣中，书籍时而
　　给予休息，水落下
　　又调正自己又泻下，以
　　它的回响灌满心灵
　　　　　　　　撼动石头。

　　击打！就这样。摧毁！就这样。耗尽
　　和淹没！就这样。飓风、火灾

---

[1] 原文 "Weisse Huis"。

和洪水[1]。就这样。见鬼了,新泽西,那封信说。只被交付,没有评论。

就这样![2]

　　如果你闪躲,那躲开它。就这样。
(阵风将我们裹在其褶皱中——
或没有风)。就这样。用力拉住那些门,一个
炎热下午,风攫住它们,从我们的
手臂——和手中扭开它们。就这样。图书馆
是我们恐惧的避难所。就这样。就这样。
——风绊倒我们,压着
我们,淫荡,或压着我们的恐惧的淫荡
——笑声渐消。就这样。

　　　　　　　屏息而坐
或屏息不动。就这样。然后,放松
转向任务。就这样　：

　　　　　　旧报纸飞走,
发现——一个在田野被烧的孩子,
没有语言。燃烧着,努力从篱笆下面
匍爬回家。就这样。另外两个人,
男孩和女孩,紧紧拥抱
(也被水所抱),就这样。在河渠中
被淹,无言。就这样。帕特森

1　帕特森在20世纪初曾遭遇火灾、洪水和龙卷风大规模的连续袭击。
2　威廉斯对庞德说:"这是一字不差地从平地印第安人祈祷文的翻译中抄来的……它的意思是:如果是这样,那就随它去吧。换句话说,见鬼去吧。"——修订版(第280页)注

板球俱乐部，1896年。一个女说客。就
这样。本地两位百万富翁——搬走了。
就这样。另一个印第安岩洞
被发现——一根骨椎。就这样。
老罗杰斯机车工厂。就这样。
庇护我们免于孤独。就这样。心灵
卷绕，由于阅读[1]开始惊讶　。
就这样。

　　　他翻阅：在他的右肩上
一个模糊的轮廓，说　。

　　　温柔些！　温柔些！
　　在万物中作为一个对立面
　　　　它唤醒
　　愤怒，孕育
　　　　知识
　　通过无处可以
　　　　安放
　　其光滑脑袋的绝望——

　　　只保存[2]——不单独！
　　　　如可能，绝不

---

[1] 上文列举的种种事件是1936年《勘探者》(*The Prospector*)中的内容。
[2] 原文"Save only"，也可理解"只拯救"。

　　　　单独！　　避开被接受的

　　　　　剁肉板

　　　　　和一顶方帽！　　。

　"城堡"也将被夷为平地[1]。就这样。没
别的原因，只因为在那里，不
可理解；　没有用！就这样。就这样。

　　　兰伯特，那个可怜的英国男孩，
那个创建它的移民，
　　第一个
　　　　反对工会：

这是我的工厂。我保留这权利（他也这样做了）
走在行列中（在他的织布机之间）而
射击我选择的某个浑蛋，无须
借口或理由，只因我不喜欢他的脸。

　露丝和我那时彼此并不认识，我们一起参加第一次世界大战前后的帕特森罢工，而后为游行事务工作。她定期去监狱给杰克·里德送饭，我听了大比尔·海伍德、格利·弗林以及工会大厅里其他热

---

1 "城堡"为兰伯特于1892年所建，名为"美景"（Belle Vista），是帕特森著名地标。兰伯特·凯瑟里那·兰伯特（Lambert Catholina Lambert, 1834—1923），出生于英格兰约克郡，是帕特森最富有的工厂主之一。"他死后，这座城堡和这座山成为县里的财产。城堡曾经是一个孤儿收容所；后来，该县开始夷平整个建筑，但在一翼被毁后停止了。目前，城堡是帕塞克县公园委员会和帕塞克县历史学会的总部。"（《指南》，第124页）

心人士和援助者的演唱。现在看看这该死的东西。[1]

  他们完全击垮了他　。

    ——这老男孩本人,是个英国佬,
满脑子是城堡,那种简要辩证法
(当它持续)的中枢,在冲积粉土上
自己建立一座巴尔莫勒尔城堡[2],岩崩
环绕那座"高山"的火山隆起

    ——主屋的一些窗户
被光滑的鹅卵石透明的薄层
(他的第一任妻子钟爱
它们)照亮,迄今为止它们是那地方
最真实的细节;至少是那里有的
最好之物,最好的人工制品　。

  这首诗的范围是世界。
  当太阳升起,它在诗中升起
  当太阳落下,黑暗降临
  而这首诗也暗下　。

---

[1] 这是威廉斯的朋友罗伯特·卡尔顿·布朗(Robert Carlton Brown,1886—1959)的文字,布朗参加过帕特森罢工。1913年2月至7月,帕特森丝织厂工人罢工,要求建立八小时工作制和改善工作条件。罢工过程中,约1850名罢工者被捕,其中包括世界产业工人联合会领导人比尔·海伍德和伊丽莎白·格利·弗林。
[2] 巴尔莫勒尔城堡(Balmoral),在苏格兰,英国王室常在夏季度假时使用。

而灯点起,猫潜行,人们
读着,读着——或喃语,盯着
微弱灯光能分辨的东西
或模糊之物,要不,他们的手

在黑暗中摸索。诗感动他们
或不感动他们。费图特,他的耳朵
回鸣 。 没有声音 。 没有大城市,
当他似乎读懂——

    一声咆哮来自书籍,
来自拥塞的图书馆,压迫他
        直到
他的心开始漂流 。

    美丽的事物[1]:

      ——一簇黑焰,
一阵风,一次洪水——与所有陈腐相反。

死者们的梦,为这些墙所限制,升起,
搜寻一个出口。精神萎靡,

---

1 "美丽的事物"源自哥伦布登上美洲大陆后对新世界的描述,其作为叠句萦绕于第三卷。

无能，不是因为先天能力不足而无能——

　　　　　　　　　　（独自阻拦确定的死亡）

而是因为那物，其禁锢它们，让它们和同伴们
在此相挤，寻求歇息 。

从寒冷或黑夜中，它们飞来
（光线吸引它们）
　　　　　　它们寻求（书中的）安全
但最终撞在高窗
　　　　　玻璃上

图书馆是荒凉之地，有它自己的气味，
停滞和死亡的气味 。

　　　　　　　　　美丽的事物！

——梦的代价。
　　　　在梦中，我们寻找，在一次对
智慧的手术后，而必须译解，迅速，一步步，
要不就被摧毁——在一种符咒下
仍是一种阉割（一张缓缓降下的幔子
包围心灵
　　　　　　　　切断心灵） 。

      安静!

  醒着,他在高烧中打瞌睡,
脸颊燃烧 。 。 将血借予
过去,惊奇 。 冒着生命危险。

而随他的心灵渐失,加入别人,他
试图将它带回——但它
躲开他,再次拍翼,飞走,
再次消失 。

      哦,塔拉萨,塔拉萨[1]!
水的鞭打声和嘶嘶声

          大海!

它离它们多近!

    很快!

---

1 塔拉萨(Thalassa),古希腊神话中初始的海洋神祇。拉丁语作家盖乌斯·尤利乌斯·希吉诺斯(公元前64年—公元17年)描述她为太空神以太(Aether)和白昼女神赫墨拉(Hemera)的女儿。她与男伴蓬图斯(Pontus)孵出了风暴诸神和各种鱼类。在绘画作品中,她被描绘成一手拿船桨一手拿海豚,或披着海带、半浸在海里。《伊索寓言》中"农夫和海"的故事写到她。

　　　　　　　　　　太快了 。

——尽管如此，他还是将它带回，和
余物反复猛击风口和高窗

（它们不放弃，尖叫
　　　　　　　　　如复仇女神，
尖叫，咒骂想象，无能者，
一个女人挨着另一个，企图毁灭它
却不能，生命不会在它之外） 。

整个图书馆——书！谴责
所有削弱心灵意图的书

　　　　　　美丽的事物！

　　印第安人被指控杀死了两三只猪——事后证明这并不属实，因为这些猪是白人自己宰杀的。后续的事件关于两名印第安人，他们因被指控而被基夫特的士兵俘虏：这些勇士被基夫特交给士兵，任由他们处置。

　　第一个野蛮人受了重伤，要他们准许他跳金特卡耶舞（Kinte Kaye），这是他们临死前的一种宗教仪式；然而，他身负重伤，倒地死去。然后士兵们把另一个人的尸体切成条状……当这一切进行的时候，首领基夫特和他的顾问（殖民地第一个训练有素的医生）

扬·德拉蒙塔尼,一个法国人,站在那里开心地笑着,揉着右臂,他对这样的场面感到非常高兴。然后他命令把他(那个勇士)带出堡垒,士兵们把他带到海狸路,他不停地跳着金特卡耶舞,士兵们肢解了他,最后砍下他的头。

与此同时,在要塞的西北角,还站着二十四五个被俘虏的女性野蛮人,她们举起胳膊,用她们的语言叫道:"无耻!无耻!从未听说这样残忍的事,甚至我们中从未有人想过。"

他们用海贝壳做钱币,还有鸟羽,还有海狸皮。当一个祭司死去并被埋葬时,他们就用他所有的财物包裹他。荷兰人挖出了尸体,偷走了毛皮,把尸体留给森林里游荡的狼。

  医生,听着——五十多岁,一只脏手
  将帽子推后:金字写着——
     美国志愿者[1]

                                在
  外面有一个我想娶的女人,你能不能
  给她验血?

从1869年到1879年,有几个人穿越瀑布,在一根绷紧的绳索上(在老照片中,下面的人群站在干了的岩石上,身着短袖的夏天

---

1 美国志愿者(Volunteers of America),一个非营利性组织,成立于1896年,主要为全美低收入人群提供经济适用房和其他援助服务。

服装,看起来更像睡莲或企鹅,而不是抬头仰视他们的男人和女人):德·拉夫,哈利·莱斯利和杰奥·多布斯——最后那个人肩上扛着一个男孩。弗利特伍德·迈尔斯,一个半疯癫的人,宣布他也要表演这一壮举,但当人群聚集起来,却没有发现他。

> 这地方散发陈腐和朽败的气味
> 一种后屋的臭气 。 一种
> 图书馆恶臭
>
> 这是夏天!臭气熏天的夏天
>
> 逃离它——但不是通过
> 跑离。不是通过"调适"[1]。拥抱
> 污物吧
>
> ——存在被拽紧,在诸永恒间
> 平衡

当背部绑着炉灶的莱斯利走了出来,一名观众在莫里斯山上拽着一条支索,他要么恶意要么懈怠,因而莱斯利差点掉下来。莱斯利把炉灶背到绳索中心后,在炉灶里生了火,煎了个蛋卷,吃了它。那天晚上下雨了,所以后来的演出不得不推迟。

但星期一时,他穿着女人服装,像洗衣妇一样嬉闹,醉酒般摇

---

[1] 原文"compose",这里呼应《帕特森》卷二中的"回家吧。写作。调适"。

晃穿行于峡谷，时而后退，一只脚跳跃，然后在绳子中间，他侧身躺下。在"崩裂"了紧身衣后，他就退隐了——到建于高处的小屋修补。

这些事件的进展通过新的电话从自来水厂的高塔传送到城市。那个男孩，汤米·沃克，是这些冒险故事真正的主角。[1]

> 而当迷幻获得，且
>   你的关节放松
>   诡计已得逞！
> 白昼被遮蔽，而我们看见你——
>   但不单独！
> 喝醉，满身泥污而解脱

> 精确的美
> 在天穹下，满天繁星
>   美丽的事物
> 还有一个缓行的月亮 ——
>   那辆车
>   已停了很久
>   当别人
>   来把那些拖出

---
[1] 从"从1869年"到"却没有发现他"，从"当背部绑着炉灶的莱斯利走了出来……"至"真正的主角"，是威廉斯根据历史材料所写的文字。——修订版（第281页）注

他们让你在那儿
　　　冷漠
　不管那麻醉物是什么
　　　美丽的事物
　可能会猛地推开栅栏——

　散发着气味!
　　　这有什么关系?
　　　只能释放
　一种事物——

但你!
——身着白色蕾丝裙

　　　　　。　　。　　。

　　被你的美所萦绕(我说),
崇高而不易被获得,整个
场景被萦绕:
　　　　　　　　脱掉你的衣服,
(我说)
　　萦绕,你脸上的宁静
是一种宁静,真实的

　　　　　　　　不是来自书。

你的衣服（我说）赶快，在
你的美可被获得之时。

  把它们放在椅子上
（我说。然后狂怒，我因此而
羞愧）
  你闻起来好像你需要
洗个澡。脱掉衣服，洗净
你自己　。　。
而让我洗净我自己
     ——来看看你，
   来看看你（我说）

（然后，我更恼怒了）　**脱掉你的**
衣服！ 我没要求你
脱掉你的皮肤　。　我说的是你的
衣服，你的衣服。你闻起来
像个妓女。我要求你依我的
心意沐浴，你迷失的身体那惊人的
贞洁（我说）　。

    ——你可能会
送我飞向月亮
。　。　让我看看你（我

说，饮泣）

让我们骑着马兜兜圈，看这城镇是何模样　。

　　冷漠，某种死亡或某种
　　死亡事件的冷漠
　　提出一个谜语（以乔伊斯的方式——
　　　　　　　　　　　　或其他方式，
　　哪一种都无所谓）
　　　　　　　　　　一个婚姻谜语：

　　如此多地谈论语言——当没有
　　耳朵。

　　　。　。　。　。　。　。　。　。

有什么要说的？除了
美不被注意　。　然而，待售
而被足够油嘴滑舌地购买

　　　　　　　但这是真的，他们害怕
它，多于害怕死亡，美骇人，
比死亡更骇人，比死亡更令他们害怕

200

美丽的事物

——而联姻，只为了摧毁，秘密地，
他们私下里，只为了摧毁，为了隐藏
　　　　　（在婚姻中）
他们兴许会摧毁
而在摧毁之中不被觉察

死亡来得太晚，无法援助我们　。

除了爱有何种结果，直视死亡？
一座城市，一场婚姻——直视
死亡

一个男人和一个女人的谜

因为除了爱有什么，直视
死亡，爱，带来婚姻——
不是恶行，不是死亡

　　　　　然而爱在古老戏剧
似乎只带来死亡，只是死亡，
似乎他们宁愿去死也不愿去面对
恶行，古老诸城的恶行　。

。　。　。　　一个充斥腐败诸城的世界，
没有别物，死神直视的世界，
没有爱：没有宫殿，没有僻静的花园，
石头间没有水；栏杆
石扶手，被蚀空，任清水
奔流，没有安宁　。

　　　　　　　　　　　　水域
干涸。这是夏天，这　。　已终结

给我唱首歌，让死可忍受，一首
言说一个男人和一个女人的歌：那个关于一个男人
和一个女人的谜。

　　　什么样的语言能缓解我们的焦渴，
什么样的飓风托举我们，什么样的洪水席卷我们
　　　　　　　　　　　经过失败
但歌呢永存之歌呢？

　　　和
　　　这河联姻的
　　　岩石
　　　无声

而河水

涌过——但我仍

喧嚷

不停呼唤

鸟

和云

(听)

我是谁?

——那声音!

——那声音响起,被忽视

(和它的新东西),那不结巴的

语言。没发出声音?

放弃它吧。离开它。停止写作。

"圣人般"[1]你永远不会

离弃那感觉的斑点,

　　　　　一种对爱的

侵犯,心灵之虫

---

[1] "这里的圣人是居里夫人,她将被比作诗人。'感觉的斑点'是一个基于蒸馏瓶中的'斑点'的隐喻,这'斑点'导致镭的发现。美,或'诗',或语言,就是从惰性物质(沥青铀矿)中分离出来的镭。这是一项需要洞察力和'圣人般'耐心的工作。因此,沥青铀矿在隐喻上等同于代表诗人世界的'一堆肮脏的亚麻布'。"(《指南》,第133页)威廉斯对居里夫人的描述主要在本书第四卷第二部分。

吃掉内核,没被安抚

——永远不会将惰性物质
和感觉的斑点分开。永远不会。
永远不会离弃那光

      其射向四方,
借助符号无可匹敌　。

医生,你是否相信
"人民",民主?你是否
仍相信——在堕落
诸城的这个泔水洞?
医生,你是否相信?　现在?

      放弃
诗吧。放弃艺术的
犹豫。

     你能,你能
希望得出什么结论——
在一堆肮脏的亚麻布上?

      ——你
一个来自乐园(被逐)的诗人?

这是一部肮脏的书吗？我打赌

这是一部肮脏的书，她说。

   死神躺卧，等待着，

一个友善的兄弟 ——

充满失踪的词，

那些从未被说的词——

一个对穷人友善的兄弟。

发光的精华

阻止最终的结晶

。 在沥青铀矿[1]中

发光的精华 。

以前有过一段光彩夺目的日子 ： 那个英国人由此来到新巴巴多斯[2] 。

    就这样开始 。

 当然，并不神秘，那事实：

1　居里夫人从成吨的沥青铀矿提炼出微量的镭盐。
2　指威廉斯的父亲，威廉·乔治·威廉斯，死于1918年，在这部诗早期草稿此处他的形象更为详尽。新巴巴多斯是新泽西州卑尔根县的一个地区。——修订版（第282页）注

根据一种字谜，成本[1]呈螺旋式上升——其已知
或未知，预谋或自动。贫困
这一事实无可争辩。语言
不是一种模糊的领域。有一种诗歌
关于成本的变动，已知或未知　。

成本。代价

   而昏眩的半睡的眼睛
     美丽的事物
   属于某只信赖着的动物
     建造一座
  庙宇，在野蛮屠杀之处

  。　。　。　。　。

试读另一本书吧。突破
这地方干燥的空气

一个疯狂的神
   ——妓院的夜晚　。
   而如果我持有　。
那会怎样？

---

[1] 此处原文为"cost"（也指代价），与这部诗中的经济主题相关。

——把妓院当成我的家？

　　　（图卢兹·劳特累克

　　　又一次。 。 ）

假设我是两个

　　女人相遇的地点[1]

一个来自边远地区

　　有点野蛮

　　有点肺结核

　　（大腿有块疤）

另一个 　—— 　渴求[2]，

　　来自一种古老文化 。

——而用不同的做法

　　做同样的菜

让颜色奔流 。

图卢兹·劳特累克见证了

它：四肢放松

　　——所有宗教

1　这里预示着第四卷科里登和菲莉丝的故事。
2　原文"wanting"（乏缺、想要）有双关义。

已驱逐了它——
舒适，肌腱
松弛 。

就这样他记录她们

—— 一块石头
推动燧石之蓝
向上穿过砂岩，
从中碎开，
　　　但又坚不可摧，
我们修筑道路 。

——我们口吃，选举 。

离弃它吧。离弃此地。赴所有
河口被冲洗之处：赴那河寻求
一个回答
　　　从"意义"中寻求安慰。

龙卷风趋近（在这些纬度地区
我们没有龙卷风。怎么，在
樱桃山？）

　　　　　　它卷过

帕特森的屋顶，撕扯：
拧扭，弯曲 ：

一片被劫持的木瓦，它一半
进入一棵橡树
　　　　　　（风必定已
钢化它，紧紧抓住它的两边）

　　　　　　　教堂
在它的地基上，弯拱了
八英寸——

　　　　嗡，嗡！

　　　　　——风
在那里，旋动沉重的发辫（未
露脸），从岩石的边缘——

　　　在那上升气流中，
个个夏日，只只红肩鹰挣脱
而游戏
　　　（在上升气流中）

　　　　　还有那可怜的棉线
纺织者，高于屋顶，准备跳跃

。　俯视[1]

在书中搜索；心在别处

俯视　。

　　　　　　　探寻。

---

[1] "作为诗人想象的象征，鹰融入了'那可怜的棉线纺织者'，山姆·派奇，他俯视，准备跳跃。这也是帕特森，在书中寻找，"心在别处／俯视／探寻。"(《指南》，第136—137页)

二

火燃烧；这是第一定律。
当风扇起它，彤彤火焰

被引向远处。谈话
扇起火焰。他们

操控它好让写作
是一种火，不仅与血相关。

写作什么也不是，处于
一种写作状态（他们

就在这里抓住你）是
困难的十分之九：诱惑

或勉强的事。写作
应是一种释放，

从状况中释放

当我们行进时变成——一团火,

一种毁灭的火。因为写作
也是一种发作,而必须找到

办法遏制它——从根部,
如果可能的话。故而

写作,问题的十分之九,
是活着。他们注意

它,不是通过思考,而是
通过次思考(想盲目

前行作为说话的
借口,我们真以你为傲!

一种美妙的天赋!你如何
在忙碌的生活中为此

找到时间?拥有这么一种消遣
必定感觉不赖。

但你一直是个奇怪的
男孩。你母亲好吗?)

——飓风的狂怒，大火，
铅灰色的洪水，而最终
带来代价——

你父亲是这么好的一个人。
我清楚地记得他 。

或，天啊，医生，我猜想都很好
但这是什么鬼意思？

在应有的仪式中，小屋会由十二根木杆搭成，每根木杆都是不同的木材。他们将这些木材钻入地面，绑住上端，用紧密拼接的树皮、兽皮或毯子整个盖住它们 。 现在，坐在这里的人，他要向火神说话，眼睛在烟洞中鼓起的火神 。 十二名曼尼托作为次要神灵陪伴他，一半代表动物，另一半代表蔬菜。祭祀房子里造了个大火炉 。 用十二块烧红的大石头加热着。

其时，一个老人扔了十二斗烟草在滚烫的石头上，另一个人紧接着往石头浇水，这样产生几乎足以让帐篷里的人窒息的烟雾或蒸汽——

Ex qua re, quia sicubi fumus adscendit in altum; ita sacrificulus, duplicata altiori voce, Kännakä, Kännakä ! vel aliquando Hoo Hoo! faciem versus orientem convertit.[1]

当烟升到高处时，献祭者高呼，"卡那卡，卡那卡！"间或叫喊，

---

1 这是拉丁语，其意思后文有译解——"当烟……把脸转向东方"。

"呼,呼!"把脸转向东方。

有些人在祭祀中静默无声,有些人会说一番荒谬可笑的言辞,而有些人则模仿公鸡、松鼠和其他动物,并发出各种声音。叫喊声中,分配了两头烤鹿的肉。

    (吸入书的气息)
那些刺鼻的气味,
     为了他们能译解的东西 。
扭曲感官去探知规范,去洞穿
习俗的头骨
     到一个躲开
感情、女人和后代的地方——一种对
燃烧物的感情 。

它开始于市内电车公司的车库,在油漆车间。工人们整天都在工作,对旧汽车进行返工涂装,由于天气很冷,所以门窗紧闭。油漆,尤其是清漆,到处被随意使用。一堆堆油漆浸湿的破布被扔到角落。其中一辆汽车在夜间起火。

吁吁气喘,急忙慌张,
(书籍的)杂乱之夜醒来!醒来
并开始(第二次)唱它的歌,在
黎明的羞辱之前 。
     它不会永远持续
倚着淼远的大海,淼远的,淼远的

大海,被风吹拂着,那"深酒红色的海" 。

一种粒子回旋加速器,一种筛选 。

   而在那里,
在烟草的寂静中:他们躺在一个圆锥形帐篷里
挤成一团(一堆书)
  相互不容,
     而梦见
温柔——在肃静的恶意之下
他们无法穿透,无法醒来,而再度
活跃而仍是——书
     也就是,地狱中的人,
它们对生者的统治已终结

  清晰些,他们说。哦,清晰些!清晰些?
  万物中还有什么比此更清晰
  再没有这么不清晰的了——在
  人和他的写作之间,关于
  哪个是人哪个是物,以及
  这两者哪个更有价值

当它被发现时,它还是一团小火焰,虽然很旺,但看来消防员能对付它。但在黎明时分,突然起风,大火(他们以为已平息)失去了控制——横扫整个街区,向商业区冲去。还不到中午,整个城市都完蛋了——

   美丽的事物
        ——整个城市都完蛋了!而
火焰高耸　。

   像一只老鼠,像
   一只红拖鞋,像
   一颗星,一枝天竺葵,
   一根猫舌,或——

   思想,这思想
   是一片叶子,一枚
   卵石,一个出自
   普希金故事的

   老人　。

     啊!
   腐烂的横梁倒
    塌,

   。　一只旧瓶

被烧坏

烈焰,将黑夜耀亮为白昼,他吃着
烈焰——像一条虫
      刨翻书页
(燃烧的书页)——为了启明

我们喝它,醉倒,而最终
被毁灭(当我们吃着)。但烈焰
有一种需求,一个属于自己的
摧枯拉朽的肚子——正如
火有阴燃
   毕生阴燃也不会爆发
成火焰

     纸张
 (被吞噬)散到风中。黑色。
墨水烧成了白,金属白。就这样。
来,全部的美。快来。就这样。
指间一把灰烬。就这样。
来吧,衣衫褴褛的徒劳。胜出。

就这样。就这样。

　　　　一只钢铁狗,眼睛
着火,在火焰通道中。一种火焰的
醉态。就这样。一只瓶子,被
烈焰烧坏,笑得前仰后合:
黄、绿。就这样——醉态中
幸存,在火焰的狂笑中。所有的火燃起!
就这样。吞咽着火。就
这样。被火扭曲而发笑,这
别样的火。就这样。咯咯笑,对着
被吸进的烈焰,种种形态的笑声,一种
火红的严重性凌驾焰火的
审慎,一种毁灭的贞洁。不义者,
称其为善。称火为善。
就这样。曾为玻璃、曾为瓶子的
焰爆沙子的美:不成瓶。
不畏惧。就这样。

一只旧瓶,被火烧坏,
上了一层新釉,玻璃扭曲成
一种新特征[1],回收
不明确之物。一块烫石,被潮水

1　原文"distinction",多义("差异、特性、荣誉、勋章"等)。

触及，布满美丽的

裂纹线条，釉面完好无损 。

毁灭被改良： 最炙热的嘴唇

向上翘起，直至无形，新闻流

熔成新物。喝掉

新闻，流向气息。

它发出笑声，叫喊——通过

一种在沙（或石）中的

恩典投资：绿洲之水。玻璃

斑斑点点，呈现火

冷却时遗留下的冷火的

同心彩虹，它那被藐视的

火焰——裹住玻璃的火焰，其花朵

被火焰摧残，被加燃

再度开花：第二种火焰，超越了

热量 。

火的地狱。**火**。让你那角质[1]屁股

坐下。你的游戏是什么？在你

自己的游戏中打败你，**火**。从你之中逃生：

诗人在火自己的游戏中击败火！瓶子！

瓶子！瓶子！瓶子！我

给你瓶子！现在什么

1　原文"horny"，其还有另一义"淫荡的，好色的"。

在燃烧,火?

图书馆?

    火焰飞旋,腾跃
从房子到房子,从建筑物到建筑物

    被风携带

图书馆在它们途经的路上

美丽的事物!燃烧 。

    一种对权威的蔑视
——萨福的诗被焚,被故意
焚烧[1](或者它们仍藏
在梵蒂冈地下室?) :
     美是
一种对权威的蔑视 :

    因为它们
被展开,一片片,来自
埃及石棺里面

---

[1] 在亚历山大里亚图书馆遭受的几次大火中,古代世界的无数书籍(包括萨福的诗集)被焚。萨福的诗集在中世纪被禁。

混凝纸浆的木乃伊外壳　。

　　　　　　　飘飞的纸
来自古老的大火，为
殡仪人员偶拾，用于
制模，一层层
　　　　　为了死者[1]

美丽的事物

那部被禁的选集，甚至被死者，你们
这些对此无所理解的人所
复活：

　　　　丢勒的《忧郁》，那些
器具搁置着，不相关于机器的
数学

　　　无用，

　　　　　美丽的事物，你
粗俗的美胜于它们所有的
完美！

1　托勒密王朝时期盛行用废旧的纸草制作木乃伊外壳。

粗俗胜于一切完美
——它从一只漆罐跃下,我们看到
它经过——在烈焰中!

美丽的事物

——与火缠绕。一种本性
超越世界,它的核心——从其中
我们收缩,喷射小水管中的
　　　　　　异议——而
我和其余的一起,对火
喷射

诗人。

你在那儿?

我将如何找到实例?某个男孩,
他在硫黄岛开着一辆推土机
穿过火网,扭转了局势,
然后回来,给其他人开出一条路——

无声无息,他的
行动让火焰优美

　　　　　　——但失去，失去
因为不能再次
连接音节以锁住他

　　　　　　　没有以他自己的形象
而燃的扭曲火焰：他变得无名
直到一个胜利女神将以他为荣——

而正因此，乏缺发明，
乏缺词语：

　　　　　　火焰的
瀑布，一种倒置的大瀑布，向上
射出（会有什么差别？）

语言，

　　　　　美丽的事物——我
自我愚弄，哀悼奉献的
乏缺

　　　哀悼它的损耗，
因为你

　　　伤痕累累，被火席卷

（被一种无名的火，它甚至不为
你自己所知）无名，

      喝醉。

那人站起，一番旋转，进入
火焰，变成火焰——
火焰笼罩了那人

      ——伴随一声咆哮，一声
没人能喊出的尖叫（我们无声地死去，我们
甚至羞愧地乐于——无声地，藏起
我们的快乐以免为对方所知
        在火焰中
保有一种我们不敢承认的
秘密喜悦）

       一声火的厉叫
伴随逆风，风卷走房间——露出
锡屋顶的可怖景象（1880）
整个，半个街区长，像
裙子被提起，被火抓持——终于上升，
几乎伴以一声叹息，升起而飘浮，飘浮
在烈焰上，如在甜蜜的微风上，
庄严地飘走，骑乘着空气，

    在空中

滑动,在似欲屈服的

卷曲榆树上空轻松

离开,清理铁轨而落在

远处的屋顶,赤热

让那些房间变暗

    (但不是我们的心)

而我们张着嘴,伫立,

摇着头,说,我的上帝,你是否

见过如此之物?似乎这

完全在我们的梦境之外,似乎

真确无疑,在我们最赤红的梦中

无与伦比 。

    那人在惊奇中

被吞没,火变成了那人 。

但那可怜的图书馆(它,

也许,不包含一卷荣誉[1])

必定也被吞咽——

因为它沉默。它

---

[1] 原文"distinction",有多义(差异、特性、荣誉、勋章等)。

因美德的缺陷而沉默，既然它
根本不包含你

       那本应
珍稀的东西，是垃圾；因为它根本
不包含你。它们向你吐口水，
真确，但没有你，就什么也不是。这
图书馆沉闷又死寂

     但你是死者的

梦

     美丽的事物！

让他们来解释你，而你会是
解释的核心。你不可名状，
将会出现
    美丽的事物
火焰的爱人——

     可怜的死者
从火中向我们回呼，在火中
寒冷，呼叫——想要被嘲笑
和被珍惜
     那些写下书的人

我们阅读[1]：不是烈焰
而是大火
留下的废墟

不是广大的燃烧
而是死者（留存的
书籍）。让我们阅读。

并消化：表象
闪光，只有表象。
探入——而你

一无所获，被一种表象
包围，一个倒置的
钟鸣响，一个

白热的人成为
一本书，一个空旷的
洞穴的轰响

1　此处原文"read"，可指"读懂；理解"。

嗨,伙计[1]

我知道你要开枪打我了。但说实话,亲爱的。我真的忙到没时间写信。这里有事,那里也有事,到处都有事。

宝贝,我从 10 月起就没写信了,所以我先说回 10 月 31 日。(噢,顺便说一下,我的朋友 B. 哈里斯女士在 31 日有一个聚会,但只有褐黑肤色的人和黄种人能去,所以我没被邀请。)

但我一点也不介意,因为我真的(给自己投了一球)一大早就去看了演出,然后又去了俱乐部的舞会,(真是一段美好时光)这让我感觉很好,你相信我,伙计。

但是,伙计,11 月 1 日,我真的崩溃了,你了解的我喝酒喝得很嗨(用壶喝),当我们出去(去纽瓦克)天正在下雨,车子急刹,旋转了几次,有点摇晃,停下来的时候朝着另一头,我们正在那条路走。伙计,相信我,接下来的几天,亲爱的,我连半桶热水都提不起来,因为怕烫着自己。

现在我不知道到底是酒还是车子打滑的缘故,但我只知道我一点也不紧张。但就像他们说的,一切很好,结局也很好 所以 11 月 15 日,伙计,我的意思是,我喝醉了以致连字母表都背不出来了,我真正想说的是,到 11 月 15 日我又醉了,从那以后我又是那样了。

但现在,说到(男孩们) 雷蒙德·詹姆斯那些人怎么样了,他先是和西斯交往,但现在,因为让约瑟伯勒·米勒怀孕而进了监狱。[2]

罗伯特·布洛克已从莎莉·米切尔那里拿走他的戒指

---

1 以下是威廉斯的女仆 Gladys Enalls 的女性朋友 Dolly 写给她的信。
2 此行原文 "But now for the (Boys) How Raymond James People going with Sis but is in jail for giving Joseble Miller a baby.",有语法错误,语意不明,威廉斯特意如实呈现书信原文,以增加真实感和整部诗引用文本的参差性。

小桑尼·琼斯应该是自由大街上一个女孩的孩子的父亲。

萨利·蒙德 巴巴拉·H 让·C[1]和玛丽·M应该都将有孩子了 第三街的一个男孩纳尔逊·W已是三个即将出生的孩子的父亲。

○　　○　　○　　○　　○　　○　　○　　○　　○　　○　　○　　○

附言：伙计你可不可以在你下一封信中告诉我怎样去那里。

告诉雷蒙德，我以前说 艾 布贝吐特 哈车 伊苏斯 卡舒图特[2]，只是一种新的说话方式，伙计。它被叫作（啧啧语），也许你听说过。好吧，在这里希望你读得懂

D
　J
　　B

再见。

后来

  美丽的事物

    我看到了你：

   是的，

这女主人[3]就我的疑问说。

在楼下

1　原文为"Sally Mund Barbara H Jean C"。
2　原文"I bubetut hatche isus cashutute"，是几个纯音节的词。
3　这里原文为大写的"Lady of the House"，结合后文的珀尔塞福涅，暗示丰产女神和婚姻女神德墨忒尔。

（在洗衣桶旁）
　　　　　　　　而她微笑，
指着地下室，仍微笑，又
走出去，留下我和你（独自在房间），你
躺在那里，病恹恹的
　　　　　　　（我一点也不认为你
病了）
　　　　在墙边，在你潮湿的床上，你
修长的身体随意地伸展在脏床单上　。

哪儿疼？
　　　（你露出一个不想显露的
假笑）

　　　　　　　　——有两个窗格的小窗，
我的眼睛与地面齐平，炉膛的气味　。

　　　　　　　　珀尔塞福涅
走下地狱，地狱无法跟随
前行的怜悯的季节。

　　　　　　——因为我被惊讶
征服，只能赞叹
并在你安静时，倾身照顾你——

你看着我，微笑，我们就这样
看着，对视着　。　在沉默中　。

你昏睡无力，等着我，等着
火，而我
　　　　　陪伴着你，被你的美所震撼

被你的美所震撼　。
　　　　　　　　　　震撼。

——你平躺着，在一张低床上（等待着）
泥泞的、溅水的窗之下，神圣
床单的污秽之中　。

你给我看你的腿，伤痕累累（像孩子）
为鞭子所留　。

读吧。让思绪回返（伴随
纸页）到白昼的热。这纸页也
同样是美：纸页干枯的美——
被鞭子所击

　　　一只挂毯猎犬
它的线牙从独角兽的喉咙
引出深红

。　。　。　　一群白狗的吠叫
——在类似圣·洛伦佐大教堂[1]的天花板下,
彩绘的长横梁,笔直穿过,在
圆顶和拱门前面

　　　　　　更朴素,方边

。　一个温顺的女王,没烦恼
对着月亮伸出舌头,冷漠,
经历了损失,但　。

　　　　　高贵,
在厄运中,星辰的运气,黑色的星辰

　　　。　一个矿井之夜

亲爱的心儿
　　　这都为了你,我的鸽子,被调换留下的
　　　　　　　　　　　　婴儿[2]

　　但你!
　　　——身着白色蕾丝裙

1　圣·洛伦佐大教堂,建于意大利文艺复兴时期的巴西利卡式教堂,美第奇家族的教区教堂,它是佛罗伦萨最大的教堂之一。
2　指西方民间故事中被仙女偷换后留下的孩童。

"垂死的天鹅"
脚着高跟拖鞋——高挑
一如既往——
　　直到你的头
通过有效的夸张
正抵达天穹和
它的狂喜棘刺
　　美丽的事物！
而帕特森的家伙
　　痛打
纽瓦克的家伙，告诉
他们他妈的
离开他们的地盘，然后
给你一次重击
　　穿透鼻子
　　美丽的事物
为了好运和强调
　　击裂它
直到我必须相信
每个渴求的女人最终
　　都有一个
　　爆裂的鼻子
然后活着，被标以高价
　　美丽的事物
　　为了记忆

在他们的契约中是可信的

然后回到聚会中!
  而他们嫉妒地
让男性化或女性化你
  美丽的事物
仿佛由此来发现,而
  应该通过
什么奇迹逃走,什么?
仍将着魔,出于
  什么角色
美丽的事物
它应该注意?
  或被消灭——
三天穿同一条裙子
  上上下下 。

  我远远不够温柔,
远远不够体贴
  对你,对你,
难以表达,远远不够珍爱

照亮
  那心

                        角[1]

    你   所在   之处!

                  ——一团火焰,

    黑色长毛绒裤,一簇黑焰。

---

[1] 威廉斯在这里把"corner"(角落)拆为"cor"和"ner"分置两行,"cor"与"core"(核心)同音,有学者注意到,"corner"与威廉斯诗歌一个重要人物"Cora"(科拉)(见诗集《科拉在地狱》)谐音,因而这里的黑人女人,就是科拉或其化身。科拉即珀尔塞福涅(宙斯和农业之神德墨忒尔的女儿,被冥王劫持娶作冥后)。

三

让写坏了的东西留存为文字是危险的。一个偶然的词,在纸上,可以毁灭世界。我对自己说,当你还有力量,要细察,擦去它,因为一旦泄出,被记下来的一切会腐蚀千万人的心,谷粒会变成黑斑,而所有的图书馆,必定因此被焚为平地。

  只有一个答案:漫不经心地写,这样任何不鲜活的东西就不会留存。

> 传来了水下引擎的嗡嗡声[1],
> 螺旋桨的拍击声。
> 耳朵是水。脚
> 聆听。持灯的多骨鱼
> 潜近那些眼睛——它们四处漂浮,
> 冷漠。碘酒的味道
> 在百分比规制上
> 沉滞:厚木板被虫子
> 钻透,它们煅烧过的壳

---

[1] 这里指爱尔兰工程师约翰·菲利普·霍兰德(John Philip Holland,1841—1914)于1881年在帕特森设计的第一艘成功操作的潜艇。

　　　　割得我们的手指流血　。

我们走进一个梦，从确定之物到未确定物，
从玫瑰色的过去　。　正好看到　。　一条
棱纹尾巴在展开

　　　　　特啦啦啦啦啦啦啦啦啦
　　　　　啦特啦特啦特啦特啦特啦

　　　　　　在此之上，余烬散发的
酸臭涉入。就这样。雨
落下，泛滥河上游的地段，缓缓
聚拢。就这样。集拢，一条条
沟渠。就这样。一支折断的桨
被搜索的水流发现。它，松开，
开始移动。就这样。老木材
叹息——放弃。往昔涌出甘泉的井
被弄脏。就这样。而百合花在浅滩
漂浮，宁静，被系住，如系在
一根线上的鱼。就这样。而它们的
茎被拽下，淹没在泥泞的涨潮。
那只白鹤飞进树林。
就这样。人们站在桥上，沉默，
观望。就这样。就这样。

　　　　　　　　　　而一种

读物的对应物升起，缓缓地，淹没

心；将他锚定在椅上。就

这样。他翻阅　。　**哦，天堂！**[1] 溪流

在他体内铅一般重，他的百合花拖曳着。就

这样。文本增加，自我复杂化，

导致进一步的文本而那些文本

又引向大纲、摘要和校勘。就这样。

直到语词松散或——悲伤地

持有，不动摇。不动摇！就这样。因为

人造的拱支撑着，水朝着它

堆积残骸，但它不动摇。他们聚集

在桥上，俯视，不动摇。

就这样。就这样。就这样。

铅灰色的、阴沉的洪水，丝绸般的洪水

——朝那牙齿

　　　　　朝那殊异之眼

　　　　　　　　　（浅灰色）

名字是亨利。就是亨利，

　　　　　　　在这周围

每个人都认识我：帽子

---

[1] 原文为意大利语，关涉但丁的《神曲》。

摘下，盖在脑壳上，胸膛宽厚，
约五十岁 。

      我会抱着这宝贝。

那是你的小狗，去年咬了我。
是啊，于是你让我看着它被人杀死。

      （那眼睛）
我不知道它被杀死了。
     你举报了它，于是
他们就来捉拿它。它从没伤害
任何人。
   它咬了我三次。
      他们过来
捉住它，杀了它。
     我很抱歉，但我不得不
举报它 。 。

一只狗，头向后仰，水下，腿
竖立 ：
   一层皮
因死亡之酒而绷紧
         在激流上
顺流而下 ：

　　　　　　　寂静之上
一声微弱的嘶嘶声,一阵沸腾,最初几乎
没被注意

　　　　——倒栽葱!

　　　　　　　加速!

　　　　　　　　　　——犹如
用写字板的线条标记,被一个个小旋涡
弄得斑驳

　　(朝那牙齿,朝那殊异之眼)

　　　　　　一种正式的前进

　　遗体—— 一个身材高大的人——是由周围乡村最著名的战士用肩膀抬运的　。　他们走了好几个小时没有休息。但在半路上,抬运者不得不放弃,因过于疲劳——他们已走了好几个小时,波格蒂可特(Pogatticut)身躯沉重。因此,他们在休息时,在小道旁边,一个叫作"高呼男孩之洞"的地方,挖出一个浅洞,将死去的酋长放进去。这样一来,这个地方就变得神圣了,被印第安人崇拜。

　　送葬队伍到达墓地时,波格蒂可特的兄弟们及其追随者迎了上来。人们发出巨大的哀鸣,悲伤地跳起金特卡耶舞。

怀恩达克，这最杰出的兄弟，主持了葬礼。他把他最喜欢的狗——一只非常可爱的动物带了出来，杀死了它，把它的口鼻涂红，把它放在他哥哥旁边。部落哀悼了三天三夜 。

  被旋涡嘴追逐，这只狗，
  沉向冥河 。 乌有[1]
  。 那下水道
      一条死狗
         在水面上
  翻转：
    来，来，吉吉！
         当它经过
  翻转 。

  这是一种歌吟，一种赞美，一种
  带来毁灭的安宁：
      朝那牙齿，
  朝那殊异之眼
    （切开铅）
        我被咬了
  数百次。它从没伤害过
  任何人 。

---

[1] 原文"Le Néant"。

> 无助。

> 你让我看着它被人杀死。

关于梅塞利斯·凡·吉森（Merselis Van Giesen）有一个奇怪的故事，说明了当时的迷信情况：他的妻子有病卧床了很长时间。当她躺在那里时，一只黑猫会来，夜复一夜，用邪恶又炽烈的眼睛透过窗户盯着她。与这种拜访相关的一个离奇事实是，其他人都看不到这只猫。附近的人都相信简中了邪。而且，大家都认为，施魔咒的女巫，这个伪装成除被施咒者外谁也看不见的猫、鬼鬼祟祟去看受难者的女巫，是住在远处山谷的 B 太太。

> 快乐的灵魂！它们的恶魔住得如此之近。

在与邻居们讨论这件事时，梅塞利斯（他被称为"塞尔"）被告知，如果他能用银弹射中那只幽灵猫，就会杀死那生物，并解除对他妻子所施的魔咒。他没银弹，但他有一对银袖扣。

> 我们之中谁能这么快转换
> 我们的爱恨？

他把这对袖扣的一颗装在枪中，靠着他妻子在床上坐下，宣布他要射杀那只女巫的猫。但他怎能射杀一只他看不见的生物？

> 我们的情况好点了吗？

"如果猫来了,"他对妻子说,"你指明它在哪儿,我就朝哪儿开枪。"他们就这样等候着,她在希望和害怕的颤抖中等待——希望折磨她的魔咒很快会解除;害怕丈夫的大胆企图会给她带来新的痛苦;他冷酷地决心永远终结 B 夫人,这伪装成看不见的猫、针对他妻子的邪恶力量。他们默默等候了许久。

——好一幅忠贞婚姻的画面!同床共梦。

最后,在他们焦躁不安、提心吊胆地等着预想中的时刻到来之时,简叫道:"黑猫在那儿!""在哪儿?""在窗口,它走在窗台上,左下角!"他闪电一般迅速举枪,对看不见的黑猫开了一枪。随着一声尖叫,那神秘的生物从凡·吉森太太的视线中永远消失了,从那时起,她开始康复。

第二天,"塞尔"开始在现在的雪松悬崖公园搜寻。在路上,他遇到了那个疑似女巫的女人的丈夫。他们像往常般友好地打招呼,询问各自家庭的健康情况。B 先生说他妻子的腿疼了一段时间。"我想看看那条受伤的腿。""塞尔"说。经过一番推诿之后,他被带到了 B 先生家,在百般请求之下,他们终于肯让他检查那痛处。但是,特别引起他注意的是一个新鲜伤口,就在她最后一次以黑巫猫的方式幽灵般地拜访他的妻子时、他的银袖扣击中那不祥生物的地方!不用说,B 夫人再也不会进行那些奇怪的探望了。1823 年 9 月 26 日,凡·吉森太太来到第一长老会告解,也许是出于对她奇迹般获救的感恩之情。1807 年,梅塞利斯·凡·吉森估价了 62 英亩未开垦的地,2 匹马和 5 头牛。

——六十二英亩未开垦的地，两匹马
五头牛——

　　　　　　（这治愈了幻想）

　　　　　　　　铅之书[1]
他翻不动书页

　　　　　　　（我为什么要为这垃圾
操心？）

　　　　　　　条条辫子
沉重，壮观，黄色，摔入裂缝，
轰鸣

　　　　　——让路于
洪水的漫延，当它得到一个佝偻病
脑袋的承认

1　原文"The Book of Lead"，一般来说，"铅"被理解为"死亡"的代称，然而学者乔恩·伍德森（Jon Woodson）指出，这里涉及斯皮奥尼·拉皮教授图书馆一本铅页炼金术书。这本书由36页约一毫米厚的矩形铅片组成。上面刻有意大利语和拉丁语文字及13幅象征性图像。这本书第三幅图是一个双性人，两手各拿一个圆规和一个方矩，双重地象征着女/男的结合。

（水在收费公路上已积了两英尺深
而还在上升）

    没有安逸。我们
    闭上眼睛，得到
    我们所用之物
    并偿付。他亏欠，
    谁又不会亏欠，双倍。
    用吧。不问为何？
    没人要我们的抱怨。

但一个人必须以某种方式再次
提升自己——
      再次是神奇之词　。
        把里翻为外：
快抵御这洪水

他觉得他应做更多。他在那儿
碰到一个年轻女孩。她母亲告诉她，
去跳瀑布吧，谁在乎？——
她仅十五岁。他感到如此沮丧。
我告诉他，你想要什么，你
仅有两只手　　。　？

245

她说,"白百叶窗"这个地方值得一看。他说我和他在那儿会相当安全。但我从没去。我想去,我不害怕,但从没去成。他有一个在那里演出的小型管弦乐队,他叫它"帆船船员"——就像在那个时代所有的地下酒吧一样。但有一天晚上,他们从宴会厅楼梯跳下来,扯掉衣服,妇女们把裙子扔到他们的头上,和其他人一起在大厅裸体跳舞。他看了一眼,然后在警察到来之前走出后窗,穿着礼服鞋,沿着河岸走到泥里。[1]

让我看看,普拉塔港[2]
是圣多明戈港[3]。

曾经有一段时间
他们不想要任何白人
拥有任何东西——持有
任何东西——说,这
是我的 。

我看到了东西, 。 。

---

[1] 这是威廉斯自己的文字。这里的"她"为威廉斯的朋友历史学家凯瑟琳·霍格兰(Kathleen Hoagland)。——修订稿(第284页)注
[2] 加勒比海港口,也是多米尼加第二大港。威廉斯的父亲幼童时和威廉斯的祖母从伦敦辗转到普拉塔港。
[3] 圣多明戈港,多米尼加首都、全国最大深水良港。多米尼加现在是以白人为主的国家。

——水在这阶段没有摇篮曲,而有一个活塞,
同居,擦洗石头 。

              岩石

漂浮在水面上(就像卡特迈山[1]
布满浮石的海面白得像牛奶)

      你可以想象

      鱼隐藏,或

      全速

      又静止

      在奔腾的溪流中

——它腐蚀着铁路路堤

---

[1] 卡特迈火山,位于阿拉斯加南部的阿拉斯加半岛。

　　　　　嗨，开一打，搞

　　　　两打！　　随便的女孩！ [1]
　　　　　你想发火？

各种各样的特定化

　　　留住有水痘的月亮　　：

　　　　　　　　　　一月的阳光　　。

　　　　　　　19^{49}

周三，11日

　　　　　（10，000，000次加四月）

——一个红色对接的、可倒转的沙漏

　　　　　　装满

　　盐似的　　　　白色晶体

　　　　　流动

　　　　　　　成为定时的蛋

为这些句子向安东南·阿尔托 [2]

　　致敬，很纯净　　：

　　　　"对某某元素的

　　　　塑料唤起" [3]

　　　　　　　　　　　还有

"葬礼的设计"

　　　　（一个美丽的、乐观的

　　词　。　。）　　　　还有

　　　"植物"（应加以说明，

在这种情况下，　"植物"不指埋葬）

　　　"婚礼花束"

　　　　　　——这联想

站不住脚。

---

1 这一页"词组混乱,相当于被洪水震得松动的岩石,代表着帕特森阅读时被文本的洪水所震得松散的词语。""书页上倾斜的文字,模仿当洪水般的词语涌来所造成的诗人心中的混乱。"(《指南》,第 157 页)
2 安东南·阿尔托(Antanm Artaud,1896—1948),法国超现实主义诗人、演员及剧评家。
3 以上四行原文为法语。

圣·伊 10月13日[1]

(关于艾的喜剧　熊猫 熊猫[2])

看在上帝面上,不要这么夸张了
我从没对你说读它[3]。
更不用说重读它。　我没有
说它是　!　!　令人愉快的读物。
我说那家伙做了某件诚实的
事发涨[4]他的戏剧技巧

———————

那根本未必意味着
成为读物。

1　这一页类似前一页,也可理解为一种洪水。"S.Liz"指"圣·伊丽莎白医院",这里译为"圣·伊"以表达某种喜剧性。《指南》(第158页)评论这封信:"这封标题为'S.Liz'的信抱怨威廉斯错把某个人的剧本的提及当成了推荐他去读的书,并接着列出威廉斯需读的书……在这里,庞德以一种世界文化的品牌代言人的身份出现,充满给威廉斯的好建议,喜欢把威廉斯当作没受过教育的乡巴佬。标题标明了这封信是庞德的,还暗示说,'嗯,这家伙有点疯狂。(也许太疯狂了。)'"
2　此行原文"re. C.O.E.　Panda Panda",原信没有此行内容,对于"re. C.O.E.",译者大胆解码为"regarding comedy of Ezra"(关于艾兹拉的喜剧)(存疑)。对于"Panda Panda"(熊猫熊猫),威廉斯自己给出另一种解释——1949年12月,桃乐茜·庞德在给威廉斯的信中写道:"艾兹拉说在《帕特森》(第三卷)中很多美好的东西。你对熊猫感到困惑吗?"威廉斯回答说:"很遗憾,'熊猫熊猫'没有任何意义——它只是一个无意义的东西,目的是为了不泄露任何可能会确定这件作品的信息。我不知是什么把熊猫放进我的脑袋。"(1949年12月,印第安纳大学莉莉图书馆)。见修订版(第285页)注。然而,译者认为,由于"Panda"与庞德(Pound)的读音相近,很可能这是威廉斯对庞德有意无意的调侃。
3　1948年10月12日,威廉斯在给庞德的信中写道:"我第一次读到《家庭团聚》后,我就不想再读了。但现在我愿意再读一遍。"《家庭团聚》(*Family Reunion*)是诗人艾略特的一部戏剧。
4　为显示这封信原文的异体拼写和缩写所造成的奇特性和"喜剧效果",译者在此及下文几处以近音错别字对应,"异体"与"正体"分别为"发涨/发展""你的/尼的""罗伯/罗伯文库""顺边/顺便"。

总之必定会有
一百本书（不是
那一本）你为了尼的
头脑需要读的。

————

重读罗伯[1]的所有
希腊悲剧。——还有弗罗贝尼乌斯[2]，还有格塞尔[3]。
还有布鲁克斯·亚当斯[4]
如果你还没读完他的书。
就这样戈尔丁[5]的奥维德
在每个人图书馆中。

————

如果你想要份阅读清单
就问老爸——但不要
仓促去读一本书
只是因为它被顺边
提及——法国佬。。。

---

1 指罗伯文库（Loeb），它是由伦敦的威廉·海曼出版社等联合推出，专门出版希腊和拉丁古典文学的出版项目。
2 弗罗贝尼乌斯·F. G.（Frobenius Ferdinand Georg, 1849—1917），德国数学家。以他和另一位德国数学家奥斯卡·佩龙（Oskar Perron）为名的"佩龙-弗罗宾尼斯定理"被用于经济学分析。
3 约翰·西尔维奥·格塞尔（Johann Silvio Gesell, 1862—1930），德国理论经济学家、社会活动家、乔治主义者、无政府主义者、"自由经济"概念的提出者。
4 布鲁克斯·亚当斯（Brooks Adams, 1848—1927），美国历史学家、诗人。
5 阿瑟·戈尔丁（Arthur Golding, 1536—1606），翻译家，他将三十多部作品（包括奥维德的《变形记》）从拉丁语译成英语。

下层

帕特森帕塞克轧钢厂的深井

以下是在这井中发现的样本的表格内容，这个井的深度以英尺为单位。于1879年9月开始钻孔，一直持续到1880年11月。

深度	矿物描述
65 英尺	红砂岩，细
110 英尺	红砂岩，粗
182 英尺	红砂岩，和一点页岩
400 英尺	红砂岩，含页岩
404 英尺	页岩
430 英尺	红色砂岩，细纹理
540 英尺	砂质页岩，软
565 英尺	软页岩
585 英尺	软页岩
600 英尺	硬砂岩
605 英尺	软页岩
609 英尺	软页岩
1170 英尺	亚硒酸盐，$2 \times 1 \times 1/16$ 英寸
1180 英尺	细流沙，略带红色
1180 英尺	硫化铁矿
1370 英尺	沙岩，在流沙下
1400 英尺	深红色砂岩
1400 英尺	浅红色砂岩
1415 英尺	深红色砂岩
1415 英尺	浅红色砂岩
1415 英尺	红砂岩碎片
1540 英尺	红砂岩，和一种高岭土卵石
1700 英尺	浅红色砂岩
1830 英尺	浅红色砂岩
1830 英尺	浅红色砂岩
1830 英尺	浅红色石头
2000 英尺	红页岩
2020 英尺	浅红色砂岩
2050 英尺	
2100 英尺	含页岩的砂岩

在这深度，放弃钻透红砂岩的尝试，水完全不宜于日常使用……英格兰的岩盐，以及欧洲其他一些盐矿，都是在同年代的岩层中发现的，这一事实提出了一个问题：是否在这里也可能发现岩盐？

——朝那牙齿，朝那殊异之眼
。　　嗯，　　嗯

　　　　　　句　　号

　　——然后把这世界
　　　　留给黑暗
　　　　　留给
　　　　　　我

当水退去，多数事物失去它们的形态。它们朝着水流的
方向倾斜。泥覆盖它们

　　　　　　　　　　——肥沃的（？）泥。

要是它只是肥沃就好了。不是一种渣滓，一种碎屑，
在此情况下——一种脓疱状浮渣，一种腐烂，一种窒息的
荒芜——使得土壤随之淤塞，
粘住沙底，令石头变黑——因此
它们须被洗三回，当，我们
因一种吸引人的破碎，将它们当花园用。
一种刺鼻的、令人作呕的恶臭从它们身上散发，有人
也许会说是一种粒状恶臭——污染了心灵　。

如何开始找到一个形状——开始重新开始，

翻抖内里：寻获一个短语，它
为了快乐而与另一个联姻　。　？
——似乎难以获得　。

美国诗歌是一个很容易讨论的话题，原因很简单，因为它根本不存在[1]

  退化。纸页从日历
  被撕下。所有被遗忘。把它
  给那个女人，让她
  重新开始——和昆虫一起
  而后腐烂，腐烂，然后成为昆虫：
  叶子——掉落，用
  沉渣上釉，杂乱物
  因腐烂而零碎，一种
  消化开始了　。

  ——从这中，从这中创造它，这
  这，这，这，这　。

  在疏浚机倾倒装填物之处，有
  某种东西，一种有细绳的（坚强的）根的

---

[1] 这是英国诗人乔治·巴克（George Barker, 1913—1991）在其文章"Fat Lady at the Circus"（见《诗歌》，1948 年 6、7 月）中对一些美国诗人的评论。——修订版（第 286 页）注

　　　　白色三叶草用爪子紧抓
　　　　沙子——而遍地
　　　　开花，在那里，有老农场，
　　　　那个男人击裂了他妻子
　　　　生癌的下巴，因为她
　　　　病恹恹，太虚弱而不能
　　　　为他在田里干活，而他
　　　　认为她应该　。

就这么思索着，他创作了
一首献给她的歌：
　　　为了在她阅读时
愉悦她：

　　　　　＊　　　　＊　　　　＊

　　　冬天的鸟儿
　　　和夏天的花
　　　是她的两种快乐
　　　　——掩盖她秘密的悲伤

　　　爱是她的悲伤
　　　在此之上，她
　　　内心时时呼喊快乐
　　　　——一个她不肯透露的秘密

她的"哦"是"啊"

她的"啊"是"哦"

而她悲伤的快乐

与鸟儿同行,随玫瑰

  齐放

——水肿消退

是谁言及四月?[1] 某个

疯狂的工程师。[2] 没有循环。

过去已死。女人们是

立法者,她们想拯救

法律的框架,实践的

骨骼,被焙烧的、

过去的蜂巢——蜜蜂,它们

会用蜂蜜填满它 。

事情还未完结。潮气已

弄烂窗帘。网格

---

[1] 这里回应艾略特《荒原》中的诗句"四月是最残忍的日子"。以下的词和诗句(如"循环""过去""你会飞过什么空气跨越大陆?"等)也可看到对艾略特观点、行为和选择的回应。

[2] 学者乔恩·伍德森认为,"这是因为《荒原》构建了一个虚构的宇宙机器。艾略特的世界是无效的,他没意识到自己的愚蠢。"(Jon Woodson,"William Carlos Williams's *Paterson* and Alchemy: The Problem of Orageanism in the Modernist Long Poem".)

腐烂。让肉体从

机器中松开,不再建

桥。你会飞过什么空气

跨越大陆?让词语

以任何方式落下吧——它们可以

歪斜地击打爱。这会是一次

罕见探访。她们太想抢救,

洪水已完成它的漫涌 。

潜下,在鱼群中凝视。你期望

保留什么,肌肉壳[1]?

这是海螺化石(充分离奇的

一种压纸物)淤泥

和贝壳近乎被一种永恒

烘烤成一种混合物,硬如石头,镶满

小贝壳

——由无尽干燥烘烤成

一个贝壳韵脚[2]——被翻出

在一个古老牧场,其历史——

---

[1] 此处原文"muscle shells"(肌肉壳)与下文含有淤泥的化石相关。而"muscle"和"mussel"同音,呼应本书第一卷的"mussel shells"(贻贝壳)。
[2] 此处原文"shelly rime",有"shell"(壳)和"rime"(凝结物)的关联,又是一个双关语,兼含"雪莱(Shelley)的韵脚"之意。而下一行的"古老的牧场"可指向英格兰。

即使其部分历史,也是
死亡本身

    韦辛格托里克斯[1],那唯一的
英雄　。

让我们把金丝雀送给那个
聋老妇;当它张开鸟喙,
对她发出嘘声,她会以为
它在唱歌　。

果肉是否需要进一步浸渍?
拆掉墙,邀请
非法侵入。毕竟,那些贫民窟
除非它们(正被使用)
被彻底摧毁,否则它们会被重
建　。

语词将不得不被重砌,那
——什么?我在走近什么　。

     倾泻而下?

1　韦辛格托里克斯(Vercingetorix,约前82年—前46年),高卢阿维尔尼人(Arverni)的部落首领,领导高卢反抗凯撒的罗马军队的征服。威廉斯把他视为捍卫当地文化的典型。

当一个非洲伊比比奥族[1]人在战斗中被杀，那些作为他的近亲的已婚女人会抢救出他的尸体。没人可以触碰它。守望者们边哭边唱，把死去的战士抬到一个叫奥沃卡法伊（Owokafai）的林中空地——横死者之地。她们把他放在一张新鲜树叶做成的床上。然后，她们砍下一棵圣树的嫩枝，拿起树枝在战士的生殖器上挥舞，将生育的精气提取到树叶中。仪式的知识必须对男人和未婚女孩保密。只有已婚妇女，她们的身体感受过男人的生育能力，才能知道生命的秘密。这是她们伟大的女神托付给她们的，"在那个女性而不是男性占主导地位的年代……；部落的力量倚赖于对这个秘密的守护。这些仪式一旦公布——就会造成婴儿锐减乃至没有婴儿出生，谷仓和畜群会减少，而后代的战士的武器会失去力量，心会失去勇气。"这个仪式，会导向低沉哀号的圣歌伴唱，只有这些勇士的妻子才有歌唱乃至了解的权力。[2]

——百年以后，也许——

这些音节

         （拥有天赋）

            或者也许

有两次生命

有时持续更久　　。

1　伊比比奥族（Ibibio），尼日利亚和喀麦隆的居民。
2　出自苏菲·德林克的《音乐与女人：与音乐联系的女人的故事》（*Mucic and Women: The Story of Women in Their Relation to Muric*, 1948）。——修订版（第287页）注

甜美的女人，是否我的所为不止于分担你的罪。
番荔枝是所有热带水果味道
最可口的。　　。　　。　　要么我抛弃你
要么放弃写作　。

我昨天一整天都在想她。你知道她已死了四年？而那个狗娘养的只剩一年的牢了。然后他会被放出来，我们对此无能为力。——我想他杀了她。——你知道他杀了她，就这么开枪打死了她。你还记得那个常跟着她的克利福吗，可怜的人？她要他做什么他就做什么——他真是世上最无害的人；他一直生病。他小时候患过风湿热，不能再出门了。他写信给我们，想给他讲一些下流笑话，因为他自己不能出去听。我们俩谁也想不出一个新的给他寄去。[1]

　　过去在上面，未来在下方
　　现在倾泻而下：轰鸣，
　　现在的轰鸣，一种言辞——
　　必然是我唯一关切之物　。

　　它们投掷，在狂喜中下落。
　　或有意，形成一种结果——
　　轰鸣，无情，见证　。
　　既不是过去，也不是未来

---

[1] 说话者是贝蒂·斯特德曼，即前文那封关于狗儿玛斯提之信的收信人，她的朋友埃莉诺·马斯格罗夫·布里顿·马克在路易斯安那州梅塔利被其丈夫枪杀。这位丈夫告诉警察，他误把妻子当成了小偷。斯坦利·斯特德曼写到，"我的妻子确信是他谋杀了她……提到克利福，是因为我的妻子觉得，如果埃莉诺嫁给了他，这一切都不会发生。"——修订版（第287页）注

也不凝视，失忆——遗忘。
语言，瀑布般泻入
不可见之物，超越：在它之中
瀑布，是可见的部分——

直到我将它做成一个摹本
我的罪才被赦免，我的
疾病才被治愈——用蜡：
圣罗科小教堂[1]在古老铜矿的

砂岩顶上——过去我常在那儿
看到悬于钉上的手臂
和膝盖的形象（蒙彼利埃[2]）。
没有意义。然而，假如我没离开它

寻获一个地方，我就仍是它的奴隶，
它的眠者，困惑——因
距离而目眩。 我不能停留于此
回顾过去而虚度我的时日：

未来没有答案。我必须

---
1 原文 "la capella di S. Rocco"。
2 蒙彼利埃（Montpellier），法国南部城市，瘟疫受害者的保护人圣·罗科（S. Rocco）的出生地。

找到我的意义并呈置它,纯白,
在流水旁:我自己——
梳出这语言——或屈从

——不管何种状况。让
我出去!(嘿,走!)这种修辞
是真实的!

第四卷

(1951)

奔向大海

一

一首牧歌[1]

科里登[2] 和菲莉丝

    两个傻女人!

                （看，爸爸，我在跳舞！）

    那是什么？

             我什么也没说 。

除非你看起来不傻 。

语义学，我亲爱的 。

            ——而我知道我不傻 。

---

[1] 这个部分讽刺地使用了亚历山大时代牧歌创始人忒奥克里托斯（Theocritus）的主题。忒奥克里托斯的牧歌常以两三个牧人为角色，彼此对歌，富有一定的戏剧性。
[2] Corydon（意为牧人），在诗中是一位富有的同性恋女性。

哟，痛！你的手像男人 。 有一天，
亲爱的，当我们更加彼此了解
我要告诉你几件事 。 。
谢谢你。很令人满意。 我的秘书
会在门口，拿着给你的钱 。
不。 我更喜欢那样

     好吧。

        再见
女士 。 嗯

    菲莉丝

噢[1]！我会给中介打电话 。
那么，明天，菲莉丝，同一时间来。
是否我很快就能再走路了，你怎么看？

   当然可以

。　　　。　　　。　　　。　　　。　　　。

一封信

 听着，大人物，我拒绝回家，除非你答应戒酒。你谈到妈妈需要我，

---

1 原文为法语"Tiens"。

这样那样的胡扯,都没用。如果你考虑一下她,就不会继续这么做了。也许你家曾拥有整个山谷。现在谁拥有它?你需要被粗暴地制止。

作为一名职业女性,我在大城市[1]过得很愉快,呃哼!相信我,这里有很多钱——如果你能弄到。以你的头脑和能力,这本是你可得到的东西。但你宁愿酗酒。

我都很好——只是我再也不会整晚在床上和你角力了,因为你有震颤谵妄[2]。我受不了了,对我来说你太强大了。所以下决心吧——不管怎样。

　　○　　　○　　　○　　　○　　　○　　　○

科里登和菲莉丝

　　亲爱的,你今天好吗?

　　　　　　　(她现在叫我亲爱的!)

　　你能过什么样的生活
　　在那个可怕的地方　。　拉—阿—莫,你
　　那时说?
　　　　　拉马波

1　指纽约。
2　震颤谵妄(D.Ts),一种精神错乱的快速发作,通常由戒酒引起。

　　　　　哎呀，

我真蠢。

　　　　　对。

　　　　　什么？

你真的得说大声点

　　　　　我说 。

　　　　　算了，不说它。

你提到过一个城市？

　　　　帕特森，我搭火车的地方

　　　　　帕特森！

是的，当然。尼古拉斯·默里·巴特勒[1]
在那里出生　。　还有他的妹妹，她瘸腿。过去
那里有丝织厂　。
直到工会毁了它们。太糟糕了。美妙的
手！我完全忘了我自己　。

---

[1] 尼古拉斯·默里·巴特勒（Nicholas Murray Butler, 1862—1947），美国哲学家、政治家、外交官和教育家，1931年诺贝尔和平奖得主。他死后葬在帕特森。

有些手是银的，有些是金的，而有一些，
很少，是像你这样的，是钻石（要是我
能留住你就好了！）你喜欢这里？　。　去
窗口那边看看外面　。

那是东河。太阳在那里升起。
再往远处，就是布莱克威尔岛[1]。福利岛，
城岛　。　不管他们现在叫它什么　。
那里，是城里的小罪犯、穷人
退休老人和精神病患者的安身之处　。

在我跟你说话时看着我

　　　　　　——就这样
那三块岩石，渐渐消失在水中　。
在这种环境自然力、原始物
剩下的一切。我把它们叫作我的绵羊　。

　　　嗯，绵羊？

很温顺，不是吗？

---

1 纽约的一个岛，在殖民时期及后来被称为"布莱克威尔岛"。从1921年到1973年，它主要用于医院，被称为"福利岛"。1973年，为了纪念富兰克林·D.罗斯福，被命名为"罗斯福岛"。

什么意思?

可能是孤独。说来话长。做
它们的牧羊女吧,菲莉丝。而我
会是科里登 。 无害地,我希望?
菲莉丝和科里登。多么可爱!你
喜欢杏仁吗?

　　　　　　不。我讨厌各种
坚果。它们进入你的头发 。 你的
牙齿,我是说 。

　　。　　　。　　　　　　。　　　。　　　　。

一封信

别沾那东西了。我能照顾好自己。如果不能,那又怎样?

这是一份活儿,我要做的就是给她做"按摩"——我对按摩了解多少?我只是摩擦她,而我怎样摩擦她!她是否喜欢!她是否付钱!天啊!我就这样摩擦她,她读书。这地方到处都是书——各种语言的!

但她是个疯子[1],最糟糕的那种。今天她告诉我这儿的河里有些

---

1 原文"nut"(原意为"坚果",又引申指"疯子、怪人"),语意双关。

石头,她把它们叫作三只绵羊。如果它们是绵羊,我就是英国女王。它们的确很白,但这是由于海鸥整天在它们上面拉屎。

你应该来看看这个地方。

今天有架直升机(?)在河上面到处飞,寻找一具自杀的尸体,某个学生,和我差不多大的女孩(她说 。 一个印度公主)。今天早上报纸登了,但我没留意。你真该看看那些海鸥怎样到处乱飞的。它们疯了 。

o   o   o   o   o   o

科里登和菲莉丝

你一定有很多男朋友,菲莉丝

只有一个

难以置信!

现在我感兴趣的

只有一个

他是什么样的人?

谁?

你的情人

    噢他啊。他结婚了。我
我和他毫无机会

你真轻浮！你们一起做什么？

    只是说话。

○　　　○　　　○　　　○　　　○　　　○

菲莉丝和帕特森

   你快乐吗
因为我来而快乐？

快乐？不，我不快乐

   从不快乐？

唔 。

   这沙发看起来
很舒适

○　　　○　　　○　　　○　　　○　　　○

诗人[1]

  噢,帕特森!噢,已婚男人!
  他是一座城市,有廉价旅馆和私人的
  入口 。 门口有出租车,其
  在客栈门口的雨中待了
  一小时又一小时 。

  再见,亲爱的。我有过一段美好时光。
  等等!有什么事儿 。 但我忘记
  是什么 。 我想告诉你的
  某件事儿。完全记不起来了!完全。
  好吧,再见 。

  。 。 。 。 。 。

菲莉丝和帕特森

  你能待多久?

  六个半小时 。 我必须
  去见男朋友

---

[1] 学者科纳罗认为这里"有点像艾略特式的合唱队"(Joel Conarroe, *William Carlos Williams' Paterson: language and landscape*, University of Pennsylvania Press, 1970, p.75)。

脱掉你的衣服

　　不。我很善于这么说。

　　　　她不出声
　　站着,等着被脱衣 。

纽扣很难解开 。

　　这是我父亲
　　最好的东西的一种。今天早上你
　　听说过他了,当我在
　　剪辫子 。

　　他把白衬衫
　　往后拉 。 将带子
　　滑到一边 。

　　　　　荣耀归于神 。

——然后剥掉她

　　　　和所有圣徒的衣服!

　　　。

不，只是宽肩的

　　　　　　。

——在沙发上，边说边吻，当他的
手摸索着她的身体，缓慢地　。
彬彬有礼地　。　持续地　。

　　　　　。

　　小心　。
　　我得了重感冒

　　这是今年
　　第一次。上周我们
　　冒着那场雨
　　去钓鱼

　　和谁？你的父亲？
　　——和我的男朋友

　　飞蝇钓吗？
　　不。钓鲈鱼。但这并不是

季节。我知道
但没人看见我们

我浑身都湿透了
你会钓鱼吗?

哦,我有一根杆子和一根
绳子,只是跟着钓

我们钓到了不少

○　　　○　　　○　　　○　　　○　　　○

科里登和菲莉丝

　　早上好,菲莉丝。你今天早上真漂亮(就像你平时那样),我不知道你是否了解你真正有多可爱,菲莉丝,我的小挤奶工(太好了! 幸运儿!),我昨晚梦见你了。

○

一封信

我不在乎你说什么。除非妈妈本人写信告诉我你戒酒了——我是说戒酒——不然我不会回家的。

○

科里登和菲莉丝

  菲莉丝,你是什么出身?

  我父亲是个酒鬼。

  这种谦逊超过实际需要。永远不要为你的出身羞愧。

  我不羞愧。这只是事实。

  事实!亲爱的,如果有人有它,就是美德[1]!正如你会发现,这只是整体上有趣 。也许你已发现它是这样的。这就是我们基督教的教义:不否认,而宽恕,**放荡的女儿**。你和男人上过床吗?

  你呢?

  天啊!和这身体?我想我是马,而不是女人。你见过像我这样的皮肤吗?褐斑像珍珠鸡一样 。

  只是它们的斑点是白色的。

  也许更像蟾蜍?

  我可没这么说。

---

1 本诗对"virtue"有多次言及,其既指"美德",也指"贞洁"。

为什么不说呢？这是事实，我的小奥瑞雅德[1]。不服输的人。让我们改改名字。你是科里登！而我做菲莉丝。年轻！天真！一个女孩子，可以清楚听到苹果的投落声、潘神的跺脚声和谈笑声。即什么也没发生 。

。　　　　。　　　　。　　　　。　　　　。

菲莉丝和帕特森

> 看看我们！你为什么
> 折磨你自己？
> 你以为我是处女。
>
> 假如以前我告诉你
> 我有过性交。你那时
> 会说什么？
> 你现在会说什么？假如
> 以前我告诉你这件事 。
>
> 她身体前倾在
> 一半的光中，靠近
> 他的脸。告诉
> 我，你会说什么？

---

1 奥瑞雅德（Oread），古希腊神话中的山岳女神（其字面意思为"山之少女"），科里登以此称呼来自拉马波山的菲莉丝，而它折开则为"O, read"（噢，阅读），关联于菲莉丝为科里登读书这一事情。

你有过很多情人?

没人以你的方式
粗暴地对我。看,
我们都流汗了 。

　　　　。

我父亲想给我弄匹马 。

　　　　。

有一次,我和一个男孩出去
我认识他的时间很短

他要我 。 。
不,我说,当然不!

他表现得很惊讶。
为什么,他说,多数女孩子

为那事疯狂。我
以为她们都这样 。

你本该看到

我的眼睛。我从没听过

这种事 。

　　　　　　　　　　。

　　我不知为什么不能将自己给你。像你这样的人,应得到想要的每件东西 。 我想我太在意了,这是问题所在 。

。　　。　　。　　。　　。　　。　　。

科里登和菲莉丝

　　菲莉丝,早上好。这么早,你能喝一杯吗? 我给你写了一首诗 。 最糟糕的是,我会马上读给你听 。 你不需要喜欢它。但,就读读它吧,你最好要听一听。看我激动着! 或者,最好让我给你读一首短的,开头是这样的:

　　　　如果我高尚正直
　　　　谴责我
　　　　如果我生活幸福
　　　　谴责我
　　　　这世界
　　　　邪恶不公

怎么样?

不怎么样。

好吧,这是另一首:

>   你,做梦的
>   共产主义者
>   你要去
>   何方?
>
>
>   到世界的尽头
>   经过?
>   化学作用[1]
>   哦哦哦哦
>
>
>   那将
>   真的
>   是尽头 。
>   你
>
>
>   做梦的共产主义者
>   难道不是?
>   一起行走

---

[1] 以上两行在威廉斯诗集 *Wake*（1950）显示为 "Via / Chemistry?"（经过 / 化学作用?）。

一起行走

"说着她解开腰带。"再给我一杯酒。当我想走出去,我总重重地摔倒在地。要开始了!在这儿。这就是我一直想读的。它叫作《科里登,一首田园牧歌》。我们将跳过关于岩石和羊的第一部分,从直升机开始。你还记得那部分吗?

  。 。 把海鸥赶上云端
嗯 。 不再有树林和田野。因此
呈献,永远呈献

     。 一只呼呼飞行的翼龙,
一种发明,让人想起达·芬奇[1],
在暗门海流[2]中搜寻某具尸体,
以免海鸥以它为食
而它的身份,它的性别,正如它的希望,它的
绝望,它的痣,它的胎记,
它的牙齿,它的指甲,再也无法辨认,
就此消失 。
    因此呈献,
       永远呈献 。
海鸥们,绝望的旋涡,盘旋又

---

[1] 达·芬奇曾想设计一种飞行器(飞机),让人可以像鸟一样飞行。
[2] 暗门海流(Hellgate current),纽约市东河上一个狭窄的海峡。"Hellgate",原意为"地狱之门"。

鸣叫，野性的回应，直到那东西
消失　。　那时，撕食，又分散
活下来，再次靠近中心，
那些光秃的石头，三块港石，除了
那　。　无用
　　　　　　　　未被亵渎　。

它发出臭味！

　　　如果这是押韵[1]，亲爱的
　　　　　　如果这样押韵
　　　下颚会张开　。

　　　但它的韵律是那东西　。　没人
　　　　　　可以想要一种修饰
　　　又让他的心灵矫健，
　　　　　　适于行动　。
　　　像我计划的这样行动

　　　　　　——翻过我的手，而
　　　让它张开，对着雨　。
　　　　　　他们的死亡
　　　让我沉思　。　而发现没人准备好

1　前文"except"（"除了"）和"for that"（"那"）押尾韵，"useless"（"无用"）和"unprofaned"（"没被亵渎"）虽然首字母相同，但没押头韵。

283

除了我自己 。

胡扯！在这之后，来一个稍微不寻常、稍微强劲的故事怎样？为了掩饰我的尴尬？好吗？

当然。

跳过它。

> 一枚戒指浑圆
> 但不能太紧
> 尽管它让爱人的
> 心跃动生情

菲莉丝，我想我现在很好了 。 。 你愿意和我一起去某个地方钓鱼吗？你喜欢钓鱼 。

我可以带我父亲来吗？

不，你不能带你父亲来。你现在是大女孩了。陪我待一个月，在树林里！我让步吧。不要马上回答。你从没去过安蒂科斯蒂[1] 。 ？

---

1 安蒂科斯蒂岛（Anticosti），加拿大魁北克东部一岛屿，1534年被法国航海家卡蒂埃（Jacques Cartier）发现。

它像什么，比萨饼？

菲莉丝，你是个坏女孩。让我继续读我的诗

　　o　　　　o　　　　o　　　　o　　　　o　　　　o

亲爱的老爸：

你好吗？你是否表现好些？因为她想让我和她一起去钓鱼。一个月！你有什么意见？你会喜欢的。

　　o

是这样吗？好吧，你知道你可以在哪里下车。别以为你能来这里。因为如果你这样，我就永远不回家了。而且你还没有戒酒！别跟我开玩笑了。

　　o

好吧，如果你觉得我有危险，那就学规矩点。你是懦弱者还是什么的？但我不会再讲一遍了。永远不会。别担心，我告诉过你，我会照顾好自己的。如果我出了什么事，那又怎样？都怪我有个酒鬼父亲。

　　　　　　　　　　你的女儿
　　　　　　　　　　菲[1]

---

[1] 原文此处"P"，为 Phyllis（菲莉丝）的首字母，而"P"又是 Paterson 的首字母。故这儿显示与帕特森的关联。

菲莉丝和帕特森

  这连衣裙汗湿了。我得
  将它洗干净
  它被掀起,越过肩膀。
  它下面,是她的长筒袜

  壮硕的大腿　。

    。

  让我们阅读吧,国王
  轻声说。让我们

  再度走神吧,王后说
  甚至更轻声

  而不露声色

    。

  他用嘴唇,温柔地
  触碰了她的乳头。不
  我不喜欢这样

○   ○   ○   ○   ○   ○

菲莉丝和科里登

  还记得我们在哪儿停下吗？在第45街隧道的入
口　。 让我们看看

    　○　　　房子张贴着公告：
不适宜人居住　等等　等等

哦，是的　。

        被宣告不宜居　。
但，是谁被宣告　。　在
河下面的隧道入口之处？这是入口[1]
被再访！在地下，岩石下，河流下
海鸥下　。　疯子下　。

 。　交通被吞没而消失　。
为了出现　。　从未出现

一个声音在嘈杂中呼唤（为什么还
有报纸，一整车？），宣告

---
[1] 此处原文为意大利语"Voi ch'entrate"，但丁《神曲》中地狱之门上面的后半句话。见《神曲·地狱篇》第三章。

没有智慧会回避的、没有韵律会涉及的
新闻。抓住语词的必然性 。 搜寻
借口,爱已被玷污,被弄脏 。

我想把真相告诉你,关于那件事。

你为什么不说?

这是一首诗!

被玷污

然而又抬起头,它已经历一场海变!

被夺去眼睛和头发

牙齿被踢掉 。 一种苦痛的淹没

在黑暗中 。 一种阉割,未被

列出 。 将被准备!适合

供应(寄生鳟,吃鲑鱼[1]卵的,

透过炫光向上凝视 。 戴着玻璃

项链 。 如画的农民吃饱[2]

没有价值) 。 黏浆状物质

就在高耸的

---

[1] 鲑鱼(salmon),又称"三文鱼",属深海鱼类,也是一种有名的溯河洄游鱼类,它在淡水江河上游的溪河中产卵,产后再回到海洋生活。
[2] 此处令人联想到威廉斯多次写到的画家勃鲁盖尔的作品《新娘》中农民婚宴的吃饭场面。

建筑物中（上下滑动），在那里

弄钱

  上上下下[1]

    定向导弹

在高耸建筑物润滑过的竖井中　。

他们在笼中钝滞竖立，剧烈运动

冷漠坚定

  但警觉！

      掠夺性的头脑，不

受影响

  没有不便

     没有性别，上上

下下（没有翅膀拍动）这是

弄钱的方式　。　使用这种插头。

     午餐时间[2]

公共厕所女人挤着

女人（或男人挤着女人，有何不同？）

她们脸上的肉转化为

脂肪或软骨，没有可识别的

轮廓，在僵直、脂肪或硬化中凝定，

---

[1] 原文"up and down"，也指"来来回回""到处"。
[2] 学者科纳罗指出："午餐时间"和后文的"请往后面走，朝向门""这是弄钱，弄钱的方式"有意模仿艾略特在《荒原》的诗句"在紫罗兰时刻"（At the violet hour）、"请快一点时间到了"（HURRY UP PLEASE ITS TIME）和《空心人》的诗句"这是世界结束的方式"（This is the way the world ends）。

无表情,面对面,一个模子
印出所有的脸(鱼罐头),这 。

请往后面走,朝着门!

这是弄钱,弄钱的
　　　　方式
　　　　　　相互推挤
兴奋地谈 。 起下一块三明治 。
从一只手那里,读到某个学生,其被水湿透
跟随昨晚雷雨来到
水边 。 肉,一种
泪肉,好战的海鸥之肉 。

　　　　　　　　　噢,我想哭!
在你年轻的肩膀上哭,为我知道的东西。
我感到如此孤独 。

o　　　o　　　o　　　o　　　o　　　o

菲莉丝和帕特森

　　　我想我会走上舞台,
　　　她说,不以为然地笑,
　　　呵,呵!

为何不呢？他回答

不过，我担心那些腿，会

踢你 。

○　　　○　　　○　　　○　　　○　　　○

菲莉丝和科里登

         伴随我，菲莉丝

（我不是西迈塔跳蛛[1]）有着这些带刺的流言

无法撕裂的、你所有本土的可爱

      那甜美的肉体

听起来好像我很想吃你，我得改一下。

  跟我去安蒂科斯蒂岛吧，那儿鲑鱼

在阳光的浅水产卵[2]

    我想那是叶芝 。

  ——我们要钓鲑鱼

    不，我想那是叶芝一家 。

---

[1] 西迈塔跳蛛（Simaetha），一种跳蛛。跳蛛，蜘蛛目的一科，步足粗短强壮，善蹦跳，因而得名。
[2] 这里戏拟叶芝的诗《因尼斯弗里湖岛》中的句子及其意境。

　　　　——而它的银币

将是我们的徽章和奖赏（奖赏是什么？）

其挣扎着被拉拽上　。

　　　　　相信我，某种扭打！

　　　　　从冰冷的水中　。

　我希望你会来，亲爱的，我的游艇都准备好了。让我带你进行一次旅行　。　天堂之旅！

　　　那，我想看看。

　　　那为什么不来？

　　　我还没准备好去死，就为了这个去死。

　　　你不需要。

　　。　　　。　　　。　　　。　　　。　　　。

亲爱的老爹：

　　这是最后一次了！

信不信由你，我们今天一整天沿着他们所说的北岸航行，前往我们要去钓鱼的地方。安蒂科斯蒂，听起来像意大利晚餐，但实际是法语。

他们说，那儿很荒凉，但我们有一个很棒的向导，我想是一个印第安人，但不确定（也许我会嫁给他，在那里度过我的余生），反正他会说法语，太太就用法语和他说话。我不知道他们在说什么（我不在乎，我可以讲我自己的语言）。

我的眼睛几乎睁不开了，这星期我几乎每晚都出去。继续讲。我们船上有酒，大部分是香槟。她给我看了派对用的二十四箱，但我什么都不想要，谢谢。我还是喝朗姆酒和可乐。别担心。告诉妈妈一切都好。但记住，我熬过来了。

　　。　　　　。　　　　。　　　　。　　　　。　　　　。

菲莉丝和帕特森

> 你认识那个又高又黑的
> 长鼻子女孩吗？
> 她是我的朋友。她说
> 她明年秋天要去西部。
>
> 我正把我能存的每分钱
> 都存起来。我要
> 和她一起去。但我还没

　　　　告诉我的母亲 。

你为什么折磨自己？我不能
想东西，除非你裸体。我不会责怪

你，如果你打我，揍我，
随便什么 。 我不会

给你那么大的面子。什么！你说什么？
我说我不会给你那么大的

面子 。 那么，就这些？
恐怕是这样的。某种我将永远

渴望的东西，你已注意到。跟我谈谈。
现在不是说这个的时候。为什么你让

我来？谁知道，为什么要这样？我喜欢
来这里，我需要你。这我知道 。

希望我能从你这儿得到它，没有
你的同意。我输了，不是吗？

你输了。拉下我的衬裙 。
他仰面躺在沙发上。

她走来,半着衣,跨坐在他身上。[1]
我的大腿被骑得酸痛 。

噢,让我透口气! 我结婚后
你一定要找个时间带我出去。但愿那是

你想要的 。

科里登和菲莉丝

你说过的那些男人中的
某一个有没有 。 ?
——那他有没有?

没有。

很好。

这有什么好?

那你还是处女!

这跟你有关吗?

---
1 这里呼应着本书第一卷非洲酋长的妻子们跨坐在圆木上的场景。

二

那时你不过十二岁，我的儿子，

    可能十四岁，正达高中年龄

我们一起去（这，对

    我俩都是第一次）

医院顶部的日光浴室，

    听一场关于原子能裂变的讲座。

我希望在你身上发现

    一种"兴趣"[1]。

你聆听着　。

    粉碎这世界，全都粉碎！

    ——如果我能为你而做——

    粉碎这广阔世界　。

    一个恶臭的子宫，污水坑！

    没有河！没有河

    只有沼泽，一个　。　沼泽地

---

[1] 这里的"interest"（兴趣）加了引号，让人想到其另一义"利益，利息"，预示后文的"高利贷""信贷"等问题。

沉沦于心中或

心沉沦于它，一个　？

诺曼·道格拉斯（《南风》）[1]曾对我说：一个人能为他的儿子所做的最好的事，就是在他出生时死去　。

　　我给了你另一个比你自己更大、可与之竞争的对手。

为了重新开始：

（你母亲说，我怀念的是诗歌，开头部分那首纯粹的诗　。　）

　　月亮正是上弦月。当
　　　　　　我们走近医院之时
　　医院上的空气，吸纳了
　　　　　　透过玻璃屋顶的亮光
　　似在燃烧，挑战夜晚的女王。

　　　　　　房间挤满了医生。
　　看上去多苍白，多年少，这孩子
　　　　　　在那些猪中，我自己也
　　身在其中！他们只在经历
　　　　　　（那麻醉物）上超过他，

---

[1] 乔治·诺曼·道格拉斯（George Norman Douglas，1868—1952），英国作家，因1917年的小说《南风》而闻名。

直身端坐,听着他们的谈话:
    化合价[1]。

多年来一个保姆女孩
    一个未孵化的太阳[2]腐蚀
她的心,通过书籍吃掉
    一层暂时性的皮,
冷酷的 。

居里(这个影后)[3]在
    巴黎大学的舞台上 。
半英里宽!孤独地漫步
    宛若在一片森林,一片
(思想的)大森林的寂静
    在大会面前(这
波兰小保姆[4])接收了
    国际盛誉(一种
麻醉物)

  上来吧!姊妹,上来而得
 救(裂开苦痛的

---

1 化合价,一种元素的一个原子与其他元素的原子构成的化学键的数量。
2 英语中"sun"("太阳")和"son"("孩子")同音,这儿暗含"孩子"之意。
3 1943年,米高梅公司出品的《居里夫人》上映。
4 这里也可理解为守护波兰这个国家的"小保姆"。

原子)！而比利·尚迪[1]，这福音布道者，

这棒球外野手摆好姿势

准备本能[2]接住一球[3] 。

       现在他在

那台子上！双脚，歌唱

（一首足之歌）他被封圣的脚 。

      。 当

美国工厂主协会付钱给他 。

。 通过召唤他们

走向上帝而"中断"罢工，让

那些狗娘养的乖乖听话，跟随耶稣！

——即将离开小镇的前晚（在"汉密尔顿酒店"）

最后的晚餐之后，他在房间拿到

两万七千美元，在努力

分裂中精疲力竭（一种

---

[1] 即威廉·阿什利·尚迪（William Ashley *Sunday*，1862—1935），美国运动员，他在19世纪80年代是全国棒球联盟中最受欢迎的外野手，后来成为美国20世纪前20年最著名也最有影响力的布道者，同时也赚了许多钱。他在1915年到访帕特森。
[2] 原文"off the wall"，还有"荒诞""疯狂"之意。
[3] 有一个词"pitch"（"沥青""投掷"）可以把居里夫人和桑迪联系起来。

人格分裂)　　。　　那本垒[1]

　　　　　　好一条胳膊[2]！

跟随耶稣！　。　有人帮助
那老妇人走上台阶　。　跟随
耶稣而生活　。　此刻大家在一起，
竭尽全力！

　　　　　　　　　　　　照亮
　。　　。　你所在的那个
角落！

亲爱的医生[3]：

　　在这些充满活力的雨天，不管时间的忧郁秘密和我的自我封闭的怀疑，我愿出现在您所熟悉的帕特森，我希望您这位不知名的老诗人，会欢迎我这个不知名的年轻诗人，我们生活在世界同一个生锈的县。我庄重地写这封信，不仅有点像很久前那些谦恭的贤人（他们穿越世代彼此承认对方是他们熟稔的缪斯女神亲切的孩子们），而且如同这地方有公民身份的中国人（这地方的煤气罐、废物堆积场、小路的沼泽、磨坊路、殡仪馆、河景——啊！瀑布本身——是用瀑布的白胡子编成的图像）。

1　原文"plate"，除指棒球运动中的"本垒"，也暗指"盘子"（关联"最后的晚餐"）。
2　原文"What an arm!"，"arm"可指与运动相关的"胳膊"，也可暗示"权力"。
3　这封信与原信有细微改变，如这里的"亲爱的医生"原为"威廉斯医生"。

两年前（我21岁时），我曾短暂地见过您一次，当时为当地一家报纸去采访您。我用精致简洁的风格写了个故事，但它被删改了，然后在第二周以一个不自然的、有损您的笑话的面貌被刊登，我猜您没看到。您礼貌地邀请我回去，但我没回去，因为除了阴天光线的景象之外，我没什么可说的，也无法用您自己或我自己的具体语言与您交谈。虽然失败在一定程度上仍伴随着我，但我觉得我已准备好再次接近您。

至于我的经历：从1943年起，我断断续续去哥伦比亚大学上学，不在校学习英语时，我要么工作，要么在全国乘船旅行。我在那儿获得了几个诗歌奖，编辑过《哥伦比亚评论》。我最喜欢那儿的凡·多伦[1]。后来，我在美联社做文案，去年大部分时间在精神病院度过；现在我又回到了帕特森，这是七年来我首次回到家乡。我在这里会做什么，我还不知道——我的第一个行动是试图在这里和帕塞克的一家报纸找一份工作，但还没成功。

我的文学兴趣是写《皮埃尔》和《骗子》的梅尔维尔，还有我这一代中的一个人，杰克·凯鲁亚克，他的第一本书今年出版了。

我不知道您是否会喜欢我的诗——就是说，您自己开创性的持续努力，多大程度上会排斥不太独立的、年轻人的尝试，我力图完善、更新、改观那种古老的抒情风格并在当下实现它，这种风格，我一直关注着，并用它来记录与想象的云的斗争。随信附上我一些最好的作品清样。我所做的一切都有一个程序，有意无意地，从一个阶段运行到另一个阶段，从情绪崩溃的开始，到云层中瞬间落下的雨滴变成了物质，再到人类客观性的恢复，这种客观性，我认为最终和"事

---

[1] 马克·凡·多伦（Mark Van Doren，1894—1972），美国诗人、作家和评论家。他在哥伦比亚大学做了近四十年英语教授，激发了一代有影响力的作家、诗人和思想家，包括托马斯·默顿、罗伯特·莱科斯、约翰·贝利曼、惠特克·钱伯斯，以及"垮掉的一代"的艾伦·金斯堡和杰克·凯鲁亚克。

物之外，没有思想"是完全一样的。但我还没有把这最后的发展变成诗意的现实。我为自己想象一种新的言辞——至少不同于我一直在写的——因为它必须是对痛苦事实（而不是痛苦本身）的清晰表述，如果"穿越帕特森的主观漫游"中有任何痛苦，那它必须是光辉。就像我说的，这地方是我记忆中的自然栖息地，而我不是为了拥有诗才跟随您的足迹：虽然我明白您会很高兴知道，在您的社区中，至少有一个真实的公民，在他努力去爱和了解自己的城市世界的过程中通过您的作品继承了您的经验，这是一种您以前几乎不可能实现的成就。我明白，它是痛苦（就像从我自己的幻想中涌出的潮水），但主要是光辉，我把这种光辉带在自己体内，而所有自由的人都这样。然而回想起前面几句话，我自己可能也需要一种新韵律，但是，尽管我对您的风格有一种鉴别力，我却很少准确探究您在运用节奏、诗行长度、间或的句法等这些东西时在做什么，而且，我不能将您的作品作为一个立体物看待——我认为您恰当地宣称了那些特性。我不明白这种韵律。我也没怎么用过它，这肯定与众不同。但我愿和您具体谈一谈。

我随信附上这些诗。第一首向您显示我两年前的水平。第二首，是我本能地努力仿写的一种晦涩的抒情诗——模仿克兰、罗宾逊、泰特和英国老诗人。然后，《裹尸布的陌生人》（第三首）作为一首诗不太有趣（或不太真挚），但它把对事物的观察与关于空无的旧梦联系起来——我做过一些真实的梦，它们关于一个传统的戴兜帽的人物。但这种梦已等同于我自己的深渊——也等同于穿过笔直大街的伊利铁路轨道下的老烟鬼的深渊——因而这位裹尸布的陌生人（第四首），从帕特森或者美国任何地方的老流浪汉的内心发出声音。这只是一首写了一半的诗（用了几个诗行和我梦里的一个场景）。我沉思着这个裹尸布的陌生人，他的漫游。接下来（第五首）是一首更早的诗,《无线电之城》,一首病中所写的抒情长诗。然后是一首疯狂的歌(由格劳乔·马克思[1]所唱,背景是博普音乐[2])(第六首)。第七首是一首老式民谣的幽灵的梦诗。然后,是一首关于抽象思想的《落日》的颂歌(第八首),它是在离开医院前写的。最后,是我刚写的《末日审判颂歌》,但还没有写完(第九首),这一切将会怎样,我还不知道。

写这封信时我知道您身体很好,因为这星期我看到您在纽约的博物馆演讲。当时我跑到后台跟您打招呼,但向您挥手后改变了主意,又跑掉了。

尊重您的,G.[3]

巴黎,五楼房间,面包

牛奶和巧克力,几只

苹果和等待搬运的木炭,

煤球[4],它们的特殊气味,

拂晓时分:巴黎 。

软煤气味,在

离开去工作

之前,她倚着窗 。

---

[1] 格劳乔·马克思(Groucho Marx, 1890—1977),美国喜剧演员,作家,舞台、电影、广播和电视明星。他被普遍认为是美国最伟大的喜剧演员之一。
[2] 博普音乐(Bop),一种爵士乐风格的音乐,其节奏与和声混合。
[3] 此为艾伦·金斯堡(Allen Ginsberg, 1926—1997)于 1950 年 3 月 30 日寄给威廉斯的信。他生于新泽西州纽瓦克,在帕特森市上中学,1948 年大学毕业后结识威廉斯,1953 年带着威廉斯的介绍信去旧金山找肯尼斯·雷克思洛斯,威廉斯后来又为他的诗集《嚎叫》作序。
[4] 原文为法语 "des briquettes"。

——一个熔炉,一种腔痛
朝向裂变;一个空洞,
一个女人等待被填充

——元素的光辉,
跃动的液体!
来自奥地利的沥青铀矿,
铀的化合价莫名
增加。居里,这男人,放弃了
自己的工作支持她。

但她怀孕了!

    可怜的约瑟[1],

意大利人说。

荣耀归于至高无上的神
而在地上,安宁,善意予以
人!

信不信由你。

---

[1] 威廉斯把居里夫人的怀孕(及其寄托的寓意——突破性发现)和圣母的怀孕并提。

在铀的化合价中
一种失调
导致这发现

失调
(如果你感兴趣)
导致发现

——析除
障碍物而留下
一种单独的金属:

氢
是火焰,氦
乃孕育的火山灰 。

——大象需要两年[1]

爱是一只小猫,讨人喜欢的
东西,一声呼噜,一次
猛扑。追逐一根
绳子,一道划痕和一声喵喵
一只爪子击打的球 。

---

[1] 大象怀孕期近两年。

> 一只有护套的爪 。

爱,是能砸碎原子的锤子? 不,不! 列维[1]说,敌对的合作是关键 。

托巴斯先生(坎特伯雷朝圣者)(对乔叟)说
> 天啊——
> 你那令人厌恶的韵诗
> 都比不上一坨屎[2]

——而乔叟似乎也这样认为,因为他停下来,继续用散文讲述[3] 。

病例报告

案例1——M.N.,一名35岁的白人女性,儿科病房的护士,此前没有肠道紊乱的病史。和她住在一起的一个妹妹患有痉挛和腹泻,后来我们发现是阿米巴病。1944年11月8日,在那个护士每月例行检查提交的一份粪便中,被发现了蒙大维沙门氏菌。这名护士即被全薪解职,这一措施被认为是有利的,因为医院工作人员可以上报腹泻状况,而不必担心经济纠纷。

---

[1] 海曼·列维(Hyman Levy, 1889—1975),苏格兰哲学家、数学家、政治活动家。
[2] 这里涉及乔叟《坎特伯雷故事集》(*The Canterbury Tales*)的相关情节而有不同,应该是威廉斯的记忆错误;在原诗中,是旅店老板(而不是托巴斯先生)打乱乔叟的诗体陈述而说出这些话。
[3] 在《坎特伯雷故事集》相关段落中,乔叟先用诗体陈述,后用散文。

——肚子沉重，充满
想法！[1] 搅动坩埚
。 在被医学院学生
用于解剖的旧棚。
冬天。雪穿过裂缝

　　　　　穷困的学生 。
在我三十岁的时候
又及[2] 。 粗糙的手
一小时一小时、一天天、一星期一星期
几个月劳作后，得到 。

蒸馏瓶底的斑点
没有重量，一种失败，一种
无物。然后，于夜间
返回，发现它 。

　　　　发光！

　10月12日，星期五，我们在岸边抛锚，准备上岸 。 我派人去找水，有的拿兵器，有的拿酒桶：因为水源离这儿有段距离，我等了他们两个小时。

1　怀孕的居里夫人的形象。居里夫人在简陋艰苦的环境工作。
2　以上三行原文为法语，涉及中世纪法国诗人维庸，"在我三十岁的时候"一句出自他的诗《大遗嘱集》，"又及"一词出自他的诗《小遗嘱集》。

在那段时间里,我在那些树间散步,那些树是我所知道的最美丽的事物。[1]

     。   知识,污染物

铀,这复杂的原子,在裂变,
一座城市本身,那复杂的
原子,一直在裂变 。
引发。
  但放射那东西,对着一个
曝光的感光片,会显示 。

所以,她用粗糙的手
      搅动

而爱,苦苦竞争,等待
心将宣布自身
在梦中不孤独 。

像你这样的人应得到想要的一切   。

    不是半睡半醒

---

[1] 来自威廉斯的《美国谷物》(*In the American Grain*,1925)中关于哥伦布的章节,其从哥伦布的《日记》内容转写而成。——修订版(第290页)注

等待太阳把破烂的云的

阴唇分开　　。　而是一个男人（或

一个女人）得到了

    声名狼藉！[1]

善于思考，根据一个表格

玩文字游戏，这表格是

思想的综合，一种象征，对于他，

是日出！一个门捷列夫[2]，通过

分子质量列出元素，恒等式

被发现前被预测！而　　。

噢，最有力的连接，一颗珠子

在一根弦

穿过的大陆间　　。

啊，女士！

这是秩序，完美又受控，

帝国，唉，建于其上

但可能会产生，一种污染物，

---

[1] 这里有意使用贬义词"flagrant"（"声名狼藉"），"性行为"有时令人声名狼藉，这里也把居里夫人的发现（她本人当时也怀孕了），把圣母（处女）怀孕（在世人看来，未婚怀孕声名不佳）联系在一起。

[2] 门捷列夫（1834—1907），俄国科学家，总结出化学元素的周期性规律，制作出第一张元素周期表，并据以预见一些未发现的元素。前文的"表格"即指元素周期表。

另一种放射性金属

一种不和谐,如果这表格不骗人,

可以治愈癌症[1] 。必定

就在那灰烬中 。 氦+, +

什么?没关系,但+ 。 一个

女人,一个波兰小保姆

不能 。

女人是更弱的容器,但

思维中性,一颗珠子,连接

诸大陆、额头和脚趾

    而将至多是在数学中

放出洪水

        替代谋杀

萨福对厄勒克特拉[2]!

那年轻指挥得到了他的管弦乐队

而离开怀着孩子的

---

[1] 在威廉斯的笔记中,他说医院的典型疾病是癌症(他父亲也因此而去世);他猜测:"我认为我们会在未来二十五年患上它。"
[2] 厄勒克特拉(Elektra),古希腊传说中阿伽门农的女儿。阿伽门农被其妻谋杀,厄勒克特拉后来和她的弟弟进行复仇,杀死自己的母亲。

女赞助人。

。　威尔逊的观点让我们

扫兴¹。　　种种含糊的不相关

和破坏性的沉默

　　　　　　惰性

如嘉莉·纳辛娜²

　　　　　对阿尔忒弥斯³

　　　　　　　我们今天的生活也如此　。

他们带她到西部去摄影

探险

　　去丹佛⁴研究

　　　　　　明暗法，我想。

在那里某处　。

　　　　　婚姻

被取消。当她带着婴儿

1　这里原文为法语。
2　嘉莉·阿米莉亚·纳辛娜（Carrie Amelia Nation, 1846—1911），美国妇女，她是禁酒运动的激进分子。
3　阿尔忒弥斯（Artemis），古希腊神话中的月亮女神、狩猎女神、接生女神。她是一个处女神，代表贞洁，她掌管婴儿的出生又与威廉斯的职业相关。
4　丹佛，美国西部科罗拉多州的首府。

> 回来
>
> > 公然带它
>
> 去参加她的女孩们的派对,她们
>
> > 震惊了

——而女修道院院长希尔德加德[1],在她自己的

葬礼(鲁珀茨堡[2],1179年)前,

已吩咐她们(所有女人)合唱

她为这场合而写的赞美诗,而后

就这样进行,农民们

在背景中跪着　。　如你可见

1　中世纪德国神学家、作曲家及作家圣希尔德加德(Hildegard von Bingen,1098—1179),她在年轻时曾表示自己有"灵视"(vision),在1141年,她被选为修道院领导者;五年后,她说先知召令她"写你所见"。同时,她也是全才式人物,有人根据她的成就,将她与但丁和布莱克相提并论。
2　鲁珀茨堡(Rupertsberg),位于莱茵河畔的宾根地区,是纳尔河和莱茵河交汇处的一座峭壁。希尔德加德在1150年建立了鲁珀茨堡修道院。

广告

宪法规定：以美国的名义借钱。它没有说：从私人银行那里借钱。

要解释我们目前为国家预算提供资金的方法所依凭的谬误和错觉，会需要太多的空间和时间。为了赢得冷战，我们必须改革我们的金融体系。俄国人只懂武力。我们必须比他们更强大，造更多的飞机。

为建造飞机提供资金如下：
1. 用**国家信贷证明**支付制造商。
2. 制造商把存单和支票一同存入他的银行。
3. 银行将国家信用证明退还给财政部，财政部为银行家开立**美国国家信贷**。
4. 现在，银行家依次为储户开立**银行信贷**。制造商一如既往地从他的信用账户中提取支票。
5. 制造商用银行支票支付工人工资。
6. 财政部向银行支付 1% 的服务费用于处理财政部事务。如果飞机价值 100 万美元，银行的利润就是 1 万美元。

我们用这个系统做什么？
1. 制造商得到全额付款。
2. 工人们得到全额工资。
3. 银行每次处理 100 万美元的国家信贷证明就能得到 1 万元利润。
4. 我们不增加国债。
5. 我们无须增加联邦税收。
6. 价值 100 万美元的飞机的唯一成本只有 1 万美元，也就是银行的服务费。
7. 我们可以用一架飞机的价格造出 100 架飞机。

我希望有一些聪明的经济学家或银行家站出来，反驳我在此向全国提出的一项主张。

在金钱上贯彻宪法

古斯特·沃尔特斯，新泽西州纽瓦克。

金钱 ： **笑话**（即，在这些
　　　情况下的犯罪：
　　　被加速切掉的价值。）

——当一个人就快死于脑瘤，你
　　　　　　　是否会开玩笑？

通过将个人不幸缓冲于
某个位置而承担不幸——不是
用高于"医院收入"的
市场价格的
手术费和附加费
　　　　　　惩罚他

谁遭受那东西？穷人？
　　　　　　　什么穷人？
——每天 8.5 美元，病房费？
　　　　　　恢复的可能性很小

也不要让早已不能生育的
　　　　　　寡妇富足

金钱：铀（*必须被引导*）
熄灭火　　。

——镭是信贷[1]——树林中的

风,棕榈树林中的

飓风,卷起海洋的

龙卷风   。

吹向大陆的信风

推动船只向前   。

被封存的金钱让贪婪者富有,造成

贫困:灾难的

直接原因   。

    在漏洞滴水之时

让火熄灭,让风吹开!

释放治疗癌症的伽马射线

。 高利贷,是癌症。放出

信贷   。 从银行窗口前的

栏栅间放出

  。 信贷,陷于

金钱,隐藏那生成物

它妨碍了艺术或(不理解地)购买

---

[1] 在经济问题上,威廉斯主张社会信贷,反对高利贷和垄断信贷。"社会信贷论",1919年由英国工程师克利福德·休·道格拉斯(Clifford Hugh Douglas)首先提出,根据这种理论,中央政府接管所有的货币职能,对社会总购买力进行调整,使其适应消费品的可供量。贷款利息低,生产者就能降低价格。而且,向消费者定期发放国家红利,可增加其购买力。产量提高,则货币供应量也同时会增加。

艺术，由于缺乏智慧，为了
间接地，赢得蓝绶带奖[1]

    为了赢得
表彰远超责任的勇气的
国会勋章，而非为了
最终成为一个依赖政府
救济金的桥梁看守 。

    失败可在知识中
锻炼我们 : 金钱 : 笑话
迟早会被一笔
勾销 。

。 仅因为在那地方没有适合喝的水（或根本没发现有），
并不意味着在**任何地方都没**新鲜的水 。 。

    ——给托尔森[2]，给他的颂歌
 给利比里亚，给艾伦·泰特[3]
  （给他信贷）

---

1 蓝绶带，竞赛中第一名所得的用蓝色缎带制成的奖章、徽章或蔷薇花饰。
2 1950 年 7 月出版的《诗刊》（*Poetry*）收录了梅尔文·托尔森（M. B. Tolson, 1898—1966）的史诗《给利比里亚共和国的歌词》和艾伦·泰特的评论。——修订版（第 292 页）注
3 艾伦·泰特（Allen Tate, 1899—1979），美国诗人，重农主义者，南方派主将。

给全体的南方派

  瑟拉![1]

—— 并且给它一百年 —— 裂开
镭,伽马射线
将吃掉那些敌对的
私生的骨头
  瑟拉!

可怜的私生子,我亲爱的
   小可怜
  哎!真可怜[2]

—— 你是否想脸埋在土中
被杀,国民警卫队
一个狗娘养的,他给你
  致命一击[3]
就在阴门那儿 。 ?

  瑟拉!瑟拉!

---

1 瑟拉(Selah),希伯来词,用来结束《圣经·诗篇》中一首诗,其意义不明,大概表示休止之意。《给利比里亚共和国的歌词》的若干段落把这个词用作叠句,威廉斯借用了它。
2 以上三行原文为西班牙文。
3 原文为法语"coup de (dis) grace"。

信贷！　　我希望你有一种长期的信贷

而一种肮脏的信贷

瑟拉！

信贷是什么？　　帕特农神庙

金钱是什么？　　将黄金给菲迪亚斯，委托他制作

雅典娜神像，他为私人目的

把它"储存备用"

——简言之，是菲迪亚斯所偷的黄金

你不能窃取信贷　:　帕特农神庙。

——此时,让我们跳过对埃尔金大理石雕像[1]的任何参照。

鲁瑟[2]——从窗户射击，是谁雇的？

——还有本·沙恩[3]　。

1　埃尔金大理石雕像（Elgin Marbles），古希腊帕特农神庙的石雕，英国大使托马斯·布鲁斯·埃尔金勋爵（1766—1841）从土耳其奥斯曼皇帝手中买得，运回英国，现存于大英博物馆，是该馆最著名的藏品之一。
2　沃尔特·鲁瑟（Walter Reuther, 1907—1970），美国劳工领袖，民权活动家。他相信瑞典式的社会民主和通过非暴力反抗实现社会变革。他躲过了两次未遂的暗杀，其中一次是在家中，他被穿过厨房窗户射来的子弹击中。
3　本·沙恩（Ben Shahn, 1898—1969），立陶宛出生的美国艺术家。他以其社会现实主义的作品和左翼政治观点而知名。

以下是一份美国内战（或叫

州际战争，如果你喜欢）之后的

120个美国城市的

市长名单 。 就像

那些时代蓝香肠里的

脂肪块 。

信贷。 信贷。 信贷。 将信贷给他们所有人。他们是后来许多小说家的父亲，不比其他人差。

   金钱 ： 笑柄

   可能会被

   一笔

   勾销

   而随

   黄金和英镑[1]贬值

   而贬值

   金钱 ： 二流的

     交互活动遗物

  先于流线型的

    汽轮机 ： 信贷

---

1 庞德（Pound）和"英镑"（pound）为同一词；这里所谓的"贬值"也可关联于庞德的状况，时值《帕特森》（第四卷）(1951)出版，他因为与意大利法西斯合作已在圣·伊丽莎白精神医院被关了多年。

　　　　铀　：　　基本思想——引发

　　　　　　裂变　：　镭　：　信贷

居里夫人　：（无足轻重的）女性天才　：　镭

精华

信贷：精华

发

　　鸣[1]。

好吧

　　　发鸣

然后看看你如何开始[2]。你是否会考虑

对许多东西的补救　：

　　　　即，对本地购买力的本地

　　　　　　控制　。

　　　　　　　　　　？　？

---

1 "发/鸣……和众多复兴城市的辉煌之间的差异"出自庞德给威廉斯的信，这里的段落是庞德读了《帕特森》卷二第一部分的一个段落（那段落开头是"没有发明，一切无以恰当相隔"）后的回应。像以往的信中，庞德喜欢"异体拼写"，在这里把"invention"（发明）写成"invenshun"；这里中译以"发鸣"拟之。
2 原文为"and seeinz az how yu hv / started"，也是庞德个人化的"异体拼写"（正确为"and seeings as how you have started"）。

绵延的贫民窟的悲惨

和众多复兴城市的辉煌之间的差异。

> 信贷创造实体
>
> 直接相关于成果，
>
> 工作：价值被创造，被接受，
>
> "发光的精华"反对[1]
>
> 限制我们生活的一切。

---

1 原文"against"，也包含"紧靠""以……为背景""参照"等意。

三

难道你没忘记你的本意,
语言?

什么语言?"过去属于
活在过去的那些人",这是她[1]告诉我的全部。

嘘! 这老人[2]睡着了

——除了潮汐,根本没有河流,
现在无声,在他梦中
迂回曲折 。

    海洋打着哈欠!
几乎是那时辰了

——你知道有一个六十岁的

---

1 这里"她"指威廉斯的祖母。威廉斯对祖母的经历有很大的兴趣,她曾带着幼子(即威廉斯父亲)从英国到美国。
2 指年老的帕特森。

孕妇 。 ?

听!

有人正沿着小路走来, 。 也许

现在还不晚? 太晚了 。

乔纳森, 于1752年10月29日受洗; 与格利蒂 (哈林?) 结婚。他在霍珀镇 (霍霍库斯) 出生和长大, 但在1779年在瓦加洛经营磨坊和锯木厂 (其现属于阿利亚家)。1779年4月21日晚上, 他的妻子被一种声音惊醒了, 好像有人要进入磨坊下面, 为了更安全, 他把马放在那里了。"哎呀," 她用荷兰语说, "有人在偷你的马。"他点了一盏灯, 打开上半扇门, 威胁强盗们。一颗子弹从下半扇门射进来, 击伤了他腹部。他摇摇晃晃地回屋, 倒在床上; 用毯子将自己盖起。一群托利党人, 戴着面具, 乔装打扮, 冲了进来, 逼着他的年轻妻子拿着一根蜡烛, 野蛮地攻击这个卧床的人。他一度抓住其中一把刺刀, 握了一会儿, 对攻击他的人喊: "安德烈斯, 这是宿怨。"毫无人性的野蛮人更加愤怒, 用刺刀刺他, 直到他呻吟一声死去。他的两个婴儿睡在他脚下的转轮床上, 看到他们的父亲被屠杀, 吓坏了。凶手走后, 他的妻子和一个邻居把床上的血捧起来。被杀者受到十九或二十次残忍的刀刺。人们相信, 是某个邻居把托利党人引向了这次袭击, 与其说是出于政治或金钱方面的考虑, 不如说是出于私下报复。霍珀是卑尔根县的民兵队长。他的一个孩子叫阿尔伯特, 于1776年10月6日受洗。据说乔纳森的孩子们搬到辛辛那提[1]去了, 在那儿有突出成就。

---

[1] 辛辛那提 (Cincinnati), 位于美国俄亥俄州西南部。

快点，走吧。潮汐在里面

轻轻的，轻轻的！缓缓的！走得慢，
才走得远！[1] 我的小猫咪，
美德，在所有语言中是
一种复杂的奖励，慢慢地获得。

　　　　　。　　　这让我想起
一个老朋友，其现已离世　。

　　　　　　　　——当他还经营旅馆生意
时，有一天，一个身材高挑、相当漂亮的年轻女人来到他的柜台前，问他旅馆里有没有什么有趣的书。据她所知，他对文学很感兴趣，他回答说自己的公寓里到处都是文学作品，但是他此刻不能离开——这是我的钥匙，你自己上去拿吧。

　　　　　　　　她谢过他，并离开了。他把她忘得一干二净。

　　　　　　　　午饭后他也来了，他回到自己的房间，直到走到门口才想起自己没有钥匙。但门是开着的，当他进去的时候，一个女孩光着身子躺在床上。这使他有点吃惊。他所能做的就是脱掉自己的衣服，躺在她身边。他感到很舒服，很快就沉沉睡去。她一定也睡着了。

1　此处及上行原文（Leise, leise! Lentement! Che va piano, / va lontano!）为德语、法语和意大利语的混合。

　　　　　　　后来，他们同时醒来，顿感神清气爽。

　　　——另一个，曾给我
一个旧烟灰缸，其有点
　　　像瓷做的，上面
题写着铭文，美德
　　　完全在于努力[1]
融于原料中，栗色
　　　在白色上，一个上釉的
维纳斯扇贝　。 用来
　　　盛烟灰，让容器
适于铭文，一个让人平静的想法：
　　　美德完全
在成为有德者的努力中　。 这
　　　需要默认，
需要复杂的形式，需要
　　　时间！ 一个海贝壳 。
让我们不要细思童年
　　　好色的表兄弟姊妹。我们
为何要细思？乃至细思
　　　一样相对

---

[1] 这里原文为法文"La Vertue / est toute dans l'effort"，作为格言的"verture"，显然指"美德"，但威廉斯在言述中总不时触及这词所包含的性意味——"贞洁"。

  简单的东西，比如

    一朵整夜变容的

  菊科的蒲公英　　。　美德，

    一副面具：　这面具，

  有德行[1]　。

 把明确的句子删掉，难道你不考虑？然后扩展我们的意义——通过语言序列。句子，但不是合乎语法的句子：经院学派设下的陷阱。你认为在那之中有美德？好于睡眠？可以振奋我们？[2]

  她以前把我叫作

    她的乡巴佬

  现在她走了，我想到

    她应在天堂

  她令我有点儿

    相信　。　它

  她还能去哪儿？

    关于她，有

  某种崇高宏大的

    东西　。

  男人和女人并没被过多

---

[1] 原文"virtuous"，可以有不同侧重点的理解（"善良的""有道德的""贞洁的""正直的""有效力的"）。
[2] 这一段可能是威廉斯自己所写。——修订版（第293页）注

　　　　强调，就
那个年龄而言：两者都
　　　　想要同样的
东西　。　想被取悦。
　　　　想想在她的
葬礼中的我吧。我
　　　　老早就坐着。愚蠢，
可能，但像任何葬礼
　　　　一样不愚蠢。
你可能认为她拥有
　　　　一张秘密执照。
我想她有；一些人，
　　　　并不是很多，
让你有那种感觉。
　　　　这在他们身上。

她会说，美德　。
　　　　（她对它的说法）
是一只结实的老鸟，
　　　　不可预测。就
这样，我记得她，
　　　　补充一句，当
她这样言说，笨拙地，
　　　　不习惯
这样的谈话——

　　　　　如今一切，一切都

与过去不同了

　　　　　　　不同了，不同了！我爱她。

所有的行业，所有的艺术，

白痴，罪犯，都极度地

缺陷和畸形，稳定的部分[1]

构成[2]一个人的心智——跟随他

飞行，攻击耳朵和眼睛：

小鸟们跟随劫掠的

乌鸦们，狂喜中的　。　恐惧

和勇气

大脑虚弱。它不能掌握，

从未掌握一个事实。

　　　　　把自己带入，

将妻子们集拢在一个妻子中，

同时撒播它，"一"

在她们所有人中[3]　。

---

1 原文"parts"，多义："部分""要素""职责，本分""人物，角色""零件""部位""阴部，私处"等。

2 原文"making up"，多义："组成，构成""完成""弥补，补偿""编造，虚构""缝制"等。

3 "如同在'序言'中，这诗人既统一又分散（'撒播'）。他尽可能地把他的世界的细节聚集在一起，并且传播它们本质的意义（'它们之中的一'）。"（见《指南》，第198页）

　　　　　　　　　软弱，

软弱尾随他，满足只是

一个梦或在一个梦中。没有一个心灵

可完全做到这一点，在努力中

顺利运行：一切在于努力[1]

　　　白发的（海地）总统，

他的妇女们和孩子们，

　　　　　　　　在水边，

流汗，终于出发，在

因为庆典而延误、欢呼和唱歌之后

在蓝色水面之上　。

在私人飞机里

　　　　和他的金发秘书。

撒播，凶猛的

知识再次密匝投下——

　　　　　童年的纪念品，

白色石头的头骨　。

有乳房丰满和眼睛勇敢的

玛格丽特，承载着

---

[1] 原文为法文 "toute dans l'effort"。

她的头,她小小的脑髓在里面咯咯响,
正如心之所望,
至多,有待被承载。有
露西尔,金发碧眼,极为
直率,令许多人
惊讶的是,她嫁给了一个
酒吧老板,失去她的端庄。
有亲爱的阿尔玛,她以稳健的笔迹
书写,她的嘴从没渴望
安慰。而冷淡的南希,有着小巧的
挺立的乳房 。

　　　　你还记得?

　　　　　　　。　一个高高的
额头,她,一直笑得
恰如其分,但她那宽大的
嘴巴冰凉,带着惊吓
后背和膝盖的愉悦!她言词寥寥
又从不浪费。有
其他人——半心半意者,过分热心者,
呆滞无趣者,可怜她们所有人,从
脏窗凝视,绝望,冷漠,
来得太晚,还有几个,太因此
——或因某物——而喝醉而不能

　　　　清醒接受现实。所有这些人
　　　　及更多——闪亮，挣扎的苍蝇们
　　　　被她[1]的头发缠住，对于她们
　　　　没什么可抱怨，牢牢在那
　　　　无形之网中 ——来自偏远地区，
　　　　半醒——全都渴望着。没有一个
　　　　逃脱，没有一个　。　一种割下的
　　　　干草的芬芳，面向那掠劫者，
　　　　那"强大者"。

　　直到上世纪末，侏儒彼得的坟墓才为人所知。1885 年，殡仪员 P. 多雷穆斯为了给新火炉腾地方将尸体搬出老教堂的地窖，他挖出一个小棺材，它旁边放着一个大箱。棺材里有一具无头骨架，他原以为是个孩子，但打开大箱才发现里面有一个巨大的头盖骨。在查阅埋葬记录时，人们了解到侏儒彼得就是这样被葬的。[2]

　　　　黄色，代表精灵，那日本人说。黄色
　　　　是你的颜色。太阳。每个人观望。
　　　　还有你，紫色，他补充道，是水上的风。

　　　　我的蛇，我的河流！田野的精灵，

1　指本书第一卷描绘到的有"怪异头发"的山。这里也呼应该卷第二章中"我干吗要在乎那些苍蝇""驱逐一个喝醉的 / 丈夫"这些诗句。
2　这里改编自查尔斯·P. 朗威尔散乱的散文《一个老人讲述的老帕特森的小故事》(1901)（以下注释简称《小故事》）。

克拉[1]，我所崇拜的，不被心宠坏，
鸽子们的观察者，洪水的
回忆者，海鸥般的酒色之徒！潮汐的
知情者，时辰、月亏和月盈的
计算者，雪花的点数者，看透薄冰的
凝视者，其血球是
小鱼，其饮品，是沙子　。

致这婴儿，
愿它茁壮成长！
致这阴唇
它分开

给予它位置
在一个顽固的世界。
致这峰顶
种子从那里被射出！

小村庄坐落于群山深谷，几乎
为茂密的树叶遮蔽。
瀑布统驭的周围乡村，是一片
山峦桃红、木紫罗兰[2]妍盛的

---

[1] 在西非加纳的阿坎人（Akan）神话中，"克拉"（kra）是一个人的灵魂、精神或生命力，继承自父亲。
[2] 美国东部一种普通的紫罗兰，花大而浅蓝色或紫色，类似三色堇。

美丽原野：此地只居住
散落的捕猎者和游荡的印第安人。

一幅彩色版画，出自十八世纪
著名水彩画家保罗·桑德比[1]之手，
公共图书馆的珍稀印刷品
重新细研代理总督波纳尔[2]的
一幅素描杰作，展现
十八世纪所见到的老瀑布。

棚屋和战斧，托托瓦部落。
两边均为河畔农场，处于
殖民时期的宁静：一个热切又古老的
荷兰族系，一种韧性，坚持
又紧守，尽管在改进方面并不快。

衣服朴素。人们饲养自己的
家畜。家具粗糙，沙地地板，椅子
灯芯草作底，一个锡镴架子
为布列塔尼亚制品。妻子们纺织——
许多东西今天可能显得丢脸难堪

---

[1] 保罗·桑德比（Paul Sandby, 1731—1809），英国画家，早年做过地图绘制师，后转行为风景画家。与哥哥托马斯·桑德比同为皇家艺术学院创始人之一。

[2] 托马斯·波纳尔（Thomas Pownall, 1722—1805），英国殖民官员和政治家，1753年来到美国，1755年被任命为新泽西州代理总督。

> 班森和多雷慕斯的庄园
>
> 多年来在河北岸是仅有的房产。[1]

亲爱的医生：自从我上次写信之后，我已安定下来，为纽瓦克的一份劳工报纸（美国劳工联合会的《新泽西州劳工先驱报》）工作。老板是一名议员，所以我有机会看到政治生活中的许多边缘亲密关系，在这个社区，对我来说，它总是比周围风景有更多的吸引力，因为这是一种充满活力和忙碌的风景。

您知道市政厅西侧的街道被戏称为"证券交易所"吗？因为那里不断上演着政治和银行业的讨价还价和纠纷。

我也一直在街上走，发现了酒吧，特别是在大磨坊街和河街周围。您知道帕特森的这一部分吗？我见到太多的东西了——黑人，吉普赛人，悬在河边的酒吧里语无伦次的酒保，酒吧装满汽油，随时可能爆炸，朝河的窗被涂上色，这样人们就看不见里面了。我最想知道您是否去过河街，因为那儿才有我们要看到的事物的核心。

我一直想给您写封长信，告诉您我能向您展示，也总有一天会向您展示的一些深刻东西——街道和人们的样子，各处发生的事情。

A. G.

。　　　。　　　。　　　。　　　。　　　。

> 有色人种奴隶。1791年只有
>
> 十间房，全是农舍，一间例外，
>
> 戈德温酒馆，最具历史意义的

---

[1] 以上四节，大部分逐字改编自《小故事》。——修订版（第293页）注

帕特森房子，位于河街：
一根高杆，上面摇摆的招牌
画着华盛顿全身像，
风吹动时发出吱吱声响。

树木繁茂，花园宽敞，赋予
乡村街道一种愉悦的魅力，
狭长的老式砖墙给遮荫的树木
增添了一分庄严。这是
夏季旅居者去往瀑布，那
主要兴趣点的途中的一处胜地。

太阳越过加勒山，当
夜幕降临，苍翠的松树
淡隐于深红色天空下，直至
所有颜色消失。城镇烛影
幢幢。街道无灯。天空漆黑
一如埃及。

那里有关于霍乱流行的故事
那位知名者，拒绝带他的团队
到镇里来，因怕他们感染，
他只落足河对岸，用独轮车
运送自家产品——到

> 以当时荷兰风格建起的旧市场。[1]

新泽西州，帕特森，9月17日——22岁的小弗雷德·古德尔今天早上被逮捕，并被指控谋杀了他6个月大的女儿南希。自从周二古德尔报告女儿失踪后，警方一直在寻找南希。

从昨晚一直到凌晨1点。警察局长詹姆斯·沃克说，他从一名每周工资40美元的工人那里得知了这起谋杀案的经过。几小时前，这名工人拒绝与18岁的妻子玛丽一起接受测谎仪的测试。

在下午2点时，古德尔领着警察从他家走过几个街区，来到加勒山一个地方，向他们展示一块沉重的石头，他把南希埋在石头下，南希只穿了一块尿布，放在一个购物纸袋里。

古德尔告诉警方，周一早上他给婴儿喂奶时，婴儿哭闹惹怒了他，他两次用高脚椅的木托盘砸向婴儿的脸，杀死了她。县里的医生乔治·瑟真特（George Surgent）说，她死于颅骨骨折。[2]

> 有一座通往曼彻斯特（那时称为
> 托托瓦）的老木桥，1824年
> 拉法叶[3]曾穿过，小女孩们
> 在他途经的路上撒花。穿过河流，
> 在现今被称为"老枪磨坊场"的
> 地方，是一间钉厂，他们

---

1 以上四节，大部分逐字改编自《小故事》。——修订版（第294页）注
2 从"新泽西州"到"颅骨骨折"出自《纽约先驱论坛报》（1950年9月18日）。——修订版（第294页）注
3 拉法叶（Lafayette, 1757—1834），法国贵族，参加过美国独立战争的军事军官，在几场战役中指挥美军，包括约克城的围攻。

在那里手工做钉子。

我记得一天早晨去老棉纺织厂,
那时温度计在老钟柱上
降至零下十三度。
在那些日子,几乎没有蒸汽
尖叫。多数工厂有一根钟柱
而钟,用来发信息,"开工啦!"

从床上起身,踩在一个
从屋顶筛落的雪堆;然后,
吃完早餐的粥,步行
五英里去工作。当我到那里
我要用力敲打铁砧,让
工序正常运转。

早期的帕特森,村子的
休憩点是三角形广场,其
被公园街(现在的下缅因街)
和河岸街围绕。这是城里
除瀑布外最悦人之处。中心
一块公地树荫送爽,
乡村马戏团支起了帐篷。
这儿,在公园街一边,
一直到河。在岸街一边

到一条通往戈德温

房子仓院的路,那仓院

占据公园北侧一部分。

马戏是一种惯常活动,只有

一个小帐篷,一个圆形表演场。

他们不许马戏团下午表演

因这会导致工厂关闭。那些

日子时间珍贵。只在晚上

演出。但他们肯定会

在工厂快停工时让马

在镇里到处奔跑。事情的结果

是,镇上的人晚上皆

空巷而出看马戏。那时用来

点火照明的是为表演而

特制的蜡烛。这些巨物固定于

挂在帐篷周围绳索的木板,

一种特殊发明。那些巨烛

被置于底下木板上,还有两排

小一些的蜡烛,一排在另一排上

渐缩为一点,形成

极美的景致,发出充足的光线。

蜡烛在表演期间燃烧,呈现

奇怪但又耀亮的景象
与那些炫技的表演者相映——

诸多旧名,和一些地方
现已不记得:麦柯迪
池塘,戈弗路,布迪诺街。城镇
时钟建筑。老式荷兰教堂,
焚毁于 1871 年 12 月 14 日,当
大钟正敲响午夜十二点。

科莱,卡里克,罗斯维尔·科尔特,
迪克森,奥格登,彭宁顿 。 。
市镇的这部分叫都柏林,
为首批爱尔兰移民定居。如果
你想居于老城区,你会
啜饮都柏林泉之水。拉法叶说,
这是他喝过的最甘美的水。

就在枪厂附近,峡谷上
一条长而蜿蜒的乡间阶梯
通向河对岸的一处悬崖。
山顶为法菲尔德酒馆——俯瞰
鸟儿们翻飞沐浴于
瀑布落下的喷雾

形成的岩间小潭 。 。[1]

新泽西,帕特森,1850年1月9日:——昨天晚上,住在戈弗尔的两名居民在离这个地方两三英里远的地方被谋杀,这使我们的社区极为震撼。受害者是约翰·S.凡·温克尔和他的妻子,一对老年夫妇,这个县长期的居民。这暴行看上去无疑是约翰·约翰逊干的,他是一个辛勤的农民,当时他的一些邻居也雇用他干同样的工作。就我们所能收集的细节来看,似乎约翰逊借助梯子通过上面的窗,从一个入口进入房子,然后下行到受害者的卧室,他首先攻击睡在前面的妻子,然后是丈夫,再后是妻子,这样实现了他杀人的目的。

第二次袭击似乎立即夺去了妻子的生命;丈夫还活着,但他的死随即可预料。使用的主要工具似乎是一把刀,但丈夫身上有短柄小斧造成的一处或多处痕迹。第二天早上,人们要么在床上要么在地板找到斧头,而那把刀在窗台上,凶手在下到地面时把它留在那里。

一个小男孩只睡在同一个地方……然而新雪让追踪他的人找到并逮捕了他……他的目标无疑是钱(然而,他似乎并没得到钱)。

约翰逊问他们为什么绑他,"我做了什么?"……他被带到谋杀现场,别人向他展示了他残忍行为对待的对象,但这一情景并没产生任何合理的效果,只是勉强引发他露出一种怜悯的表情,他否认了与这场无人性的屠杀有关系。[2]

轻手轻脚走一走,

---

[1] 从"有一座通往……"至此,大部分逐字改编自《小故事》。——修订版(第295页)注
[2] 从"新泽西,帕特森……"至此,摘自1936年9月25日《勘探者》(*The Prospector*)中一段更长的叙述。——修订版(第295页)注

猪在豆子中——

牛在三叶草中——

马在燕麦中——

鸭子在水坑中,

  泼哩！泼啦！

我的小德里克这么大啦！[1]

你今天是来看被杀者

    被杀者，被杀者

好像这是一个结局

   ——一个结局！

令人信服的一堆尸体

——触动心

  仿佛心

可以被触动，心，我说

被一排被砍的尸体触动：

     战争！

资源的匮乏　。　。

  硫黄岛

黑色沙滩上二十英尺的内脏

1　原文为一首荷兰语儿歌。这里首句的中译，为这首儿歌的 "Trip a trap o'troontjes" 拟声译法。

            "我做了什么？"

——为了征服谁？海肠？
他们已习惯死亡
且对它欢呼　。　。

杀戮。

　　　——你无法相信
可以再次开始，再次，在这儿
再次　。　在这儿
从梦中醒来，整首诗的
这个梦　。　去往大海[1]，
　　　　升起，一个血海

——这大海，吞没了所有河流，
　　　　　　　它们目眩，由
鲑鱼和鲱鱼所引领　。

回来吧，我警告你
　　　　（1950年10月10日[2]）

1　原文"sea-bound"是个双关语，可指"去往大海的"，也可指"为海环绕的""为海所束缚的"。
2　暗示朝鲜战争。

从鲨鱼那里,它猛咬
自己拖曳的内脏,用绿水制造
一次日落　。

但水声如摇篮曲,他们说,驯服的海洋
仅仅是睡眠　。　漂浮着
携着野草,带着种子　。

　　　　　　　　啊!

浮动残骸,浮动词语,网罗
种子　。

我警告你,大海不是我们的家。
　　　　　　大海不是我们的家

大海是我们的家,所有河流
(枯流[1])奔赴的家　。

　　　　　这乡愁的海
浸透我们的叫喊
　　　　　塔拉萨!塔拉萨!
召唤我们回家　。

1　原文为"wither",与上一行结尾的"rivers"押韵。

我告诉你,把蜡塞在你的

耳朵抵抗饥饿的大海

    这不是我们的家!

 。 它拉引我们,让我们淹溺于损失

和遗憾 。

噢,唯愿亚略巴古[1]的岩石

保留其声响,法律之声!

唯愿狄俄尼索斯大剧场[2]

能被某种现代的魔法唤醒

    而释放

里面囚禁之物,石头!

唯愿音乐可从它们中被唤起

而融化我们的耳朵 。

大海不是我们的家 。

——虽然种子同渣滓和残骸

一起漂浮 。 在棕褐的叶子

和柔软的海星中 。

---

1 亚略巴古(Areopagus),古希腊雅典一山丘之名,最高法院建在上面。
2 狄俄尼索斯剧场,建于古希腊雅典卫城山崖南坡的古老剧场。

然而你会走向它，走向它！
歌在你耳中，给奥西那斯[1]
在白昼淹没之处　。

　　　　不！这不是我们的家。

你会走向它，赞美的黑血海。
你一定走向它。维纳斯的
种子，你会归返　。　朝着
一个站在翘起的贝壳上被托举的
面容桃红的女孩　。

　　　　听！
塔拉萨！　塔拉萨！
　　　喝它，喝醉！
　　　塔拉萨
纯洁无瑕：我们的家，我们的乡愁的
母亲，在她之中，死者，再次被孕育，
呼喊我们回去　。
　　　黑血海！
只被光刻划，被光
镶以钻石　。　从光中，太阳

---

[1] 奥西那斯（Oceanus），古希腊神话中环绕大地外部海域的泰坦神，为所有海洋女神和河神之父。

独自举起它未受潮[1]的

　　　　　火翼!

。 。　不是我们的家! 这不是
我们的家。

　　　　　那是什么?
——一只鸭子,一个地狱潜水者? 一只游着的狗?
啊,一只海狗? 它又在那里。
当然,是一条海豚,跟随着
鲭鱼 。 不。必定是某种下沉物的
倒立。但它在移动!
也许不移动。某种浮货。

一只结实的、黝黑的大母狗
从堤岸下卧躺处站起,
打着呵欠,伸着懒腰,
有些低落,半哀鸣,半吠叫 。
它望着大海,竖起耳朵,又
焦躁不安,走到水边
坐在那儿,半身没在水中 。

当他出现,抬膝穿过

1　原文"undamped",多义:未受潮的、不受抑制的等。

海浪，它向他走去，笨拙地

晃着臀部　。

他，用手抹脸，转身

回望海浪，然后

拍了拍他的耳朵，走了过来

伸展四肢，背躺在

炽热的沙子上　。　远远地

那边的海滩，有一些女孩玩着球[1]。

——必已睡足了觉。他再次站起，扫落

干沙，又走几步

穿上一套褪色的工装

将他的衬衫（袖子

仍卷着）滑落在平缝的鞋子

和帽子上，在母狗之前在

堤岸下守望之处，又

转向水的持续轰鸣，其仿佛

远方的瀑布　。　他几次试攀

堤岸，随而爬上，从一处

矮灌木丛采摘一些海滩李子，

品尝一颗，吐出果核，

然后向内陆进发，后面跟着那只狗

---

[1] "女孩们在沙滩上玩球，暗示了《奥德赛》中的瑙西卡事件。"（《指南》，第210页）

来自英国利物浦的约翰·约翰逊经过二十分钟的陪审团会议后被判有罪。1850年4月30日,成千上万的人聚集在加勒山和邻近的房顶,亲眼看到了那一奇观,他在众目睽睽之下被吊死。

  这是爆炸
  永恒的闭合
  螺旋
  最后的空翻
    终局。

第五卷

(1958)

献给

画家

亨利·图卢兹-劳特累克[1]

---

[1] 亨利·德·图卢兹-劳特累克（Henri De Toulouse-Lautrec, 1864—1901），法国印象派画家。

一

晚年

　　心灵

　　　　　叛逆地

　　　　将

　　一只鹰逐出

它的峭壁

　　　——额头那个角

　　　　　或远非此

　　让他回忆,当他想到

　　　　他已忘记

　　　　　　　——回忆

　　　　　自信地

　仅一瞬间,稍纵即逝的一瞬间——

　　　　　微笑着承认　。　。

　时辰尚早　。　。　。

狐色雀鹀[1]的歌

唤醒帕特森的

世界

　　　　——它的岩石和溪流

虚弱无力，

然而它从它们的漫长冬眠苏醒

三月——

　　　　岩石

　　　　裸露的岩石

言说！

——这是一个多云的早晨。

　　他望着窗外

　　　　看到鸟儿还在那里——

不是预言！**不是预言！**

　　而是事物本身！

　　　　——洛尔迦[2]的

《堂·珀林普林的爱》，第一阶段

　　那年轻的女孩

---

1 狐色雀鹀（fox sparrow），一种出现于美国、加拿大和阿拉斯加西部的大麻雀，有赤褐色尾且后部有条纹，常在草地或沼泽地活动。
2 费德里科·加西亚·洛尔迦（Federico García Lorca, 1898—1936），西班牙诗人、剧作家。

　　　　　只是个孩子

天真无比地领着

　　　她年迈的新郎

　　　　　　走向他的衰老——

　　　　　　　　　　——在这部戏的结尾,(她是一个性感的小贱人,但没啥不寻常的——今天我们和过了青春期的女人结婚,朱丽叶13岁,而但丁第一次见到贝雅特丽斯时,她9岁)。

爱的全过程,新婚之夜的放荡图景呈现在这女孩心中,她下定决心不被排斥于派对之外,作为一种道德姿势,如果有一种道德姿势的话

　　道德

　　　　由妓院公告

　　　　　　　由处女宣布再好不过,

一个价格在她头上,她的

　　　处女膜[1]!

　　　　　　　卑鄙的交易

坚持那东西

　　　让它减价:

　　　　　　扔掉它吧!(如她所为)

1　原文"maidenhead",也指"处女性"。圣母身为处女而怀孕。

独角兽[1]

   白色的独角兽

      猛烈甩动

根吹出嘟嘟声[2]！

   星辰中没有脸庞

      召唤

它自己的杀戮

帕特森，来自空中

   在低山之上

      在河的对岸

在岩石山脊

   回到了往昔场景

      为了见证

发生了什么

   自从苏波给了他那部

      达达主义小说

来翻译——

   《巴黎的最后几夜》[3]。

      "从那时起巴黎

---

[1] 《帕特森》第五卷第一、三节涉及 15—16 世纪的一些挂毯（内容为寻找独角兽），这些挂毯为纽约大都会艺术博物馆（即修道院博物馆）所收藏。
[2] 原文"root toot a toot"，读起来有一种声音效果。
[3] 法国诗人菲利普·苏波（Philippe Soupault, 1897—1990）1928 年的作品，威廉斯次年翻译了它。他们两人之前由一个朋友介绍而认识。

发生了什么?

   我又发生了什么"?

    一个历经岁月沧桑的

艺术世界已

    存留下来!

——这博物馆成为真实

   修道院博物馆——

     在它的岩石上

投下它的影子——

   "真实!真实!

    真,真,真实!"[1]

亲爱的比尔:[2]

我希望你和F[3]能来。这是美妙的一天,我们都很想念你们俩,每个人都想念你们。勿忘我,野生的耧斗菜,白色和紫色的紫罗兰,白

---

1 原文为法语。
2 这是美国作家约瑟芬·赫布斯特(Josephine Herbst,1892—1969)写给威廉斯的信。信末的署名"Josie"(乔茜)是"Josephine"的昵称。——参见修订版(第296页)注
3 指威廉斯的妻子弗洛伦丝。——修订版(第296页)注

色的水仙花，野生的银莲花，还有沿溪生长的一码码娇嫩的野生风信子，都展现着它们最佳的样貌。这次我们没喝烈性苹果酒或苹果白兰地，而是喝葡萄酒和伏特加，还吃了很多食物。以前的鸡舍多年来一直是一个工作室，当 D. E.[1] 看到它的时候，他很羡慕，每年夏天我在这里，总有人在这里写作，这种情况已持续了很长一段时间。谷仓也有一个宽敞的地板，这里欢迎任何觉得在空间中只一桌一椅也生机勃勃的人。E 甚至还提出对谷仓"做点什么"的想法，我希望他们能这样做。他们的孩子去小溪洗澡，画画，探险。如果你想过来，请坐交通工具来。在六月份离开普林斯顿之前，E 会再出现。他们明年将在 H[2]。J. G.[3] 现在住在"客房"。

读着你写到这里的回忆文字是多美好啊；一个地方是由回忆和它周围的世界构成的。许多花多年前种下，每年春天都会茁壮成长，野生的花在新的地点长起，令人兴奋不已。獐耳细辛和美洲血根草现在遍布此地，而原初只是小树的树木，现已长成高大的生物，这季节到处都有黄鹂，某种罕见的啭鸣像桃金娘和木兰莺，而一只鹟鹟在车库有最好的窝（没和任何现时的住所混淆），我有一件衬里是羊皮的外套，鹟鹟只是用它来承托它的巢，它坐在五个蛋上，温暖又可爱。

    这里的每一个人都献上最美好的祝愿和爱

                              乔茜

1　即美国诗人迪克·埃伯哈特（Dick Eberhart）。——修订版（第 297 页）注
2　指德国汉诺威（Hanover）。——修订版（第 297 页）注
3　指美国女诗人珍·加里格（Jean Garrigue, 1912—1972）。——修订版（第 297 页）注

妓女和处女，一种同一[1]：
——透过各种伪装

猛烈甩动——但挣脱不了　。
　　　　一种身份

奥杜邦[2]（奥—杜—邦），（这失踪的法国皇太子）
　　　　任由船
　　　　　　　　在路易斯维尔[3]的
俄亥俄瀑布下面顺流而行
　　　　沿着
一条穿过树林的小径
　　　　经过肯塔基州以北
　　　　　　　　三州　。　。

他看见水牛
　　　　和更多东西
　　　　　　　　一只有角的野兽在树丛中
在月光下
　　　　跟随小鸟儿

1　原文"an identity"，也指"一种身份"，后文的"an identity"也一样。
2　奥杜邦（Audubon，即 John James，1785—1851)），美国鸟类学家、博物学家、画家。Audubon 与后文的"Dauphin"（法国皇太子）读音相近。
3　路易斯维尔（Louisville），美国肯塔基州的城市。

山雀

    在长满小花的田野里

。 。 它的脖子

    被一只花冠环绕!

      一张缀着星辰的皇家挂毯!

腹部受伤伏着,

    双腿叠在身下

那个有须的头

    如帝王般高挺 。

      除了迂回,什么

会抵达球体[1]末端?

    这里

不是那里,

    永远不会是。

    独角兽

没有匹配物

    或配偶 。 艺术家

      没有同侪 。

死神

    没有同侪:

漫步在树林,

    一个长满小花的原野

在那里,受伤的野兽躺下休息

---

[1] 原文"sphere"既指"球体"又指"范围",应暗指环球大航行的相关事迹。

> 我们不会抵达底部：
> 死亡是个洞
> 我们都被埋在里面，
> 非犹太人和犹太人。

> 花朵凋谢
> 又腐烂　。
> 但在袋子底部
> 有个洞。

> 这是无法
> 被探测的想象。
> 我们正是穿过
> 这洞逃脱　。　。

就这样独自穿过艺术，男人和女人，一原野的
花，一张挂毯，春天的花
无比娇媚。

> 穿过死亡穴底的
> 这个洞
> 想象逃遁
> 完好无损

。 它脖子戴着一个项圈,其隐藏
在竖立的鬃毛中。

亲爱的威廉斯医生:

谢谢您的序言[1]。这本书在英国已印好,将于七月某个时候出版。您的序言是个人性的,充满同情和理解,您了解已发生的事情的要旨。可是,您应该明白,除了这些,还有何种力量和快乐。这本书将包括它们 。 。 。 我从没对写作感兴趣,除了辉煌的真实经历,等等,扯淡,我是说,我从没真的疯狂过,时而会困惑。

。 。 。 。 。 。

这次我将在几周后乘船去北极。 。 。 。 我会看到冰山,写出伟大的白色极地狂想曲。问候您,我在十月回来,并将在首次去欧洲之时经过帕特森去看家人。我没有从帕特森逃走。我确实在丛林和极地中对城市和细节、对全景和孤立有一种惠特曼式的狂热和乡愁,就像您提取的意象。当我看够了,我又会回到帕塞克河拍水,只有一个如此赤裸而快乐的身体才能让市政厅召出防暴警察。等我回来的时候,我会在市长竞选中发表极棒的政治演讲,就像我16岁时那样,不过这次W. C. 菲尔兹[2]在我的左边,耶和华在我的右边。为什么不呢?帕特森只是一个需要同情的悲伤大爸爸。 。 无论如何,美是我挂帽之处。还有现实。还有美国。

---

[1] 指威廉斯为金斯堡的诗集《嚎叫和其他诗》(1956)所作的序言,其题为《为卡尔·所罗门而嚎叫》。
[2] 威廉·克劳德·杜肯菲尔德(William Claude Dukenfield, 1880—1946),更以"W. C. 菲尔兹"而知名,美国喜剧演员、演员、杂技演员和作家。菲尔兹的喜剧形象是一个厌世和酗酒的自我主义者,尽管似乎蔑视孩子和狗,他仍是一个富于同情心的角色。

通过石头什么的，我不用费力就能和城市说话，等等。真理不难发现 。 。 。 我不是很清楚，所以我闭嘴 。 。 。 我想说，帕特森不是一项像弥尔顿下地狱的任务，它是一朵落在心灵的花 等等 等等

一本杂志将会出版 。 。 。 等等。
。　　　。　　　。　　　。　　　。　　　。
再见。　　　　　　　　　　　　　　　　　　　　A. G.[1]

如果您没时间做其他事
　　请读随信附上的
　　　《向日葵箴言》[2]

　　——处女与妓女，哪个
　　最持久？想象的
　　世界最持久：

　　波洛克[3]的颜料精心设计
　　挤出！
　　纯粹，出自颜料管。其他东西
　　都不真实 。 。

1　以上是艾伦·金斯堡的信。
2　《向日葵箴言》，艾伦·金斯堡的诗，收在诗集《嚎叫和其他诗》中。
3　波洛克（Jackson Pollock，1912—1956），美国抽象表现主义画家。

行走于世界

   （你从车窗往外看

什么都看不见，更别说

从飞机上，或从月球上！？别

胡扯了。）

  ——一件礼物，一个"现存的"[1]

世界，经过三个州（本·沙恩在铁轨

和电线之间看到它，

并记录它），曾走过三个州

寻找它　。　。

  一个秘密的世界，

一个球体，一条嘴里吞着尾巴的

蛇

  缠卷着回到过去

。　。　。　妓女们抓着你们的生殖器，脸近乎在乞求——"两块，两块"，直到你们几乎进入，腰间紧绷着纯粹兽性的欲望，威士忌、冒汽饮料和科纳克白兰地在你们体内，直到一个朋友抓住你⋯⋯"不　。　。　。　对于一座真正的房子来说，这是狗屎。"一座真正的房子，一座真正的房子？皇家之屋？妓女之屋？[2]然后穿过暗街，

1　这一行用到的"present"有多义（礼物、现今；现今的、存在的）。
2　这里原文为"A real house, a real house? Casa real? Casa de putas?"（其中"Casa real? Casa de putas?"为西班牙语），有语言游戏的成分：英语的"real"（真正的、真实的）和西班牙语的"real"（皇家的、真实的）同音同形。

生活的快乐,在于酩酊大醉,与其他醉汉一起走着,你走在灰尘世纪灰尘年份的灰尘大街上,在一切都是灰尘之处,但你年轻,喝醉,有女人准备爱你,为了你口袋里的钞票。一个女人穿过有几十队士兵(他们甚至穿着平民衣服,像你但又不同的士兵,但这群人不同,因为你是你——醉了,波德莱尔、兰波和某个魂魄中有一本书的灵魂,醉了)的街道,走进一家咖啡馆打开的门,把手放在两腿间,对你微笑 。 。 。 对你,一个妓女在微笑!你也叫她,所有人叫她,她也回叫你,对你大笑,而笑声充满……那……吉他声渗入夜晚的空气。

然后那房子, 。 。 。 看到一个脸容光滑的女孩靠在门上,全身白色 。 。 。 雪白,处女,哦,新娘 。 。 。 勾着手指,而手指那处女的无色、清洁的头发、身体的美在兰花的恶臭中,在袭人的粗俗恶臭中脆弱无力,而你走着,摇晃经过地板,晕眩地靠着那扇门,推开包围你耳朵的声音而发现她仍站在门口,她脸容光滑,想要四美元,但你愿给三美元,四美元,她说着,你力争着,她的手放在你的肚子上,她移动着,四,你能听到音乐旋出热带的红色,你吞着啤酒,摸着乳房,坚定的四,不是三,微笑着,一个女孩被一个士兵带出房间,(新娘永恒的)微笑,四,不是三,那只手!乳房,你触摸、抓握、欲求,感受臀部的曲线无声又平滑地滑过你的手掌,裙子,手!

高跟鞋咔哒咔哒,笑,鼻子,而她的眼睛黑色,四美元?付四美元好吗?不 。 三 。 然后,好,四[1] 。 。 。 四美

---
1 原文为意大利语"quatro"。

元，但两次，我做两次，帅哥，来吧，帅哥。一个孩子，你跟着她，光在你眼睛中旋动，噪音，人声嘈杂的其他女孩，朋友的声音无法分辨，这张脸被笑声镶边，你对那张脸微笑，虽然没什么可微笑的，但荒谬地笑着，因为与妓女做爱很有趣，但也不像她肉下的血那么有趣，她脆弱的手指有节奏地触摸你的手指，无趣但炙热而情欲，明亮而白皙，比妓院的灯光更明亮，比杜松子汽酒更白，如出生般白和深，比死更深。

G. S.[1]

一个穿裙的女士，裙尾搭在
她的手臂 。 头发
光滑，向后，展露浑圆的
头，像她的堂兄，那个国王，
皇室配偶，和她一样年轻 。
戴一顶天鹅绒软帽，紫褐色的，
斜倾于眼睛之上，他的腿
裹着条纹袜，绿色和棕色。

这位女士脸容平静
听着一个猎人的号角声

——鸟儿和花朵，树叶依稀而城堡显露，一只野鸡在喷泉边饮水，它的影子也在那里喝水

---

1 以上的散文段落为美国小说家、诗人吉尔伯特·索伦蒂诺（Gilbert Sorrentino, 1929—2006）的文字。

。　仙客来，耧斗菜，但愿
那种用来画下这些花的艺术
值得信任就好了——而
再一次，那些被鹿角擦着的
橡树叶和树枝　。　。
　　不与女王眼睛
　　相混淆的
　　野蛮鹿眼因死亡
　　而呆滞光滑　。
　。　一只兔子一溜烟
穿过灌木丛　。

四月的一个暖日，G. B. 突发奇想要和男孩子们一起裸泳，当然，她的哥哥就在其中，如果真有好色之徒，他会痛打那个骚扰她的人。那是在桑迪布顿[1]，我们后来常野餐的维罗波恩特[2]附近。这在她成为妓女并染上梅毒之前。大约在那个时候，L. M.，一个年轻水手去到里约热内卢[3]，不惧法国人（和其他国家的人）所称的"儿童病"——但当他的大脑开始腐烂，他像高更[4]一样发现，这可不是玩笑。[5]

　　。　今天这时代

1　桑迪布顿（Sandy Bottom），原意为"多沙的底部"。
2　维罗波恩特（Willow Point），原意为"柳树地"。
3　巴西1763—1960年的首都。
4　长期以来，人们认为法国后印象派画家保罗·高更死于梅毒（1903年）。
5　"可能是威廉斯的散文"。——修订版（第301页）注

　　　　通奸者更安全
　　　　　　道德
随你所择，但大脑
　　　　无须因为
　　　　　　　害怕性病
而腐化或石化
　　　　除非你想要

"让你的爱自由流淌"
　　　　趁你还是青春
　　　　　　　男女
（如果你觉得值）
　　　　而在恰恰舞中
　　　　　　　你会寻思大脑
应嫁接
　　　　到更好的根上

二

"　　。 我不是研究萨福的权威,也不是特别理解她的诗。她为一个清晰、柔和、清脆的声音而写。她避免所有的粗野。'繁星点点的天空的寂静',给予了她的语调某种东西,　　。"

A. P.[1]

> 那人,诸神的同侪,面
> 对面,坐着,聆听
> 你甜蜜的言辞和可爱的
> 　　　笑声。
>
> 正是这,引发我胸中的
> 一阵躁动。一见你
> 我的声音颤抖,我的舌头
> 　　　开裂。
>
> 一团微妙的火,随即疾奔于
> 我的四肢;我的双眼

---

[1] 利瓦伊·阿诺德·波斯特(Levi Arnold Post, 1889—1971),时任美国哈弗福德学院希腊文名誉教授。——修订版(第301页)注

失明，耳朵如在

　　打雷。

汗水倾出：一种颤抖

搜捕我。我比枯草

更苍白，而几乎就要

　　毙命。[1]

11月13日　好吧，我的比尔比尔　公牛公牛，诗人王子[2]

在《学术界公报》(2)[3]那里有什么你看不清楚的东西？或不能理解的/或已理解而你不同意的？

最难发现的是，为什么其他人（显然不是一只猿猴或一个罗斯福），不能理解2加2等于4这么简单的东西。

麦克纳尔·威尔逊[4]刚写信告诉我，索迪[5]对"经济学"感兴趣并开始学习，结果发现他们提供给他的不是经济学，而是强盗行为学

1　以上四节是古希腊女诗人萨福的诗，威廉斯把它译为英语。
2　从这一行开始直到后文的"????"，出自1956年埃兹拉·庞德写给威廉斯的信。信中有许多速（略）写、异体字和词语游戏，如这一行"13 Nv/ Oke Hay my BilBill The Bull Bull, ameer"中，"Bill"是威廉斯的昵称，而庞德常在他的信中称威廉斯为"Bull"（公牛），这里的"Bull Bull ameer"戏仿一首流行歌"Abdul, the Bulbul Ameer"的歌名（在波斯语中，"Bulbul"意为"鸣禽""诗人"，"ameer"意为"司令官""王子"）。
3　原文为"Ac Bul 2 / vide enc"。
4　麦克纳尔·威尔逊（McNair Wilson, 1882—1963），英国外科医生、作家、记者、自由党政治家。
5　弗雷德里克·索迪（Frederick Soddy, 1877—1956），他原为化学教授（1921年获诺贝尔化学奖），后转向经济学，出版了几本有影响力的书。

战争是为了制造债务，最近那场由移动粪堆富兰克林·罗斯福发动的战争已取得巨大的成功。

       而那提升他地位的

恶臭仍散发着一种气味。

另外，将我送往拉帕洛[1]的10卷财政部报告显示，从威金[2]离开到这封邮件结束，你们这些笨蛋已花了100亿美元购买了本来可以用60亿美元买来的黄金。

      这是不是很清楚，你还想要细节？

那种主权原本存在于拥有发行货币的权力中，无论你是否有权这样做。

      别让我逼你。

如果这里有什么模糊不清的东西　，　说出来。

别担心，关于贝姆[3]，

1　拉帕洛（Rapallo），意大利西北部的城市，位于利古里亚海旁边，庞德曾和妻子住在那里。
2　阿尔伯特·亨利·威金（Albert Henry Wiggin, 1868—1951），美国银行家。1911年至1930年，他是世界大通国家银行的总裁和董事会主席。1933年参议院对华尔街行为的调查显示，威金通过卖空自己银行的股票和逃避所得税而获利。
3　罗伯特·劳伦斯·贝姆（Robert Lawrence Beum, 1929— ），《金鹅》杂志的编辑，曾将自己的诗集《二十首诗》（1956）寄给在圣·伊丽莎白医院的庞德。

他没说你叫他把那本书寄给我,只是说他已见过了朱(Chu)。让年轻人　教育　年轻人吧。

我在伏尔泰那里找到的唯一的天真评论,是当他发现两本关于经济的好书时写下的:"现在人们会懂得它了。"结束引用。

但是,如果在你的(　和德尔·M[1]的)名单上的秃鹫们已很清晰,我就不会花那么多时间去澄清他们的模糊。

你是否同意提供一坨屎屎[2]而不是历史是
　　　令人讨厌的　??????

　　　　我们镇上有个女人
　　　　肚子平坦,穿旧便裤

　　　　走路飞快,在
　　　　那条大街我看见她。
　　　　　　　不矮
　　　　也不高,不老也不年轻
　　　　她的

1　政治经济学家、历史学家亚历山大·德尔·马尔(Alexander Del Mar)。在 1956 年 11 月 5 日写给威廉斯的一封信中,庞德提到"德尔·马尔对亚里士多德、柏拉图、哥白尼、洛克、牛顿、史密斯、巴斯夏和密尔的评论"。11 月 9 日,威廉斯在给庞德的信中重复了这一名单,还加上了格塞尔和孟子,并抱怨说:"当今经济的反常状态就是因为你提到的名字不够清晰。"——《庞德和威廉斯书信集》第 304 页注
2　原文为"da shittad aaabull"。

脸根本不会吸引

青少年。灰眼睛直直
看着她面前。
　　　　　　她的
　　　　　　　　　头发
在不像样的帽子下面
简单拢到耳朵后边。

她的
　　臀部窄瘦,她的
　　　　　　　　腿
又细又直。我走我的路而她

令我止步——直到我看见
她
　在人群中消失。

一个不显眼的装饰
用暗色的布所做,我寻思
是一朵花,平坦
压在她
　　右边的

乳房——任何女人可能已

同样这么做,为
声明她是女人,并警告我们
注意她的情绪。其他时候

她穿着男装,这
就像说你见鬼

去吧。她的
　　　　　表情
严肃,她的
　　　　　脚细小。

而她离开了!

。　如果我能再见到你
因我每天
毫无成效地寻找你

我会对你说话,唉
太迟了!我会问,
你在帕特森

大街上做什么?我有
一千个问题:
你结婚了吗?你有

孩子吗？而，最重要的是，
你的名字！这
她可能不会

给我——然而我
在这么一个
孤独又聪明的女人身上

无法想象此事

　。　你读过我写的东西吗？
它们都写给你

　　　　　或鸟儿们　。
或梅兹·梅兹劳[1]

　　　　他写道　。

拉普与"节奏之王"[2]音乐的敲击最终触动了我，纠正了我。和这些家伙相伴让我知道，任何一个白人，只要认真思考，努力学习，就

---

[1] 梅兹·梅兹劳（Mezz Mezzrow），即米尔顿·麦斯洛（Milton Mesirow, 1899—1972），美国爵士单簧管和萨克斯管演奏家。下文的引文出自他和伯纳德·沃尔夫（Bernard Wolfe）所著回忆录《真正的布鲁斯》(*Really the Blues*)（1946）。
[2] 指"新奥尔良白人乐队"（The New Orlean Rhythm Kings），它是20世纪20年代早期到中期最有影响力的爵士乐队之一。

能和黑人一起唱歌、跳舞和玩耍。你无须因为你是白人而把美国最好、最原创、最诚实的音乐弄得一团糟;你可以挖掘黑人的真实信息,和他一起进入,就像拉普。在听了"节奏之王"一段时间后,我感到周身舒畅,我开始想念那支次中音萨克斯管了。

天哪,我跟它一起走了——灵感孅孅伴随着我。最重要的是,有一天我走在麦迪逊大街上,听到的一切让我觉得我的耳朵在撒谎。在一家音像店里的一张唱片中,贝茜·史密斯[1]大声唱着《消沉蓝调》。我飞身进去,买下了"蓝调之母"所有的唱片——《墓地蓝调》《流血之心》和《午夜蓝调》——然后跑回家,用留声机听了好几个小时。钢琴背景中贝茜的忧伤故事和种种真正的谐调将我置身于一种恍惚状态,这些谐调充满一个个小急奏,像老鼠在我的脊椎爬上爬下。那女人所悲哭的每一个音符,都在我神经系统的每一根紧弦颤动:她所唱的每一个词都回答了我那时一直在问的问题。你不能把我从留声机旁拉开,连吃东西都不行。

> 。 。 或萨提尔们[2],一种
> 前于悲剧的戏剧,
> 　　一种羊人剧!
> 　　　所有戏剧
> 都是羊人剧,当他们最虔诚。

---

[1] 贝茜·史密斯(Bessie Smith,1894—1937),美国爵士乐时代著名蓝调歌手,被称为"蓝调皇后",为20世纪二三十年代最受欢迎的女性布鲁斯歌手,也经常被认为是她那个时代最伟大的歌手之一。
[2] 萨提尔(Satyrs),萨提尔像山羊,长有角、长长的尾巴以及蹄状的脚掌。他们是性情快活、喜好嬉戏的一种生物,经常追求山林女神。

下流如一个萨提尔!

萨提尔们跳舞!
   所有畸形物展翼
      肯陶洛斯们[1]
引向格特鲁德·斯泰因
作品的
   词音盛会——但
      你不可能
仅仅通过愚笨
   而成为艺术家
梦想在于
   追寻!
保罗·克利的
   灵动形象
      充满画布
然而那
   不是一个孩子的
      作品 。
治疗开始了,也许
   用阿拉伯艺术的
      抽象图案
创作了《忧郁》的

---

[1] 肯陶洛斯(Centaurs),半人半马的生物族群,他们野蛮、好色,生性善良的喀戎(Chiron)除外。

  丢勒

    意识到它——

那散落的石匠工具。莱奥纳多

  看见了它，

    那种执迷，

并在《蒙娜丽莎》中

  嘲弄它。

    博斯[1]

聚集被折磨的灵魂和捕食

  它们的魔鬼

    鱼们

吞咽着

  自己的内脏

弗洛伊德

  毕加索

    胡安·格里斯[2]。

一位朋友在信中

  说：

    最近

三个晚上

  我睡得像婴儿

    不用

---

[1] 博斯（Hieronymous Bosch, 1450?—1516），尼德兰画家，其作品以丰富的想象力和怪诞的造型描绘人类的罪恶和道德的沉沦。

[2] 胡安·格里斯（Juan Gris, 1887—1927），西班牙画家、雕塑家，与毕加索、勃拉克同为立体主义风格运动的三位主要人物。

任何酒或毒品!

  我们明了

    一种凝静

从一只蛹中

  已展开羽翅 。

    像一头公牛

或一个米诺陶洛斯[1]

  或第五交响曲的

    诙谐曲[2]中的

贝多芬

  踩跺

    他沉重的脚

我看见爱

  赤裸骑着一匹马

    一只天鹅

一条鱼的尾巴

  嗜血的海鳗

    而笑着

想起坑里的

  犹太人

    在他的同伴中

当那冷漠的家伙

---

[1] 古希腊神话传说中,在克里特岛迷宫中的人身牛头怪物。
[2] 贝多芬《第五交响曲》第三乐章为快板的诙谐曲,情绪逐步上升,交错式的音符对比强烈。

　　　　用机关枪

　　　　　　　　喷射着那堆人　。

他还没被击中

　　　而微笑着

安抚他的同伴们　　　。

　　　　安抚

　　　　　　他的同伴

纷梦占有我

　　　和我思绪的

　　　　　　舞蹈

动物们裹于其中

　　　这些清白的野兽

(问：威廉斯先生，您能否简单地告诉我，诗是什么？

答：嗯 。。。 我会说诗是一种富于感情的语言。它的词语，被有节奏地组织起来 。。。诗是一个完整的小宇宙。它单独存在。任何有价值的诗都表达了诗人的全部生活。它呈现一个关于诗人是什么的视野。

问：好吧，看看一首诗的一部分，它的作者是另一位美国大诗人 E. E. 卡明斯：

　　　　　　(im)c-a-t(tno)

　　　　　　b,i;l:e

```
          FallleA
          ps!fl
          OattumblI

          sh?dr
          IftwhirlF
          (Ul) (IY)
          &&&
```

这是诗吗?

答：我不认为这是一首诗。对他来说,这可能是一首诗。但我不认为。我不明白。他是个认真的人。所以我非常努力地读它——但根本没获得什么意义。

问：您没获得什么意义？但，这儿有您自己写的诗的片断："两只鹧鸪/两只野鸭/一只二十四小时前/来自太平洋的/珍宝蟹/两条来自丹麦/新鲜冰冻的/鳟鱼……"嘿，它听起来像一份时尚购物清单！

答：它是一份时尚购物清单。

问：好吧——它是诗吗？

答：我们诗人必须用一种非传统英语的语言交谈。这是美国风格的语言。它被有节奏地组织起来，是美国风格的语言的一个样本。它和爵士乐一样有独创性。如果你说"两只鹧鸪，两只野鸭，一只珍宝蟹"——如果你有节奏地处理它，忽略实际意义，它会形成一个锯齿状的图案，在我看来，这就是诗。

问：但如果您没"忽略实际意义"。。。 那您同意这是一份时尚购物清单。

答：是的。任何东西都是写诗的好材料。任何东西。我说过很多次了。

问：难道我们不应该理解它？

答：诗歌和意思是有区别的。有时现代诗人完全忽略了意思。这样造成了一些困难。。。读者被词的形象弄糊涂了。

问：但当您看到一个词的时候，它不就意味着什么吗？

答：在散文中，一个英语单词的意思是它所说的东西。在诗歌中，你在倾听两种事物……你在听它的意思，它所说的常识。但它说得更多。这就是困难所在。

。   。   。   ）

三

老彼得·勃鲁盖尔[1]，画了
一幅《耶稣诞生》，画了一个
新生的婴孩！
在流言之中。
　　　　　持武器的士兵们，
野蛮武装的士兵们
　　　　带着矛、
戟和剑
与那些脸容扭开的人窃语，
抵达问题的
　　　　　核心
当他们对着那个大腹便便的
老人[2]（画面中心）
谈论他们评说的笑柄，
斜视着，显示自己对此
情景的惊奇，
容貌类似后来战争那些

1　老彼得·勃鲁盖尔（Peter Brueghel, the eld, 1525/1530—1569），尼德兰画家。
2　指约瑟，对这幅画的描述也呼应前文洛尔迦戏剧女孩和老新郎的题材。

更为愚蠢的德国
士兵

——但那圣婴（宛如
来自一幅彩色
图录）赤裸地躺在他母亲的
膝盖上

——这是一个场景，够
真实了，常见于
穷人当中（我向
勃鲁盖尔这人致敬，他画
他之所见——
　　无疑他许多次
在他自己的孩子中，但当然不是
这种情形）

那三个人头戴王冠
或主教冠，其中一个是黑人，
他们，显然来自远方
（拦路强盗？）
用华丽如自身衣饰的
长袍——奉献
以取悦他们的神

他们双手捧满礼物
——在那些岁月他们有朝向
异象的眼睛——而看着,
用他们得体的眼睛看着,
这些令粗俗的
士兵们羡妒的东西

他画下
场面的喧闹,
中间,是那老人
散离蓬乱的
头发,他松垂的嘴唇

——疑惑
有这么多的躁动,围绕
一件如此简单的事:一个婴儿
降生于一位老人面前,其
出自一个女孩,而且,是一个
漂亮的女孩

但这些礼物!(艺术品,
他们能在哪儿得到
或更恰当地说
偷到它们?)
——还能如何荣耀一个

老人，或一个女人？

——士兵们衣衫褴褛，
嘴巴张开，
他们的膝盖和脚
因三十年战争而
磨损，残酷的战役，他们的嘴
为备好的
盛宴而流涎

艺术家彼得·勃鲁盖尔
从两方面看到：
想象力必须被奉出——
而他冷静
　　　奉出

贫穷并非不可饶恕之罪——什么都可以，但决不需要这个现在有钱了的无特色部落——其凝视着原子，完全盲目——没有慈悲和怜悯，仿佛他们是许多贝壳类动物。艺术家勃鲁盖尔看到了他们　。：他的农民的衣服是手织的，用比我们能自夸的更好的材料织成。

——我们在我们的生命中来到了这劣质的年代，那些人是卑微的，被他们的老板们驱使，里里外外要做好工作，要赚钱。给谁？但那个葡萄牙石匠不是这样，他的老板"在这个新国家",正为我建一堵墙,他被谈论何为"美德"的旧世界知识所打动 。"现在商店卖给你的那些东西,不好,在你的手中裂开 。那些工厂生产出的东西,在你的手中裂开,不在意它们最终变成什么"

据《马太福音》第一章第18节,——耶稣基督是这样诞生的:他的母亲米利亚姆[1]已许配给了约瑟,还没有迎娶,米利亚姆就因圣灵怀了孕。

19　她丈夫约瑟是个义人,不愿意明明地羞辱她,想要暗暗地把她休了。[2]

20　约瑟正在思念这些事的时候,有主的使者向他梦中显现,说,大卫的子孙约瑟,不要怕,只管娶你的妻子米利亚姆,因为她所怀的孕是从圣灵来的。[3]

《路加福音》 。 。马利亚却把这一切的事存在心里,反复思想。[4]

　　。不把自己
　毫不犹豫献给爱人的女人

---

[1] 詹姆斯国王版本当然写作"玛丽"(Mary),但人们记得威廉斯医生经常称耶稣的母亲为米利亚姆(Miriam)。参看作为两个名字的词根,希伯来语Miryam。——1963年英文版《帕特森》注
[2] 出自《新约·马太福音》1:19,这里为合和本译文。
[3] 出自《新约·马太福音》1:20,这里为合和本译文。
[4] 出自《新约·路加福音》2:19,这里为合和本译文。

——就不算贞洁[1]

亲爱的比尔：

○ ○ ○ ○ ○ ○ ○ ○ ○ ○ ○ ○ ○ ○ ○ ○

我在巴黎的一位好朋友G. D.告诉我，今天的法国是由宪兵和门房统治的。G. D.娶了亨利·马蒂斯[2]的女儿，也是我在欧洲见过的最有活力的领导者。在社会主义的丹麦，我认识一个极有才华的作家，一个女人，她来到美国，在那里和一个可怜的三流作家生了个孩子。她穷困潦倒回到了哥本哈根，在那里她也极为贫穷，为政治家写书评，偶尔也做一些关于丹麦中古世纪和早期历史的演讲。她住在那个美丽城市的贫民区，努力抚养一个身体结实、有爱心、有男子气概的好男孩。给他送橘子和巧克力，给他送他母亲买不起的贵而美味的小点心是我乐意做的事。她告诉我，社会党警察有天晚上来找过她，问她为什么没向政府缴税。她的回答是贫困。你还记得托马斯墓碑上的墓志铭吗？"贫穷和昏暗包围这个坟墓"。一周后，他们又来了，威胁要搬走她的家具，让政府扣押。她再次恳求说如果她交了她已有的克罗纳[3]，她的儿子就会挨饿，而警察说："我们昨晚去了凡·汉德尔酒馆，从老板那儿打听到你买了一瓶酒。如果你能买得起酒，你当然能付得起税。"于是她说，"我很穷，穷到绝望，不得

---

[1] 原文"virtous"，也可译为"有美德的"，这里关联于前文"何为'美德'"的言述。
[2] 亨利·马蒂斯（Henri Matisse，1869—1954），法国野兽派代表画家、雕塑家。
[3] 克罗纳（Kroners），挪威货币名。

不喝瓶酒来缓解我的忧郁症。"

我也很肯定,人们只拥有那种他们的肚子渴望得到的政府。而且,我无法治愈世上任何一个灵魂。柏拉图曾三次去见叙拉古的僭主狄奥尼修斯,有一次几乎被杀,还有一次差点被卖为奴隶,因为他设想能影响一个魔鬼,让他以"理想国"为模本改造他的暴政。塞内加是尼禄的老师,亚里士多德是马其顿的亚历山大的老师。他们教了些什么呢?

我们在这里很满意,因为这里的物价低;我妻子花 7 个比塞塔(约合 15 或 16 美分)就可以吃到烤大牛排。早上去商店是一种习惯;经营面包店的女人向你问好,乳品店[1](买牛奶的地方)的老板和他的妻子同你寒暄(这种礼貌总能放松精神,缓解神经系统),还有个给他们打下手的女人朝你微笑,她只要三个比塞塔[2],就卖给你果酱,冰……

爱德华[3]

帕特森已年老

他思绪的狗

仅收缩为

"一封充满激情的信",信

---

1 原文为西班牙语"lecheria"。
2 比塞塔(Pesetas),西班牙货币名。
3 这封信是小说家爱德华·达尔伯格(Edward Dahlberg,1900—1977)写给威廉斯的。

给一个女人，一个他过去忘了把她
哄上床的女人　。
　　　　　　而继续
生活和写作
　　　　　回
信
　　并照料他的
花园，割草，努力
让年轻人
　　　　减少他们在
他已发现如此艰难的
用词上的错误，
那些他在写下诗行时
所犯的错误：

"　。 斑驳花朵的背景中的独角兽，　。 "

写作技巧没什么多愁善感的东西。你会说，傻瓜不可能学到它。但某个年轻人，心不由自主地狂跳，即使一个新鲜句子也要记在纸上——他从一个随时准备帮助、去和他交谈的老人那里得到勇气。[1]

　　一群鸟，在一起，在
　　这季节寻找巢穴，
　　黎明前，一大群小鸟

---

[1] 威廉斯自己的文字。——修订版（第306页）注

"那些整夜睁眼入眠者，"[1]

被欲望催促，激动，通常

已飞了漫长路途。

此刻它们分开，成双结对，

每一只有被指定的婚配。它们

鸟羽的颜色在天空

骄阳中无法辨认，

但这老人的心被白色、

黄色和黑色[2]所搅动

似乎他能看见它们在那儿。

它们在空中的重临

令他平静。即便他正走近

死亡，他仍着魔于诸多诗作。

花朵向来是他的好友，

甚至在画作和挂毯中——其

一直以来接受博物馆

尽心防护，以免飞蛾

侵袭。它们尊贵，吸引他

去见证它们，促使他思忖

公共汽车时刻表及如何避开

无礼者——神清气爽

---

[1] 这里出自英国诗人乔叟（Geoffrey Chaucer, 1342—1400）的《坎特伯雷故事集》"总序"第10行。
[2] 这里也意指"白种人、黄种人、黑种人"，因而后文的"它们"也意指"他们"。

因一睹十二世纪之景致，彼时
年老妇人或年轻女人、男人
或男孩挥舞着织针
将绿线毫厘无差地植入
紫色之侧，又将桃金娘绣于
冬青附近，而棕线在边沿：
它们在一起，如已为它们
绘好的草图。在一起，一起工作——
所有鸟在一起。鸟
和树叶精心设计，在他心中
织行，蚕食而　。　。
一切，全为了他

——那衰老的身体，
　　　　长着畸形的大脚趾甲，
令其本身为人所知
　　　走近
　　　　　　　找到我——在那片
　　　　　　鲜花
簇拥的花丛露出一个稀有的微笑
　　　在那里，四月
　　　　　　独角兽为低低的
木栅栏
　　　所围！
　　　　　　同一个月

在那根柱子下

        他看见那人

挖起红蛇,并用铁锹打死它。

        戈德温[1]告诉我

            它的尾巴

不停扭动直到

        太阳

            落下之后——

他知道一切

        或一无所知

            当他还很年轻

就在疯狂中死去

(自我)方向已改变

        这条蛇

            它的尾巴在它的嘴中

"这条河又回到它的起点"

        而后行

            (而前行)

它在我体内折磨自己

        直到时间最终在下方被冲刷:

---

[1] 指威廉斯的叔叔戈德温(Godwin Wellcome)。"威廉斯对戈德温的感情很深,他觉得是戈德温极大地启发了自己的想象力,他那里有各种稀奇古怪的民间传说、打油诗以及恶作剧。"(赫伯特·莱博维茨著,李玉良、付爱玲译《来自天堂的诗人:威廉·卡洛斯·威廉斯传》,黑龙江教育出版社,2017年,第9页。)戈德温后来发疯了,被关进了精神病院。

　　　　　　而"我知道一切（或足够多）
它变成了我　。"
　　　　——从那时起诸时代
无缘于英雄气概
　　　　但它们更净洁
　　　　　　更能摆脱疾病
在它们中枯萎的心　。
　　　我们会说
　　　　　　这条蛇
把它的尾巴放在嘴中
　　再次！
　　　　　　这全知之蛇

现在我走近簇拥在我的爱人
　　　脚边的这些
　　　　　　小花
——搜寻
　　　独角兽，及
　　　　　童贞女之子
那有爱之神

　　　心是邪魔
　　　驱动我们　。　好吧，
　　　你是否喜欢它
　　　多于喜欢摆弄蔬菜和

不蓄须？

——我们要不要谈谈
　　　　只可见于镜中的爱
　　　　　　　　——没有摹本？
只呈映她不可捉摸的魂魄？
　　　　她是哪一个？我看见她
　　　　　　而不碰她的肉体。

　　　　独角兽在所有真正的爱人的心中漫游。他（它）们追捕它。汪汪！嘿，翠绿的冬青轻快歌唱！

——每个已婚男人脑袋中都装着
　　一个他嫖过的处女
　　　　　可爱
又神圣的形象　。
　　　但这活生生的虚构
　　　　　一张挂毯
丝线、毛线和银线快速穿过
　　一头乳白色的独角兽
　　　　　我，帕特森，国王本尊
看到这位女士
　　经过崎岖的森林
　　　　　在宫殿的墙壁外

在流汗的马的恶臭中

　　　在被角戳刺的猎犬

　　　　　痛苦的尖叫中

它们粗重喘气

　　　看见这死兽

　　　　　最终被带来

搭在前鞍桥[1]上

　　　在橡树之间。

　　　　　帕特森

让你的鸟儿[2]立起

　　　不管细枝末节！

　　　　　一处即处处：

你从诗中可了解

　　　一个被轻敲的空脑袋

　　　　　在任何语言中

空洞回响！这些形象

　　　具有宏伟的身量。

　　　　　树林

寒冷，虽然这是夏天

　　　女士的长袍沉重

　　　　　触及草地。

1　马鞍的前部分。
2　此处原文"pecker"有多义：啄木鸟；凿具、鹤嘴锄；阴茎；精神。

处处有小花，遍布此景致。
　　　　第二只野兽被带进来
　　　　　　　　受伤。
而第三只，追捕中的幸存者
　　　　躺下来休息片刻，
　　　　　　　　它那帝王般的脖子
戴着紧实的珠宝项圈，
　　　　一只猎犬仰躺着，
　　　　　　　　被这野兽的
独角戳掉了内脏。
　　　　要么接受要么离开，
　　　　　　　　如果帽子合适——
戴上它。朵朵小花
　　　　似乎推挤着，在里面摆动：
　　　　　　　　白色甜美的芝麻菜，
在它分枝的茎上，四片花瓣
　　　　一片靠近另一片
　　　　　　　　用细节填满
一框又一框，没有透视
　　　　在画布上相互触碰
　　　　　　　　构成画面：
歪斜不稳的紫罗兰
　　　　犹如象棋里的骑士，
　　　　　　　　梅花形花，
黄脸颊——

    这是一张法国的

      或佛兰德斯的挂毯——

甜蜜气息的樱草花

    生长,俯近地面,诗人们

    已在英国成名,

      我不能全部说出:

穿拖鞋的花

    绯红,洁白

      平衡地挂在

细长的苞片上,杯状,在茎上均匀排列,

    毛地黄,那种野蔷薇

      或野玫瑰,

粉红如女人的耳垂,当它在

    头发下显现,

      风铃草,蓝色和紫色的郁金香

细小如叶子间的勿忘我。

    黄色的花心,绯红的花瓣

      和相反的配置,

蒲公英,黑种草[1],

    矢车菊,

      蓟和其他,

我不知道的植物名和香气。

    树林长满了冬青

---

[1] 黑种草(love-in-a-mist),一种地中海地区的植物,开蓝花或白花,花朵被无数线状苞叶包围。

　　　　　　（注意，我已告诉你，
这是一种虚构），
　　　　　法国田野的黄旗在这里
　　　　　　　还有其他花朵的
簇拥：水仙花
　　　　和龙胆草，雏菊，耧斗菜的
　　　　　　　花瓣
桃金娘，明和暗
　　　　还有金盏菊

晨风中的槐树
　　　　在她的窗外
　　　　　　那里一节树枝安静
晃动
　　　起伏
　　　　　　向上，左右
来回摆动
　　　　只让我想起一个
　　　　　　老妇的微笑
——一张挂毯的残片
　　　　保存在一面墙上
　　　　　　呈现一位额头丰满的
　　　　年轻女子
在森林迷路（或躲藏起来）

    被一个猎人的号角通告 。 。
     （那是，引见）
在那里他站着，几乎
  完全隐藏
    在叶子中。她
凭借她的奇异样态、她在树叶间的
  宫廷礼服
    吸引我，她在聆听！

她脸上的表情，在她
   所立之处疏离于别物
——处女与妓女，
  一种身份，
    两者都卖给
出价最高者！
  而谁比一个情人
    出价更高？如果你
自称是女人，那离开它。

我却给你，一个年轻男人
  在地狱的蔑视[1]中
    分享女性世界，优雅地

---

1 这里可能互文着英国诗人威廉·布莱克的诗《土块与卵石》（"爱不寻求自身的欢愉，/也全然不在乎自己。/爱只求让对方自在，/在地狱的绝望中营建天堂。……"）。

—— 从前，有一次　。

有一次：

呱呱！　　呱呱！　　呱呱！
　　乌鸦们叫着！

二月！二月它们开始叫。
她不想活着成为

一个老妇人[1]，戴一个瓷门把
在她的阴道支撑子宫——但

她渐为老妇，足智多谋，什么？
他是首个打开她的人

他从未离开她，直到她怀上孩子
才离去，像任何士兵，

直到营地解散。

她可能"被贴上标签"，正如

1　威廉斯的祖母艾米莉·迪肯森·韦尔康（Emily Dickenson Wellcome）是个传奇式人物，最初在英国伦敦长大，后嫁给威廉斯的祖父，并生了他父亲威廉·乔治·威廉斯，但她丈夫在孩子年幼时离开了妻儿。后来艾米莉带着小乔治来到美国，之后和摄影师韦尔康结婚，并生了儿子戈德温、欧文和女儿罗西塔。威廉斯一直对她的祖母的经历很好奇。

太宰治[1]和他圣洁的姐姐

已经历

当她看着她的孙子,她已年老:
　　你们这些年轻人
　　　　　　认为自己无所不知。
她说话带着伦敦腔
　　而不再
　　　　严厉盯视我:
过去是为那些活在过去的人准备的。停止!

——随着年龄渐长,我学会让生命在睡梦中逝去:
箴言 。

　　韵律介入,韵律是我们所知道的一切,

　　　　　诸多韵律中的一个选择　。　。

　　　　　　　有节奏的舞蹈
　　"除非玫瑰的芳香

1　太宰治(1909—1948),20世纪日本最重要的小说家之一,其作品有《斜阳》《人间失格》等。

又惊吓我们"[1]

同样可笑的是
   假装一无所知，一盘
  棋赛
大规模地，"物质地"[2]，混合！

哟呵！忒呵！

我们一无所知，可能一无所知
      但
舞蹈，有节奏地舞蹈着
复调地，
  萨提尔式地，悲剧的脚步[3]。

---

[1] 威廉斯的诗《影子》的结尾是："除非——除非／想象力赖以生存的事物，／玫瑰的芳香，／又惊吓我们。"
[2] 这里所用的词"materially"，多义（"物质地""极大地""显著地"）。
[3] 这里也可理解为"悲剧的音步"。

附录

第六卷

(1961)

1961年1月4日

    对于你所在圈子[1]的密友,你那

  为人所知的亲密名字是天才,在你的敌人们抓住你之前

你了解瀑布,流利地阅读希腊文

这没能阻挡那颗杀死你的子弹——黎明后终结

维霍肯[2]九月的黎明

——你想组织这个国家,以便我们团结一致,赚一点钱

    成为一个富有的人

约翰·杰伊[3],詹姆斯·麦迪逊[4]。 让我们来读一读!

  词是诗的责任,诗由词所构成

---

1 这里威廉斯原来的打字稿为 "reaks",*Paterson*(1963年版)将其纠正为 "realm",这里依此版本译出。
2 维霍肯(Weehawken),位于美国新泽西州哈德逊县的城镇,亚历山大·汉密尔顿和艾伦·伯尔(曾任美国第三届副总统)在那里决斗,汉密尔顿中弹后死去。
3 约翰·杰伊(John Jay,1745—1829),美国政治家、外交官、开国元勋、废奴主义者和1783年《巴黎条约》的签署者、美国第一位首席大法官。他与亚历山大·汉密尔顿和詹姆斯·麦迪逊同为《联邦党人文集》作者。
4 詹姆斯·麦迪逊(James Madison,1751—1836),美国政治家、外交家、扩张主义者、哲学家和开国元勋。

1961年1月8日

   蒲公英——狮子牙齿——彩陶形象,
  哈德逊河的古代作品,可能
  是帕特森的

  一个粗糙廉价的坛子
  用来装盐渍桃子或熟浆果

  随意又带着所有
  家务事的手艺或在厨房架上一种宝蓝本身
  弯曲为一种简单的花卉设计

  来装饰我卧室之墙

出于本身而成为一种抽象设计,对于一个想拥抱河中月影而溺死的中国诗人而言,没设计为别物,而成为它本身,

——或一棵结霜的榆树的形象,在最欢快的哑剧中被描画

起舞,起舞!从那种艺术,解放你的肢体,那种比毒品更迅捷捕获你的艺术——我卧室墙上的蒲公英。

1961年7月1日

   维霍肯之于汉密尔顿，我们会说，

   犹如之于普罗旺斯[1]，他憎恨它，

   对它一无所知，不太在乎它

   又在他的计划中利用它——就这样

   建立了这国家，它

   在它的时代将渐渐成为

   世界奇迹。

它将超过他据以模仿的伦敦

（发展期的一个关键人物）

        如果说哪个人显得重要，那么一首诗
比一把刀的刀刃（一把匕首的匕尖[2]）更重要：或无关于一个民族的
生活：看看达达主义或一个斯大林的谋杀

     或一个李白

         或一个昏暗的蒙特祖玛[3]

---

1 法国普罗旺斯（Provence）别名"骑士之城"，这里针对汉密尔顿的决斗而言。后文"憎恨它"中的"它"应当是指死亡（《帕特森》（第二卷）说"我们对死一无所知"）。
2 在威廉斯的打印稿中，"匕尖"打印在"刀刃"上方。
3 美洲古代阿兹塔克人有两个名为"蒙特祖玛"的国王，第五任国王蒙特祖玛一世（1398—1469）和第九任国王蒙特祖玛二世（1460—1520），蒙特祖玛二世死于西班牙人科尔特斯征服墨西哥期间。

或一个被遗忘的苏格拉底或亚里士多德,其生于亚历山大城图书馆被焚毁(如萧伯纳嘲讽地提及的)之前,萨福的诗作消失于那场大火

  而生下我们(亚历克斯[1]非婚生)

反常被非法地纠正,仅凭那并不造就一个诗人或一个政治家

——华盛顿身高六英尺四英寸,声音微弱,思维迟钝,这让他不便于快速行动——所以他滞留不前。他在树林中徘徊,犹豫不决,因而当他行动之时,局势已离他而去。[2]

---

1 亚历克斯:亚历山大的昵称。亚历山大·汉密尔顿本人为非婚生子,他的对手以此作为把柄。
2 在美国独立战争期间,华盛顿曾遭遇几次失败。1776年,他面对拥有压倒性力量的英军,在急需撤退的情况下行动笨拙,以致几乎全军覆没。后来随着几次战役的失败,他的军队也仓促地撤离新泽西州。

露西有一个子宫

    像其他女人

        她父亲卖了她

她那样告诉我

    卖给查理

        为了三百美元

她不会读和写

    刚刚走出

        那个古老村子

她之前一成不变

    在她来这儿前

        我给她接生了

十三个孩子

    她粗俗普通

但对我极忠诚

    她有个朋友

        卡莫迪夫人

一个爱尔兰妇人

    在她兴致好时

        会讲一个故事

图书在版编目（CIP）数据

帕特森/（美）威廉·卡洛斯·威廉斯著；连晗生译. —北京：中信出版社，2022.5
书名原文：Paterson
ISBN 978-7-5217-4067-7

I.①帕… II.①威… ②连… III.①叙事诗—美国—现代 IV.①I712.25

中国版本图书馆 CIP 数据核字（2022）第 044071 号

帕特森

著者： ［美］威廉·卡洛斯·威廉斯
译者： 连晗生
出版发行：中信出版集团股份有限公司
（北京市朝阳区惠新东街甲 4 号富盛大厦 2 座　邮编　100029）
承印者： 山东临沂新华印刷物流集团有限责任公司

开本：860mm×1092mm 1/32　印张：13　字数：314千字
版次：2022年5月第1版　印次：2022年5月第1次印刷
书号：ISBN 978-7-5217-4067-7
定价：75.00元

版权所有·侵权必究
如有印刷、装订问题，本公司负责调换。
服务热线：400-600-8099
投稿邮箱：author@citicpub.com